Manfred Elberfeld
28.12.79

Diogenes Taschenbuch 130/xv

de
te
be

Die Menschliche Komödie

Honoré de Balzac

Pierrette

Erzählungen

Deutsch von Rosa Schapire

Diogenes

MIT FREUNDLICHER GENEHMIGUNG DER
ROWOHLT VERLAG GMBH, REINBEK BEI HAMBURG
VERÖFFENTLICHT ALS DIOGENES TASCHENBUCH, 1977

100/77/E/I
ISBN 3 257 20455 8

INHALT

HONORÉ DE BALZAC · PIERRETTE

☆

IM OKTOBER 1827 BLIEB IM MORGENGRAUEN ein etwa sechzehnjähriger junger Arbeiter, dessen Anzug auf den ersten Blick den Proletarier verriet, auf einem kleinen Platz im unteren Teil von Provins stehen. Ohne beobachtet zu werden, konnte er zu dieser frühen Stunde die Häuser, die den Platz in einem länglichen Viereck umstehen, aufmerksam betrachten. Am Fluß klapperten die Mühlen bereits. Bei diesem Laut, den das Echo der oberen Stadt verstärkte, und bei der leuchtenden Klarheit des Morgens schien die Stille noch tiefer. Selbst das Rattern des Postwagens auf der Landstraße konnte man auf eine Meile unterscheiden. Der Platz wurde von Linden beschattet; die schlichten Häuserfassaden verrieten das friedliche und in sich gefestigte Leben von Kleinbürgern. Hier gab es keine Spur von Handel. Vornehme Einfahrtstore reicher Leute gab es kaum; selbst wenn sie vorhanden waren, bewegten sie sich selten in ihren Angeln, abgesehen von dem des Arztes Dr. Martener, der infolge seines Berufes auf seinen Wagen angewiesen war. Einige Häuser waren mit Wein umrankt, vor anderen wuchsen hochstämmige Rosen, die bis in den ersten Stock hinaufgeklettert waren und aus leuchtenden Blüten Duftwellen in die Fenster sandten. Der Platz reicht auf der einen Seite beinahe bis an die Hauptstraße der unteren Stadt. Die andere Seite stößt an eine mit der Hauptstraße parallel

laufende Straße, deren Gärten bis an einen der beiden Flüsse grenzen, die das Tal von Provins durchziehen.
In dieser Ecke, der stillsten auf dem ganzen Platz, erkannte der junge Arbeiter das Haus, das man ihm bezeichnet hatte. Es hatte eine mit weißen Steinen verkleidete Fassade; die grauen Läden vor den Fenstern, die mit gelb angestrichenen Rosetten aus Eisen versehen waren, waren geschlossen. Über dem ersten Stock waren drei Mansardenfenster in das oberste Geschoß des Schieferdaches eingebaut; auf einem der Giebel drehte sich eine neue Wetterfahne. Diese moderne Wetterfahne stellte einen Jäger dar, der auf einen Hasen anlegt. Zur Haustür führen drei Steinstufen. Ein Rohr über einer kleinen Rinne an der einen Seite der Tür verriet ihm die Küche; auf der anderen Seite schienen ihm zwei dicht geschlossene Fenster, in die durch den herzförmigen Ausschnitt der Läden etwas Tageslicht eindrang, zum Speisezimmer zu gehören. Infolge der Hochlegung durch die drei Steinstufen befanden sich Kellerluken unterhalb der Fenster; kleine Türen aus angestrichenem Schwarzblech mit anspruchsvoll ausgeschnittenem Muster waren davor angebracht. Alles war neu. Dieses aufgetakelte Haus, dessen neuer Luxus gegen das ehrwürdige Alter der übrigen Häuser abstach, hätte einem aufmerksamen Beobachter ohne weiteres die kleinliche Selbstzufriedenheit eines Geschäftsmannes, der sich zur Ruhe gesetzt hat, verraten. Der junge Arbeiter betrachtete all diese Details mit zwiespältigen Empfindungen, seine Freude hatte einen schmerzlichen Beigeschmack.

Er suchte die Fenster von der Küche bis zu den Mansarden ab und schien zu einem Entschluß gekommen zu sein. Im Sonnenschein sah man in einem der Mansardenfenster einen Vorhang aus Baumwollenzeug, der vor den anderen Dachluken fehlte. Bei diesem Anblick erstrahlte das Gesicht des jungen Arbeiters. Er trat um einige Schritte zurück, lehnte sich gegen die Linde und sang im schleppenden Ton, der den Bewohnern des Westens eignet, eine bretonische Romanze. In der Bretagne singen die Bauernburschen den jungen Bräuten dieses Lied am Tage ihrer Hochzeit.

Wir kommen euch zu wünschen
Zum heut'gen Hochzeitsfeste
Dem teuren Herrn Gemahl
Und euch, Frau Braut, das Beste.

Ach, junge Frau, sie haben
Zusammen euch geschweißet
Mit einem Band von Golde,
Das erst der Tod zerreißet.

Dürft gehn nicht mehr zum Spiele
Im Haar den Blütenkranz,
Das Haus müßt ihr nun hüten,
Derweil wir ziehn zum Tanz.

Und habt ihr wohl erfasset,
Wie treu ihr müßt ergeben
Dem Herrn Gemahle sein?
Liebt ihn wie euer Leben!

Jetzt nehmet diesen Strauß
Von Rosmarin und Nelken.
Ach! Schnell wie diese Blumen
Wird euer Glück verwelken.

Diese Melodie, die ebenso reizend ist wie jene andere, der Chateaubriand sein Lied „Schwester, weißt du noch" angepaßt hat, auf dem Marktplatz einer kleinen Stadt gesungen, mußte in einer Bretonin eine Fülle von Erinnerungen wecken, denn die Melodie ist ein lebendiges Abbild der Sitten, der Gutmütigkeit, ja der gesamten Landschaft dieses alten, vornehmen Landes. In ihr lebt etwas von jener Melancholie, die über dem Leben liegt, und die so namenlos rührend ist. Ist diese Fähigkeit, eine Welt von ernsten, sanften und traurigen Dingen durch eine altbekannte, oft sogar lustige Melodie zu wecken, nicht das Besondere dieser Volkslieder, die gewissermaßen das Residuum der Musik sind, wenn man dieses Wort so verstehen will, daß sie all das umfaßt, was von einem Volk übrigbleibt und alle Revolutionen überdauert.
Nach der ersten Strophe rührte sich nichts hinter dem Vorhang, den der junge Arbeiter nicht aus den Augen gelassen hatte. Während er die zweite sang, begann sich der Stoff zu bewegen. Als die Worte „Jetzt nehmet diesen Strauß" erklangen, erschien das Gesicht eines jungen Mädchens. Leise öffnete eine kleine Hand das Fenster, und das junge Mädchen nickte unwillkürlich dem Sänger zu, während er die beiden melancholischen und so schlichten Verse sang:

„Ach! Schnell wie diese Blumen
Wird euer Glück verwelken."

Plötzlich zog der Arbeiter unter seiner Weste eine goldgelbe Blume hervor, die in der Bretagne häufig ist, die er aber sicherlich auf den Wiesen der

Brie, wo sie nur selten vorkommt, gefunden hatte, es war ein Ginsterzweig.
„Bist du's, Brigaut?" fragte das junge Mädchen leise.
„Ja, Pierrette, ja. Ich lebe in Paris, bin auf der Wanderschaft; aber ich möchte hier bleiben, weil du hier bist."
In diesem Augenblick klirrte ein Riegel im Zimmer des ersten Stockwerks unter Pierrettes Fenster. Die Bretonin zuckte erschrocken zusammen und rief Brigaut zu: „Lauf, so schnell du kannst!" Wie ein erschrockener Laubfrosch sprang der junge Arbeiter mit einem Satz davon. Aber seine benagelten Stiefel klapperten so laut auf dem Pflaster von Provins, daß selbst das Geklapper der Mühle dieses Geräusch der Person, die am Fenster erschien, nicht zu verbergen vermochte.
Es war eine Frau. Kein Mann würde sich der Süße des Morgenschlafes entziehen, um einem Straßensänger zu lauschen. Nur ein Mädchen erwacht beim Klang eines Liebesliedes. Es war ein Mädchen, eine alte Jungfer. Als sie mit der Bewegung einer Fledermaus ihren Laden geöffnet hatte, sah sie nach allen Richtungen und vermochte nur noch in der Ferne die Schritte des flüchtenden Brigaut zu hören. Gibt es einen grausameren Anblick als die morgendliche Erscheinung einer häßlichen alten Jungfer an ihrem Fenster? Ist es nicht das widerwärtigste Bild, das ein Fremder sehen kann, wenn er durch ein kleines Städtchen zieht? Es ist zu traurig und zu abstoßend, um darüber lachen zu können. Dieses alte hellhörige Mädchen zeigte sich ohne all jene Schönheitsmittel, die sie zu benützen pflegte: sie

trug weder ihren falschen Zopf, noch ihre Halskrause. Sie hatte den widerwärtigen schwarzen kleinen Sack aufgesetzt, mit dem alte Frauen ihren Hinterkopf zu bedecken pflegen, er sah unter ihrer Nachtmütze vor, die sich verschoben hatte. Diese Unordnung verstärkte den hexenhaften Eindruck ihres Kopfes. Schläfen, Ohren und Nacken, die fast frei lagen, zeigten sich in ihrer abstoßenden Magerkeit. Ihre tiefen Runzeln schienen unter den um das Kinn geknüpften Bändern der weißen Nachtjacke noch röter. Die Jacke stand offen, man sah die Brust, die der einer alten Bäuerin glich, die nicht auf ihre Schönheit bedacht ist. Der dürre Arm wirkte wie ein mit Stoff überzogener Stock. Vor dem Fenster stehend, schien das alte Mädchen groß, da es ein knochiges, hageres, langes Gesicht hatte, das an gewisse Schweizer Typen mahnte. Das Gesicht, mit seinen unproportionierten Zügen, wirkte trocken und scharf und verriet einen solchen Mangel an Empfindung, daß jeder Physiognomiker sich entsetzt abgewandt hätte. Der Ausdruck trat diesmal nackt zutage, sonst wurde er durch ein konventionelles Lächeln und durch kleinbürgerliche Dummheit verschleiert, die sich in einem solchen Maße als Gutmütigkeit gab, daß Menschen, die mit der alten Jungfer zusammenleben, sie sogar für gutmütig halten konnten. Sie besaß dies Haus gemeinschaftlich mit ihrem Bruder. Der Bruder schlief so ruhig in seinem Zimmer, daß ihn selbst das Orchester der Oper nicht aus dem Schlaf geweckt hätte. Das alte Mädchen steckte seinen Kopf zum Fenster hinaus, sah mit seinen kalten blauen Augen, die von kurzen Wimpern und geschwollenen Lidern umgeben waren, zur Mansarde hinauf und versuchte Pierrettes ansichtig zu werden. Aber als sie das Unnütze ihres Tuns erkannt hatte, zog sie sich von ihrem Beobachtungsposten zurück, mit der Bewegung einer Schildkröte, die ihren Kopf wieder einzieht. Sie schloß den Fensterladen wieder, die Stille des Platzes wurde nur von Bauern oder vereinzelten Frühaufstehern getrübt. In einem Hause, in dem ein altes Mädchen lebt, ist ein Hofhund überflüssig: auch das geringfügigste Vorkommnis wird von ihm gesehen, kommentiert und in all seinen Konsequenzen überdacht. So sollte auch die heutige Wahrnehmung der Anlaß zu ernsten Schlußfolgerungen werden, zu einem jener düsteren Dramen, die sich innerhalb der Familie abspielen und nicht weniger grausam sind, weil sie nicht an die Öffentlichkeit gelangen. Der Ausdruck Drama ist bei diesen häuslichen Szenen durchaus am Platze.

Pierrette ging nicht wieder zu Bett. Für sie war Brigauts Kommen ein Ereignis von unerhörter Tragweite. In der Nacht, dem Paradies der Unglücklichen, entging sie wenigstens den Qualen, die sie tagsüber zu erdulden hatte. Wie dem Helden einer deutschen oder russischen Ballade erschien ihr der Schlaf als ihr glückliches Leben, ihr waches Sein am Tage dagegen als ein böser Traum. Nach drei Jahren war ihr Erwachen zum erstenmal ein Fest gewesen. Kindheitserinnerungen hatten ihre Seele mit sanften Klängen erfüllt. Die erste Strophe hatte sie im Traum gehört, bei der zweiten war sie erschrocken aus dem Schlafe aufgefahren, bei der dritten hatte sie gezweifelt: alle Unglücklichen sind durch die

Schule des heiligen Thomas gegangen. Bei der vierten Strophe, als sie barfuß und im Hemd ans Fenster gestürzt war, hatte sie Brigaut, ihren Spielgefährten und Freund, erkannt. Ja, das war sein derber Rock mit kurz abgeschnittenen Schößen und hängenden Taschen, seine Weste aus grobem, in Rouen verfertigtem Baumwollstoff, sein Leinenhemd, das mit einem goldnen Herzen geschlossen wurde, sein großer Umlegekragen, die Ohrringe, die groben Stiefel, die Hose aus ungebleichtem, ungleichmäßig gefärbtem blauen Leinen, mit einem Worte all diese armseligen Dinge, die den Anzug eines armen Bretonen bilden. Die großen weißen Hornknöpfe an Rock und Weste machten Pierrettes Herz höher schlagen. Beim Anblick des Ginsterstraußes wurden ihre Augen feucht, dann erstickte eine furchtbare Angst die Blüten der Erinnerung, die einen Augenblick in ihrer Seele aufgeblüht waren. Sie dachte, ihre Kusine habe vielleicht gehört, daß sie aufgestanden und ans Fenster getreten sei; sie ahnte die Späherin und darum gab sie Brigaut dies entsetzte Zeichen, das er sofort befolgt hatte, ohne es zu begreifen. Ist diese instinktive Unterwürfigkeit nicht der Beweis einer unschuldigen und unbedingten Zuneigung, wie sie selten genug in der Welt vorkommt, alle hundert Jahre zwei- oder dreimal blühend wie die Aloe auf der Isola bella? Wer den flüchtenden Brigaut sah, hätte den unbewußten Heroismus eines unbewußten Gefühls bewundern können. Jacques Brigaut war der vierzehnjährigen Pierrette Lorrain würdig: zwei unschuldige Kinder! Pierrette brach in Tränen aus, als sie ihn entsetzt bei ihrem Zeichen fliehen sah.

Dann setzte sie sich auf einen elenden Stuhl vor einen kleinen Tisch, über dem ein Spiegel hing. Sie stützte ihre Arme auf den Tisch, verbarg den Kopf in ihre Hände und blieb eine volle Stunde so sitzen. In Gedanken zog Pen-Hoël, der kleine Marktflecken, an ihr vorbei, die gefahrvollen Fahrten auf dem Teich im Boot, das der kleine Jacques für sie losgemacht hatte, ihre Großmutter, ihr Großvater, das leidende Gesicht ihrer Mutter, und der schöne Kopf des Majors Brigaut – es war eine sorglose, glückliche Kindheit! Es war wie ein Traum, leuchtende Freuden, die sich von einem verschwommenen grauen Hintergrund abhoben. Ihr schönes aschblondes Haar war unter ihrem kleinen Nachtmützchen in Unordnung geraten, sie trug ein kleines Kattunhäubchen mit Rüschen, das sie sich selbst gemacht hatte. Zu beiden Seiten der Schläfen fielen Locken hinunter, die sich aus den Lockenwickeln aus grauem Papier befreit hatten. Im Nacken hing ein langer, dicker Zopf hinunter. Ihre ungewöhnliche Blässe verriet, daß sie an einer schweren Bleichsucht litt, die dem Körper seine natürlichen Farben entzieht, Appetitlosigkeit und Störungen im Organismus zur Folge hat. Ihr ganzer Körper wies diese wachsbleiche Färbung auf. Der Hals und die Schultern, die so blaß waren wie fahles Gras, erklärten die Magerkeit ihrer vorgestreckten Arme. Pierrettes Füße wirkten schlaff, als wenn sie durch ihre Krankheit zusammengeschrumpft wären. Ihr Hemd reichte nicht weit über ihre Knie und ließ eine ungenügend ernährte Haut und bläulich schimmernde Adern sehen. Sie fror, ihre Lippen wurden violett. Das schmerzliche Lächeln, das über ihrem feingeschnittenen Mund lag, ließ ihre gutgeformten elfenbeinfarbnen Zähne sehen; sie paßten gut zu ihren kleinen Ohren, ihrer spitzen feinen Nase und dem Schnitt ihres Gesichtes, das trotz seiner runden Form klein war. Das Leben dieses reizenden Gesichtes lag in den Augen, deren tabakfarbne Iris, von goldnen Reflexen erhöht, in einen tiefen, leuchtenden Augapfel eingebettet war. Pierrette, die einst lustig war, war jetzt traurig. Die Lebhaftigkeit ihrer Augen, der unbefangene Ausdruck ihrer Stirn, die Flächen ihres Kinns verrieten noch etwas von ihrer einstigen Heiterkeit. Ihre langen Wimpern lagen wie ein Schleier auf ihren infolge ihrer Krankheit verhärmten Wangen. Infolge ihrer Blässe traten die Linien ihres Gesichtes noch stärker vor. Ihr Ohr, wie aus Marmor gemeißelt, war ein kleines plastisches Meisterwerk. Pierrettes Leiden waren zahlreich. Ich will euch ihre Geschichte erzählen.

Ihre Mutter war ein Fräulein Auffray aus Provins, die Stiefschwester von Frau Rogron, der Mutter der gegenwärtigen Besitzer des Hauses.

Auffray, der mit achtzehn Jahren geheiratet hatte, war als Neunundsechziger eine zweite Ehe eingegangen. Aus erster Ehe hatte er eine ziemlich häßliche Tochter, die er, als sie sechzehn Jahre alt war, mit Rogron, einem Gastwirt in Provins, verheiratet hatte.

Seiner zweiten Ehe entstammte gleichfalls eine Tochter, diese aber war entzückend. Zwischen Auffrays Töchtern war ein ungeheurer Altersunterschied: bei der Geburt der jüngeren war die ältere fünfzig Jahre alt. Frau Rogron hatte

bereits zwei erwachsene Kinder, als ihr alter Vater ihr eine Schwester gab.
Mit achtzehn Jahren ging die zweite Tochter des verliebten Greises eine Liebesehe mit Lorrain ein, einem bretonischen Offizier, der Hauptmann in der kaiserlichen Garde war. Liebe stachelt den Ehrgeiz zuweilen. Der Hauptmann, der schnell Oberst werden wollte, trat in die Linie ein. Während der Bataillonschef und seine Frau, glücklich über die Rente, die ihnen Vater Auffray ausgesetzt hatte, in Paris lebten oder je nach den kaiserlichen Schlachten und Friedensschlüssen in Deutschland biwakierten, starb der alte Auffray, der einstige Krämer aus Provins, als Achtundachtzigjähriger, ohne daß er die Zeit gehabt hätte, ein Testament zu machen. Rogron und seine Frau verstanden den Nachlaß so glänzend zu leiten, daß ihnen der weitaus größte Teil des Vermögens zufiel; für Auffrays Witwe blieb kaum mehr übrig als das Haus des Verstorbenen und einige Morgen Land. Die Witwe, die Mutter der kleinen Frau Lorrain, war beim Tode ihres Mannes achtunddreißig Jahre alt. Sie hatte, wie so häufig Witwen, den unglücklichen Einfall, wieder zu heiraten. Um einen jungen Arzt, Dr. Néraud, heiraten zu können, verkaufte sie ihrer Schwiegertochter, der alten Frau Rogron, das Haus und das Land, die ihr infolge des Ehekontraktes zugefallen waren. Néraud brachte ihr Vermögen durch, sie starb aus Kummer nach zwei Jahren in großem Elend.
Der Teil, der Frau Lorrain aus der Erbschaft Auffray zufallen sollte, war zum größten Teil verschwunden und auf ungefähr achttausend Franken zusammengeschmolzen. Der Major Lor-

rain fiel auf dem Feld der Ehre bei Montereau, er hinterließ seiner einundzwanzigjährigen Witwe nichts als ein kleines Mädchen von vierzehn Monaten, die Pension, auf die sie Anspruch hatte, und die Aussicht auf das Erbe, das ihr nach dem Tode von Herrn und Frau Lorrain zufallen sollte. Sie waren Krämer in Pen-Hoël, einem kleinen Ort in der Vendée. Lorrains, der Vater und die Mutter des gefallenen Offiziers, Pierrettes Großeltern väterlicherseits, verkauften Holz, das man zum Bauen brauchte, Schiefer, Backsteine, Forstziegel, Röhren und ähnliches. Ihr Geschäft ging schlecht, sei es, daß sie untüchtig waren, sei es, daß sie Unglück hatten, sie konnten ihren Lebensunterhalt kaum fristen. Durch den Bankerott des bekannten Hauses Colinet in Nantes, einer Folge der Ereignisse von 1814, hatten sie vierundzwanzigtausend Franken verloren. Die Schwiegertochter wurde mit Freuden aufgenommen. Als Majorswitwe brachte sie eine Pension von achthundert Franken mit, eine für Pen-Hoël ungeheure Summe. Die achttausend Franken, die ihre Schwester und ihr Schwager Rogron ihr nach tausend Formalitäten schickten, anvertraute sie den alten Lorrains, sie ließ sich eine Hypothek auf ein kleines Haus geben, das sie in Nantes besaßen, es wurde für hundert Taler vermietet und repräsentierte einen Wert von kaum zehntausend Franken.
Die junge Frau Lorrain starb 1819, drei Jahre nach der zweiten unglücklichen Ehe, die ihre Mutter eingegangen war, ungefähr um dieselbe Zeit wie ihre Mutter. Die Tochter des alten Auffray und seiner jungen Frau war zart, klein und schwach; die feuchte Luft in Pen-Hoël war Gift

für sie. Die Familie ihres Mannes bewies ihr, um sie bei sich zu behalten, daß sie nirgends in der Welt ein gesünderes und zuträglicheres Klima finden könne als an diesem Punkt der Vendée, der durch Charettes Heldentaten berühmt war. Sie wurde so gut gepflegt, verwöhnt, betreut, daß ihr Tod Lorrains nur Ehre machte. Einige wollten wissen, daß Brigaut, einer jener eisernen Männer, die unter Charette, unter Mercier, unter dem Marquis von Montauran und dem Baron von Guénic gegen die Republik gekämpft hatten, nicht wenig zum Entschluß der jungen Frau Lorrain, in Pen-Hoël zu bleiben, beigetragen hatte. Wenn dem so war, so sprach daraus nur Liebe und Hingabe. Übrigens hatte ganz Pen-Hoël Brigaut, der respektvoll „der Major" genannt wurde, weil er diesen Rang in der katholischen Armee bekleidet hatte, tagtäglich neben der leidenden Witwe des kaiserlichen Majors gesehen. In der letzten Zeit hatte sich der Pfarrer von Pen-Hoël der alten Frau Lorrain gegenüber einige Bemerkungen gestattet. Er hatte sie gebeten, ihre Schwiegertochter zu veranlassen, Brigaut zu heiraten, und hatte versprochen, den Major zum Friedensrichter des Kantons Pen-Hoël durch die Protektion des Grafen von Kergarouët ernennen zu lassen. Der Tod der armen jungen Frau machte all diese Pläne zunichte. Pierrette blieb bei ihren Großeltern, die ihr vierhundert Franken Zinsen jährlich schuldeten und diesen Betrag natürlich für ihren Unterhalt verbrauchten. Die alten Leute, die in geschäftlicher Beziehung mit jedem Tage unfähiger wurden, hatten einen tüchtigen und unternehmenden Konkurrenten. Sie begnügten sich damit, ihn schlecht zu machen, ohne irgend etwas zur Verbesserung ihrer Lage zu tun. Der Major, ihr Freund und Berater, starb sechs Monate nach dem Tode der jungen Frau Lorrain, vielleicht aus Kummer, vielleicht an seinen Wunden, er hatte ihrer siebenundzwanzig. Als guter Geschäftsmann wollte der böse Nachbar seine Gegner ruinieren, um jede Konkurrenz zu ersticken. Er borgte Lorrains Geld auf Wechsel, überzeugt, daß sie ihre Schulden nicht würden bezahlen können, und zwang sie auf ihre alten Tage, ihre Bilanz vorzulegen. Pierrettes Hypothek wurde in erster Linie berücksichtigt, da die Großmutter ihre Rechte geltend machte, um ihrem Mann ein Stück Brot zu sichern. Das Haus in Nantes wurde für neuntausendfünfhundert Franken verkauft, die Unkosten beliefen sich auf fünfzehnhundert Franken. Die achttausend Franken, die übrig blieben, fielen Frau Lorrain zu, die sie als Hypothek anlegte, um in Nantes in einer Art „Beguinage" zu Saint-Jacques leben zu können, wo die beiden alten Leute für eine bescheidene Pension untergebracht waren. Infolge der Unmöglichkeit, ihre mittellose kleine Enkelin bei sich zu behalten, besannen sich die alten Leute auf Rogrons und schrieben ihnen. Die Rogrons aus Provins waren gestorben. Der Brief von Lorrains an Rogrons war also nach menschlicher Voraussicht unbestellbar. Wenn aber irgendeine Institution auf Erden die Vorsehung zu ersetzen scheint, so ist es sicherlich die Post. Der Geist der Post, der unvergleichlich höher steht als der Geist der Durchschnittsmenschen, ist auch dem Geist der geschicktesten Romanschriftsteller an Erfindungsgabe überlegen. Wenn die Post einen

Brief zu befördern hat, der für sie einen Betrag von drei bis zu zehn Sous verkörpert, ohne sofort den Empfänger ermitteln zu können, so entwickelt sie eine Findigkeit, die sich nur mit den Machenschaften der rücksichtslosesten Gläubiger vergleichen läßt. Die Post geht, kommt, stöbert in den sechsundachtzig vorhandenen Departements. Die Schwierigkeiten stacheln die Erfindungsgabe der Beamten, die häufig Schriftsteller sind; mit dem Eifer von Mathematikern machen sie sich auf die Suche nach dem Unbekannten, sie durchstöbern ganz Frankreich. Beim geringsten Hoffnungsschimmer setzen sich alle Postämter in Bewegung. Zuweilen ist man starr, wenn man all die Hieroglyphen entziffert, die den Umschlag des Briefes bedecken, es sind die glorreichen Beweise der Hartnäckigkeit, mit der die Post ihr Ziel verfolgt hat. Wenn ein Privatmensch unternommen hätte, was die Post vollbracht hat, so hätte er mindestens zehntausend Franken durch Reisen und an Bargeld eingebüßt, ganz abgesehen vom Zeitverlust, um dafür ganze zwölf Sous zu retten. Die Post entwickelt sicherlich viel mehr Geist, als sie befördert. Lorrains Brief, an Herrn Rogron in Provins adressiert, der vor einem Jahr gestorben war, wurde von der Post an den Sohn, Herrn Rogron, der einen Kaufladen in Paris in der Rue Saint-Denis hatte, befördert. Ein glänzender Beweis für den Geist der Post. Jeder, der eine Erbschaft angetreten hat, ist ängstlich darauf bedacht, zu wissen, ob ihm wohl das gesamte Erbe zugefallen ist, ob er nicht ausstehende Schulden übersehen habe. Der Fiskus ergründet alles, selbst Charaktere. Ein an den alten Rogron in Provins gerichteter Brief

mußte die Neugier seiner Erben, seines Sohnes und seiner Tochter Rogron in Paris, reizen. Auf diese Weise konnte der Fiskus seine sechzig Centimes einziehen.
Rogrons, denen Lorrains in ihrer Verzweiflung, sich von ihrer kleinen Enkelin trennen zu müssen, ihre Hände flehend entgegenstreckten, sollten über das Geschick von Pierrette Lorrain entscheiden. Es ist daher notwendig, über ihr Vorleben und ihren Charakter zu berichten.
Der Vater Rogron, der Gastwirt aus Provins, dem der alte Auffray seine Tochter aus erster Ehe zur Frau gegeben hatte, hatte eine kupferfarbene Nase und Wangen, die Bacchus mit seinen Weinreben gezeichnet hatte. Trotzdem er rund und klein war, einen dicken Bauch, kurze fette Beine und grobe Hände hatte, eignete ihm die Schläue der Schweizer Gastwirte, denen er auch sonst glich. Sein Gesicht sah aus wie ein großer verhagelter Weinberg. Er war sicherlich kein ansehnlicher Mann, aber seine Frau war ihm ähnlich. Nie hat ein Paar besser zueinander gepaßt. Rogron war kein Kostverächter und ließ sich gern von hübschen Mädchen bedienen. Er gehörte zur Klasse der brutalen Egoisten, die keine Hemmungen kennen und selbst Gott gegenüberstehend auf ihrem Willen beharren. Habgierig, sehr interessiert, ohne jedes Zartgefühl, nur darauf bedacht, seinen Launen zu frönen, aß er seinen Verdienst auf bis zu jenem Tage, wo seine Zähne den Dienst versagten. Sein Geiz blieb. Auf seine alten Tage verkaufte er sein Wirtshaus, verstand, wie bereits berichtet, fast das gesamte Vermögen seines Schwiegervaters an sich zu bringen, und zog sich in das

kleine Haus zurück, das er Auffrays Witwe, Pierrettes Großmutter, für einen lächerlichen Preis abgeluchst hatte. Rogron und seine Frau besaßen eine Rente von ungefähr zweitausend Franken, die aus der Pacht von etwa siebenundzwanzig Grundstücken, die in der Nähe von Provins lagen, herrührte, dazu kamen die Zinsen vom Verkauf ihres Wirtshauses, das sie für zwanzigtausend Franken verkauft hatten. Obgleich Auffrays Haus in sehr schlechtem Zustand war, wurde es, ohne auch nur das geringste daran zu verbessern, von den alten Wirtsleuten bezogen, die sich wohl hüteten, etwas ins Haus hineinzustecken: alte Ratten haben eine Vorliebe für Mauerspalten und Ruinen. Der alte Wirt begann dem Garten Geschmack abzugewinnen und legte seine Ersparnisse im Garten an. Er führte ihn bis an den Fluß, gab ihm die Form eines verlängerten, zwischen zwei Mauern eingeschalteten Vierecks, das von natürlichem Steingeröll abgeschlossen wurde. Die sich selbst überlassene wasserreiche Natur entfaltete hier den vollsten Reichtum ihrer Blütenpracht. Zu Beginn ihrer Ehe hatten Rogrons in einem Zwischenraum von zwei Jahren einen Sohn und eine Tochter bekommen, ihre Kinder waren furchtbar, es waren degenerierte Geschöpfe. Sie wurden für einen niedrigen Preis bei einer Amme auf dem Lande untergebracht und hatten unter den Grausamkeiten, denen Kinder auf dem Dorfe ausgesetzt sind, gerade genug gelitten. Sie hatten lange vergebens nach der Brust ihrer Amme geschrien, die auf dem Felde arbeitete und sie während dieser Zeit in einer der feuchten, dunklen, niedrigen Stuben einschloß, in der der französische Bauer sein Leben fristet. Infolge dieser Behandlung bekamen die Kinder grobe Züge und ihre Stimme verlor ihren Schmelz. Sie schmeichelten der Eigenliebe ihrer Mutter nur wenig; durch Strenge, die die Härte des Vaters als Zärtlichkeit erscheinen ließ, versuchte sie ihnen ihre Unarten abzugewöhnen. Man ließ sie im Hof, im Stall und in den Schuppen des Wirtshauses herumstrolchen, sich in der Stadt herumtreiben, prügelte sie zuweilen oder schickte sie zu ihrem Großvater Auffray, der wenig für sie übrig hatte. Diese Ungerechtigkeit war einer der Gründe, die Rogrons ermutigte, sich in der Erbschaft des „alten Bösewichts" den Löwenanteil zu sichern. Vater Rogron schickte seinen Sohn in die Schule und kaufte ihn, als er so weit war, durch einen Stellvertreter vom Militärdienst frei. Als seine Tochter Sylvia dreizehn Jahre alt war, schickte er sie als Lehrling in ein Kaufhaus nach Paris. Zwei Jahre später ließ er seinen Sohn Jérôme-Denis den gleichen Beruf ergreifen. Wenn seine Freunde und Gevattern, die Fuhrleute und Stammgäste, ihn fragten, welche Zukunftspläne er für seine Kinder habe, setzte Rogron sein System mit einer Kürze auseinander, das vor dem anderer Väter den Vorzug der Aufrichtigkeit hatte.

„Sobald sie im Alter sein werden, in dem sie mich verstehen können, kriegen sie einen Tritt, Sie wissen wohin, mit den Worten: ‚Sieh zu, daß du zu Geld kommst!'" antwortete er und nahm einen Schluck oder wischte sich den Mund mit dem Handrücken ab. Dann zwinkerte er dem Fragenden vertraulich zu: „He! he! sie sind nicht dümmer als ich", fügte er hinzu. „Mein Vater hat mir drei Tritte gegeben, sie sollen von mir nur einen kriegen; er hat mir einen Louis in die Hand gedrückt, sie sollen zehn haben. Sie sind also viel besser daran als ich. So wirds gemacht. Und wenn ich erst tot bin, so wird sich schon zeigen, was sie kriegen. Die Notare werden es schon zu finden wissen. Das wäre noch besser, sich um seiner Kinder willen Entbehrungen aufzuerlegen! ... Die meinen danken mir ihr Leben, ich habe sie ernährt und verlange nichts von ihnen. Da sollten wir nicht quitt sein? Lassen Sie's gut sein, Nachbar, ich habe als Fuhrmann angefangen, das hat mich aber nicht gehindert, die Tochter von Aufíray, dem alten Spitzbuben, zur Frau zu kriegen."

Für eine Pension von hundert Talern kam Sylvia Rogron in die Lehre in die Rue Saint-Denis zu Kaufleuten, die aus Provins stammten. Zwei Jahre darauf war sie „au pair"; wenn sie auch noch nichts verdiente, so bezahlten ihre Eltern weder für ihre Wohnung noch für ihr Essen. Das pflegte man in der Rue Saint-Denis „au pair" zu nennen. Zwei Jahre später, während derer ihre Mutter ihr zweihundert Franken für ihren Unterhalt schickte, bezog Sylvia hundert Taler Gehalt. So war sie mit neunzehn Jahren selbständig. Mit zwanzig Jahren war sie zweite Verkäuferin im Hause Julliard, dem Seidenhaus zum „Ver chinois" in der Rue Saint-Denis. Das Leben des Bruders glich dem der Schwester auf ein Haar. Der kleine Jérôme-Denis Rogron trat als Lehrling in eines der größten Kaufhäuser in der Rue Saint-Denis ein, in das Haus Guépin, zu den „Trois Quenouilles". Wenn Sylvia mit einundzwanzig Jahren erste Verkäuferin mit einem Gehalt von tausend Franken war, so machte Jérôme-Denis noch schneller Karriere. Mit achtzehn Jahren war er erster Kommis mit einem Gehalt von zwölfhundert Franken bei Guépins, die gleichfalls aus Provins stammten. Der Bruder und die Schwester sahen sich alle Sonn- und Festtage, sie amüsierten sich auf sparsame und vernünftige Weise, aßen im Freien, gingen nach Saint-Cloud, Meudon, Belleville und Vincennes. Um 1815 taten sie ihr sauer verdientes Geld, es waren ungefähr zwanzigtausend Franken, zusammen und kauften Frau Guenée den Laden der „Soeur de Famille" ab, ein gut eingeführtes Kurzwarengeschäft. Die Schwester war Kassiererin und besorgte alle schriftlichen Arbeiten. Der Bruder war zugleich Inhaber und erster Kommis, ebenso wie Sylvia eine Zeit hindurch auch ihre eigene erste Verkäuferin war. 1821, nach fünf Jahren, wurde die Konkurrenz im Kurzwarengeschäft so groß, daß Bruder und Schwester kaum ihre Rechnungen zu begleichen und den alten Ruf des Hauses aufrecht zu erhalten vermochten. Obgleich Sylvia damals erst vierzig Jahre alt war, wirkte sie infolge ihrer Häßlichkeit, der unausgesetzten Arbeit und einem gewissen verdrossenen Wesen, das in ihrem Charakter und in Geldsorgen begründet war, wie eine Fünfzigerin. Mit achtunddreißig Jahren hatte Jérôme-Denis Rogron das dümmste Gesicht, das sich je der Kundschaft über dem Ladentisch präsentiert hat. In seine niedrige Stirn waren drei tiefe Runzeln eingegraben. Sein kurzgeschnittenes graues Haar drückte die unsagbare Dummheit eines Fischblütlers aus. Aus seinen blaßblauen Augen sprach weder ein Gedanke, noch ein Gefühl. Sein rundes, plattes Gesicht erweckte keine Sympathie, ja, es brachte jene, die sich die Mühe geben, Pariser Physiognomien zu studieren, nicht einmal zum Lachen. Es machte nur traurig. Er war wie sein Vater dick und klein, aber seine Formen, die die brutale Fettleibigkeit des Gastwirts vermissen ließen, verrieten in jeder Bewegung eine lächerliche Indolenz. An Stelle der ungewöhnlich starken Farben seines Vaters war sein Gesicht von einer schlaffen Blässe, wie sie Menschen eignet, die in sonnenlosen Hinterstuben leben, mit nichts anderem beschäftigt als Faden auf- und abzuwickeln, Geld einzunehmen oder zu bezahlen, die Angestellten zu rüffeln oder den Kunden die immer gleichen Phrasen zu sagen. Der Geist von Bruder und Schwester war durch das Geschäft, durch Soll und Haben, durch die Kenntnis der besonderen Gesetze und Bräuche von Paris völlig aufgezehrt. Faden, Nadeln, Bänder, Stecknadeln, Knöpfe, Schneiderutensilien, kurz, die große Fülle von Artikeln, die in ein Kurzwarengeschäft gehören, beherrschten ihr Gedächtnis. Briefe, die es zu beantworten, Rechnungen, die es auszuschreiben galt, Inventuraufnahmen erforderten ihre gesamte Geisteskraft. Außerhalb ihres Geschäftes wußten sie nichts; auch Paris existierte für sie nicht. Für sie war Paris etwas, das sich rings um die Rue Saint-Denis aufbaute. Ihr enger Charakter hatte sich im Laden ausgelebt. Sie verstanden es glänzend, ihre Kommis und ihre Verkäuferinnen zu quälen und ihnen stets an allem die Schuld zu geben. Ihr Glück bestand darin, daß sich alle Hände wie Mäusepfoten auf dem Ladentisch regten, die Ware auseinanderbreiteten oder wieder zusammenlegten. Wenn sie die sieben oder acht Stimmen der Verkäuferinnen und der jungen Leute hörten, die der Kundschaft die durch den Gebrauch geheiligten uralten Phrasen vorschwatzten, waren sie auf dem Gipfel der Seligkeit. Wenn Paris in blaue Luft gebadet dalag, und die Pariser sich nur um die Kurzwaren kümmerten, die sie auf dem Leibe trugen, sagte der Inhaber seufzend: „Dieses Wetter taugt nicht fürs Geschäft.“ Restlos bewunderten die Lehrlinge Rogrons Fähigkeit, ein Paket zusammenzuschnüren, zu öffnen und wieder einzupacken. Während Rogron ein Paket machte, sah er, was auf der Straße vorging, und beobachtete selbst das leiseste Vorkommnis in seinem Laden. Nichts war ihm entgangen, wenn er der Kundin das Paket mit den Worten aushändigte: „Hier, gnädige Frau, und was außerdem?“ Ohne die Schwester wäre dieser Hansnarr ruiniert worden. Sylvia hatte den Verstand und das Genie des Verkaufs. Sie beaufsichtigte den Einkauf und schickte ihren Bruder mitleidslos bis in den äußersten Winkel Frankreichs, um einen Sou Verdienst mehr bei einem Artikel herauszuschlagen. Da die Schlauheit, die jeder Frau mehr oder weniger eignet, nicht im Dienste ihres Herzens stand, kam sie ihrer Spekulationswut zu gute. Ein einzulösender Wechsel! das war der Motor, der diese Maschine in Gang brachte und ihr eine überraschende Tatkraft verlieh. Rogron war erster Kommis geblieben, er konnte das Ganze des Geschäftes nicht übersehen. Selbst das persönliche Interesse, das stärkste Vehikel des Geistes, hatte ihn nicht um einen Schritt vorankommen lassen. Er war zuweilen sprachlos, wenn seine Schwester, die das Ende einer Mode voraussah, anordnete, daß ein Artikel mit kleinem Verlust verkauft werden solle; er bewunderte Sylvia grenzenlos. Er folgerte weder falsch noch richtig, er war überhaupt nicht imstande, Schlußfolgerungen zu ziehen; aber er hatte Verstand genug, um sich seiner Schwester unterzuordnen, und tat dies aus Gründen, die vom Geschäft unabhängig waren. „Sie ist die Ältere", sagte er. Vielleicht erklärt sein einsames Leben, nur darauf bedacht, die unumgänglich notwendigsten Bedürfnisse zu befriedigen, der Verzicht auf jegliche Freude in der Jugend dem Physiologen und Denker den stumpfen Ausdruck dieses Gesichtes, das Versagen des Gehirns, die alberne Haltung dieses Kaufmanns. Seine Schwester hatte ihn stets gehindert zu heiraten, vielleicht fürchtete sie, ihren Einfluß im Hause einzubüßen, vielleicht witterte sie in einer Frau, die jünger und unter allen Umständen nicht ganz so häßlich wie sie wäre, unvorhergesehene Ausgaben, ja den Ruin des Geschäftes.

Die Dummheit hat zwei verschiedene Formen: sie schweigt oder sie spricht. Stumme Dummheit ist erträglich, aber Rogrons Dummheit war geschwätzig. Dieser Ladeninhaber hatte die Gewohnheit angenommen, seine Kommis auszuschelten, ihnen die Tricks des Kurzwarenhandels zu erklären, faule Witze zu machen, die zum Ladenbetrieb gehören. Rogron, dem eine Handvoll Menschen respektvoll zuzuhören gezwungen war, Rogron, der eine hohe Meinung von sich hatte, hatte sich zuletzt seine eigene Phraseologie gebildet. Dieser Schwätzer hielt sich für einen Redner. Die Notwendigkeit, den Käufern begreiflich zu machen, was sie brauchen, ihre Wünsche zu erraten, ihnen das aufzudrängen, was sie weder wollen, noch brauchen, löst die Zunge des Verkäufers. Der kleine Handeltreibende erwirbt die Fähigkeit, Phrasen loszulassen, die keinen Sinn haben, aber trotzdem erfolgreich sind. Er setzt den Käufern die unglaublichsten Dinge auseinander; daher ist er für den Augenblick seiner Kundschaft überlegen, aber wenn er einmal aus dem Bereich der tausend Erklärungen, die seine tausend Artikel erfordern, heraus ist, sitzt er, soweit es sich um Gedanken handelt, wie ein Fisch auf dem Trockenen.

Rogron und Sylvia, diese aufgezogenen Puppen, waren all jener Empfindungen bar, die dem Herzen sein eigenes Leben verleihen. Sie waren ungewöhnlich trockene Naturen, verhärtet durch Arbeit und Entbehrungen, durch die Erinnerung an ihre Leiden während einer langen und harten Lehrzeit. Weder er noch sie empfanden jemals Mitleid. Sie waren nicht rachsüchtig, wohl aber mitleidslos Menschen gegenüber, die in einer bedrängten Lage waren. Für sie erschöpften sich Tugend, Ehre, Rechtlichkeit, ja alle menschlichen Empfindungen, darin, daß man seine Rechnungen rechtzeitig bezahlte. Kleinlich, klatschsüchtig, geizig, standen Bruder und Schwester in einem furchtbaren Ruf unter den Handeltreibenden in der Rue Saint-Denis. Ohne ihre Beziehungen zu Provins, das sie dreimal im Jahre aufsuchten, sobald sie ihr Geschäft für zwei oder drei Tage schließen konnten, hätten sie weder Ladenmädchen noch Verkäufer bekommen. Aber Vater Rogron schickte seinen Kindern all die Unglücklichen, die für den Handel bestimmt waren; in Provins engagierte er männliche und weibliche

Lehrlinge für sie, da er sich aus Eitelkeit der Erfolge seiner Kinder rühmte. Jeder, den die Aussicht lockte, seinen Sohn oder seine Tochter in guten Händen zu wissen, ja, die Möglichkeit, ihn oder sie Nachfolger von Rogron fils werden zu lassen, schickte das Kind, das ihm im Hause im Wege war, zu den beiden Junggesellen in die Lehre. Aber im Augenblick, wo der Lehrling, für den hundert Taler bezahlt wurden, die Möglichkeit hatte, diese Galeere zu verlassen, floh er mit einem Glücksempfinden, das den furchtbaren Ruhm des Hauses Rogron nur steigerte. Der unermüdliche Gastwirt entdeckte immer neue Opfer. Sylvia, die seit ihrem fünfzehnten Jahr gewisse Mätzchen beim Verkauf gewohnt war, hatte zwei Masken: das liebenswürdige Gesicht der Verkäuferin und die für eine alte vertrocknete Jungfer selbstverständliche Physiognomie. Ihr Verkäuferinnengesicht war von wunderbarer Beweglichkeit, alles an ihr lächelte; ihre Stimme, die einen liebenswürdigen, ja zärtlichen Klang bekam, wickelte die Kundschaft ganz ein. Ihr wahres Gesicht war jenes, das zwischen den beiden Fensterläden zum Vorschein gekommen war. Sie hätte den resolutesten Kosaken von 1815 in die Flucht gejagt, trotzdem diese für Französinnen jeder Art eingenommen waren.

Als der Brief der alten Lorrains kam, hatten Rogrons, die um ihren Vater Trauer trugen, das Haus, das Pierrettes Großmutter beinahe gestohlen worden war, geerbt, außerdem Felder, die der alte Hauswirt im Laufe der Zeit erworben hatte, und Bargeld, das aus Wuchergeschäften herrührte, aus Summen, die der alte Trunkenbold auf Hypotheken vorgeschossen hatte, in der Hoffnung, die Bauern auf diese Weise zu enteignen. Ihren Jahresabschluß hatten sie gemacht. Auf der „Soeur de famille“ ruhten keine Schulden. Rogrons besaßen im Laden Ware für ungefähr sechzigtausend Franken, etwa vierzigtausend Franken in bar, und das Ladengeschäft. Bruder und Schwester saßen nebeneinander auf der schmalen, mit grün gestreiftem Utrechter Samt bezogenen Bank, die in einer Nische hinter dem Ladentisch stand, und besprachen sich eingehend über ihre weiteren Pläne. Jeder Ladenbesitzer strebt danach, eine sozial höhere Klasse zu erreichen und ein bürgerliches Leben zu führen. Durch den Verkauf ihres Geschäftes würden sie etwa hundertfünfzigtausend Franken erzielen, ganz abgesehen vom väterlichen Erbe. Wenn sie das verfügbare Geld ins Grundbuch eintrügen, hätte jeder von ihnen eine Rente von drei- bis viertausend Franken, selbst wenn sie den Wert ihres Geschäftes, der ihnen sicherlich an den Verfallsdaten bezahlt werden würde, für die Instandsetzung des väterlichen Hauses benützen würden. Sie könnten also nach Provins in ihr eigenes Haus ziehen. Ihre erste Verkäuferin war die Tochter eines reichen Pächters aus Donne-Marie, der neun Kinder hatte; jedes Kind hatte einen Beruf ergreifen müssen, denn sein Vermögen, in neun Teile geteilt, wäre zu klein geworden. Im Laufe von fünf Jahren hatte der Pächter sieben Kinder verloren, die erste Verkäuferin war so begehrenswert geworden, daß Rogron vergebens versucht hatte, sie zur Frau zu gewinnen. Die Verkäuferin empfand eine so ausgesprochene Antipathie für ihren Chef, daß jeder

Versuch daran abblitzte. Außerdem war auch Sylvia gegen diesen Plan, sie leistete direkte Opposition und wollte, daß das gerissene Mädchen ihre Nachfolgerin im Geschäft werde. Rogron sollte erst nach ihrer Niederlassung in Provins heiraten. Von den Vorübergehenden vermag niemand den Grund der kryptogamischen Existenz gewisser Ladeninhaber zu begreifen. Man betrachtet sie und fragt sich: Warum und wofür leben sie? Was wird aus ihnen? Woher kommen sie? Man verliert sich in Vermutungen, wenn man ihr Leben begreifen will. Um den geringen Bruchteil von Poesie zu entdecken, der in diesen Köpfen keimt und diese Existenzen belebt, wäre es notwendig, sie zu erforschen, aber man würde bald auf die Tufferde stoßen, auf der alles ruht. Der Pariser Ladeninhaber lebt von einer leichter oder schwerer zu verwirklichenden Hoffnung; wenn man ihm die nehmen würde, würde er unweigerlich sterben. Der eine träumt davon zu bauen oder ein Theater zu leiten; der andere hat den Ehrgeiz, Bürgermeister zu werden; ein dritter hat sein Landhaus mit einem sogenannten Park, in dem er farbig angestrichene Gipsstatuen aufstellt, Springbrunnen anlegt und dafür wahnsinnige Summen ausgibt; ein vierter träumt davon, der Nationalgarde vorzustehen. Provins, dieses irdische Paradies, entzündete in Rogrons den Fanatismus, den jede hübsche französische Stadt in ihren Bewohnern erweckt. Wir wollen zum Ruhm der Champagne sagen: diese Liebe ist durchaus berechtigt. Provins, eine der hübschesten französischen Städte, kann mit Frangistan und dem Tal von Kaschmir wetteifern; hier verwirklichen sich nicht nur die Dichtungen Saadis, des persischen Homer, selbst die medizinische Wissenschaft kann hier ernten. Kreuzritter hatten Rosen aus Jericho in dieses schöne Tal verpflanzt, sie bekamen dort neue Eigenschaften, ohne etwas von ihrer Farbe einzubüßen. Provins ist nicht nur das französische Persien; es könnte auch Baden, Aix, Bath sein: es hat Heilquellen! Diese idyllische Landschaft tauchte von Zeit zu Zeit in der Phantasie der beiden Krämerseelen auf dem schmutzigen Pflaster der Rue Saint-Denis auf.

Wenn man die graue Ebene zwischen La Ferté-Gaucher und Provins durchschritten hat, eine wahre Wüste, aber eine dafür um so ertragreichere, eine Weizenwüste, kommt man an einen Hügel. Plötzlich liegt eine von zwei Flüssen eingefaßte Stadt zu unseren Füßen: am Fuße des Felsens erstreckt sich ein grünes Tal voll bewegter Linien. Wenn man aus Paris kommt, liegt Provins langhingestreckt an der großen Landstraße Frankreichs, die unten am Ufer aufsteigt. Hier erheben Blinde und Bettler ihre jammervollen Stimmen, und bringen in dies malerische, unerwartete Bild eine düstere Note. Kommt man aus Troyes, so führt der Weg durch die Ebene. Das Schloß, die alte Stadt und die alten Wälle bauen sich auf dem Hügel auf. Die neue Stadt liegt tiefer. Es gibt ein oberes und ein unteres Provins: eine Stadt mit schnell ansteigenden Straßen, schönen Durchblicken, von Schluchten und Hohlwegen eingefaßt, mit Nußbäumen bepflanzt, die mit ihren weit ausgreifenden Kronen die steilen Linien des Tales mildern; es ist eine stille, saubere, feierliche Stadt, die von der imponierenden Schloßruine beherrscht wird. Außerdem gibt es eine Stadt mit Mühlen, von Voulzie und Durtain bespült, zwei kleinen, langsam fließenden, tiefen Flüssen; eine Stadt mit Wirtshäusern und Kaufläden, in der Bürger leben, die sich vom Geschäft zurückgezogen haben; die Post, Lastwagen und zuweilen ein Landauer rattern über das Pflaster. Diese beiden Städte, oder vielmehr diese Stadt mit ihren historischen Erinnerungen, der Melancholie ihrer Ruinen, der Heiterkeit ihres Tales, den köstlichen Schluchten voll Blumen und zerzausten Hecken, ihrem von Gärten begrenzten Fluß wird von ihren Kindern so geliebt, daß sie sich wie die Auvergnaten, die Savoyarden, ja, wie die meisten Franzosen benehmen: wenn sie Provins verlassen, um Geld zu verdienen, sie kommen stets wieder. Das alte Wort: „in den Sielen sterben", das für die Kaninchen so gut wie für alle treuen Seelen gilt, scheint der Wahlspruch der Provinser zu sein.

So dachten auch die beiden Rogrons stets an ihr geliebtes Provins. Wenn der Bruder Garn verkaufte, sah er die obere Stadt. Wenn er Knopfkarten in den Kasten tat, tauchte das Tal vor ihm auf. Wenn er Florettband auf- und abwickelte, verfolgte er den Lauf der Flüsse. Beim Anblick seiner Regale stieg die Erinnerung an Hohlwege in ihm auf, in die er einst vor dem Zorn seines Vaters geflohen war, um Nüsse und Maulbeeren zu stehlen. Am meisten beschäftigte ihn der kleine Platz in Provins: er dachte daran, das Haus umzubauen, er träumte von der neuen Fassade, der Zimmerflucht, dem Salon, dem Billardzimmer, dem Speisezimmer und dem Gemüsegarten, den er in einen englischen Garten verwandelte mit grünen Rasenplätzen, Grotten, Springbrunnen und Statuen. Die Zimmer, in denen Bruder und Schwester in der zweiten Etage des sechsstöckigen schmalen, hohen, gelbgestrichenen Hauses in der Rue Saint-Denis schliefen, enthielten nur das Allernotwendigste; aber niemand in Paris besaß eine Einrichtung, die sich mit der dieses Kurzwarenhändlers vergleichen ließ. Wenn er über die Straße ging, prüfte er Möbel, Vorhänge und Teppiche in den Auslagen eingehend. Zu Hause sagte er zu seiner Schwester: „Ich habe in diesem Laden eine Saloneinrichtung gesehen, die das Richtige für uns wäre." Am nächsten Tag kaufte er in seiner Phantasie eine neue Einrichtung, und so ging das jeden Tag! Seine Umbaupläne stiegen ins Unendliche: er wollte alles! Die neuesten Erfindungen imponierten ihm am meisten. Wenn er die Balkone der neu erbauten Häuser betrachtete und die schüchternen Versuche einer neuen Ornamentik prüfte, fand er Gesimse, plastische Figuren und Zeichnungen an falscher Stelle angebracht. „Ach," sagte er sich, „um wieviel besser würden sich all diese schönen Dinge in Provins ausnehmen als hier!" Wenn er sein Frühstück in der offenen Ladentür verdaute, gegen den Vorbau des Hauses mit stumpfem Gesichtsausdruck lehnend, sah er ein Haus, das sein Traum phantastisch vergoldete; er ging in seinem Garten spazieren, hörte das Plätschern des Springbrunnens, der in glitzernden Tropfen auf einen runden Tisch aus feinkörnigem Stein hinunterfiel. Er stand vor seinem Billardtisch und pflanzte seine Blumen. Wenn seine Schwester mit der Feder in der Hand dasaß, selbst mit den Verkäufern zu schelten vergaß, war sie in Gedanken in ihrem Salon, empfing die Honoratioren von Provins und bewunderte sich im Spiegel in phantastischen Hauben. Bruder und Schwester begannen die Luft in der Rue Saint-Denis schlecht zu finden, die Gerüche der Markthalle weckten ihre Sehnsucht nach den Rosendüften aus Provins. Sie hatten Heimweh und dabei die fixe Idee, das letzte Endchen Garn, jedes Röllchen Stickseide und jeden Knopf verkaufen zu müssen. Das gelobte Land des Tales von Provins übte eine um so magischere Anziehungskraft auf diese Hebräer, als sie tatsächlich lange gelitten und die sandige Wüste des Kurzwarenhandels atemlos durchschritten hatten.

In Träume, die im Zeichen dieser schönen Zukunft standen, kam der Brief der alten Lorrains. Die Krämer kannten ihre Kusine Pierrette Lorrain kaum. Die Erbschaftsangelegenheit Auffray, die vom alten Gastwirt geregelt worden war, war in die Zeit gefallen, in der sie sich selbständig gemacht hatten, der alte Rogron sprach selten von seinen Geschäften. Bruder und Schwester, die als halbe Kinder nach Paris gekommen waren, erinnerten sich ihrer Tante Lorrain kaum. Eine Stunde genealogischer Erörterungen war notwendig, um sich auf diese Tante zu besinnen, die Tochter aus der zweiten Ehe ihres Großvaters Auffray und die Stiefschwester ihrer Mutter. Frau Lorrains Mutter war also Frau Néraud, die aus Kummer gestorben war. Sie waren der Ansicht, die zweite Ehe ihres Großvaters sei für sie ein Unglück gewesen, ihr Ergebnis war die Teilung der Erbschaft Auffray. Außerdem erinnerten sie sich an Beschuldigungen, die ihr Vater erhoben hatte, der mit Vorliebe schlechte Witze machte und den Gastwirt herausbiß. All diese Überlegungen und Erinnerungen waren für Pierrette nicht gerade günstig. Sich einer Waise annehmen, eines Mädchens, einer Kusine, die, wie es auch kommen möge, ihre Erbin wäre, falls keiner von ihnen heiratete – das wollte reiflich überlegt werden. Die Frage wurde nach allen Seiten hin geprüft. Erstens hatten sie Pierrette nie gesehen. Dann war es nicht so einfach, sich diese Sorge aufzubürden. Würden sie nicht Verpflichtungen übernehmen? Unmöglich, Pierrette wieder zurückzuschicken, wenn sie ihnen nicht gefiel. Würde man sie nicht auch eines Tages verheiraten müssen? Und wenn Rogron unter den Erbinnen von Provins eine passende Frau fände, wäre es nicht richtiger, wenn ihr ganzes Vermögen nur seinen Kindern zufiele? Sylvia fand, die passende Frau für ihren Bruder sei ein dummes, reiches und häßliches Mädchen, das sich von ihr beherrschen ließ. Die beiden Krämer beschlossen Nein zu sagen. Sylvia übernahm die Antwort. Es gab für sie wichtigeres zu erledigen, als diesen Brief zu schreiben, den sie nicht für dringend hielt. Er geriet völlig in Vergessenheit, als ihre erste Verkäuferin in Unterhandlungen wegen des Verkaufs der „Soeur de famille“ trat. Vier Jahre, ehe Brigauts Erscheinen einen solchen Sturm in Pierrettes Seele entfacht hatte, waren Sylvia und ihr Bruder nach Provins gekommen. Aber das Leben dieser beiden Menschen in der Provinz verlangt ebenso sehr nach einer Erklärung wie ihr Leben in Paris, denn Provins sollte für Pierrette nicht weniger verhäng-

nisvoll werden als die kaufmännische Vergangenheit ihrer Angehörigen.
Wenn der kleine Kaufmann aus der Provinz nach Paris kommt und von dort aus wieder in die Provinz zurückgeht, so bringt er stets einige Ideen mit; bei den Gewohnheiten des Provinzlebens, in das er allmählich versinkt und das seine Reformpläne verschlingt, büßt er sie nach und nach wieder ein. Daher stammen diese langsamen und allmählichen Veränderungen, mit denen Paris an der Oberfläche der Departementsstädte schürft und die besonders für den einstigen Ladenbesitzer, der wieder zum Provinzler wird, bezeichnend sind. Dieser Übergang wirkt sich in mancher Beziehung wie eine Krankheit aus. Aus dem ewigen Geschwätze des Ladenbetriebes ins Schweigen, aus der Pariser Geschäftigkeit in die starre Unbeweglichkeit der Provinz findet kein Mensch ungestraft zurück. Wenn diese guten Leute zu Geld gekommen sind, so geben sie größere Summen für ihre lang gehegte Passion aus und überwinden auf diese Weise die letzten Pendelschwingungen einer Bewegung, die abzustellen nicht Sache ihres bewußten Willens ist. Jene, die keine lang gehegte Passion haben, reisen oder stürzen sich in die städtische Politik. Andere gehen auf die Jagd, werfen sich auf den Angelsport, quälen ihre Pächter oder ihre Mieter. Wieder andere werden Wucherer, wie der alte Rogron, oder beginnen zu spekulieren, wie so viele Unbekannte. Rogrons kamen mit einer fixen Idee zurück: es galt ihre Phantasie Wirklichkeit werden zu lassen und das Haus umzubauen. So entstand auf dem Platz im unteren Provins die Fassade, die Brigaut eingehend be-

trachtet hatte, die innere Anordnung des Hauses und seine protzige Einrichtung. Der Baumeister schlug keinen Nagel ein, ohne Rogrons zu befragen, er legte ihnen Zeichnungen und Kostenanschläge vor und setzte ihnen die Art des fraglichen Gegenstandes auseinander, wo er hergestellt wurde und wie groß die Qualitäts- und Preisunterschiede seien. All diese ungewöhnlichen Dinge waren entweder bei Herrn Tiphaine, bei der jungen Frau Julliard oder beim Bürgermeister, Herrn Garceland, verwandt worden. Wenn einer der reichen Bürger von Provins sich die Neuanschaffung geleistet hatte, so war der Kampf ohne weiteres zugunsten des Bauunternehmers entschieden.

„Wenn Herr Garceland dies in seinem Hause hat, so bringen Sie es nur an", entschied Fräulein Rogron. „Dann muß es gut sein, er hat einen guten Geschmack."

„Sylvia, er schlägt uns ovale Ornamente im Karnies des Korridors vor."

„Das nennen Sie oval?"

„Gewiß, Fräulein Rogron."

„Warum? Welch seltsame Bezeichnung! Das habe ich nie gehört."

„Aber Sie haben sie gesehen?"

„Gewiß."

„Verstehen Sie lateinisch?"

„Nein."

„Nun, es kommt von Ei her; oval bedeutet eiförmig."

„Ihr Architekten seid sonderbare Menschen", rief Rogron. „Darum laßt Ihr Euch wohl nie in die Karten sehen!"

„Wollen wir den Korridor ausmalen?“ fragte der Bauunternehmer.
„Meiner Treu nein!“ rief Sylvia. „Das wären wieder fünfhundert Franken!“
„Oh! der Salon und das Treppenhaus sind zu hübsch, um nicht auch den Schmuck des Korridors zu erfordern“, erklärte der Architekt. „Die kleine Frau Lesourd hat den ihren im vorigen Jahr ausmalen lassen.“
„Nun, ihr Mann kann aber doch als Staatsanwalt eines Tages versetzt werden.“
„Oh, er wird eines Tages Gerichtspräsident werden“, erklärte der Baumeister.
„Was soll dann aus Herrn Tiphaine werden?“
„Herr Tiphaine hat eine schöne Frau, um dessen Zukunft mache ich mir keine Sorgen: Herr Tiphaine wird in Paris landen.“
„Wollen wir den Korridor ausmalen lassen?“
„Natürlich, Lesourds werden sehen, daß wir uns von ihnen nicht ausstechen lassen!“ erklärte Rogron.
Das erste Jahr, das Rogrons in Provins verbrachten, war durch Entscheidungen dieser Art, durch die Freude, die Arbeiter am Werk zu sehen, durch die Überraschungen und Belehrungen, die damit zusammenhingen, und durch die Versuche der Geschwister, in der Gesellschaft von Provins Fuß zu fassen, voll ausgefüllt.
Rogrons hatten niemals mit irgend jemand verkehrt, sie hatten ihren Laden nie verlassen, sie kannten absolut niemand in Paris, jetzt überkam sie ein leidenschaftliches Verlangen nach Geselligkeit. Als die Geschwister wiederkamen, suchten sie erst Anschluß bei Herrn und Frau Julliard

vom „Ver Chinois“ und all ihren Kindern und Enkeln; dann bei der Familie Guépin oder besser dem Geschlecht der Guépin, der Enkel war noch der Inhaber der „Trois Quenouilles“; schließlich bei Frau Guénée, die ihnen „la Soeur de famille“ verkauft hatte und deren drei Töchter in Provins verheiratet waren. Diese drei großen Familien: Julliards, Guépins und Guénées hatten sich in der Stadt ausgebreitet wie Quecken auf dem Rasen. Garceland, der Bürgermeister, war Guépins Schwiegersohn. Der Pfarrer, der Abbé Péroux, war der Bruder von Frau Julliard, die eine geborene Péroux war. Tiphaine, der Gerichtspräsident, war der Bruder von Frau Guénée, die sich unterschrieb: geborene Tiphaine.

Die Königin der Stadt war die schöne junge Frau Tiphaine, die einzige Tochter von Frau Roguin, der reichen Frau eines einstigen Pariser Notars, von der nie gesprochen wurde. Mélanie Roguin war geistreich, hübsch und zart; sie war mit Absicht von ihrer Mutter in die Provinz verheiratet worden, weil sie sich nicht von ihr ausstechen lassen wollte, sie hatte sie einige Tage vor ihrer Hochzeit aus dem Pensionat kommen lassen. Die junge Frau kam sich in Provins wie in der Verbannung vor, benahm sich aber tadellos. Sie war vermögend und berechtigte zu den schönsten Hoffnungen. Was nun Tiphaine betraf, so hatte sein alter Vater seiner ältesten Tochter, Frau Guénée, so große Vorschüsse auf die Erbschaft gegeben, daß ein Landgut, das eine Rente von achttausend Franken abwarf und fünf Meilen von Provins entfernt lag, dem Präsidenten zufallen sollte. Das junge Ehepaar, das, als es heiratete, eine Rente von zwanzigtausend Franken besaß, durfte eines Tages mit dem doppelten Betrag rechnen, ganz abgesehen von der Stellung und dem Haus des Präsidenten. Davon ließ sich leben, wie die Welt sagte. Die einzige große Sorge der schönen Frau Tiphaine war, ihren Mann zum Abgeordneten zu machen. Der Abgeordnete würde Richter in Paris werden, und dann würde es ihr nicht schwer fallen, ihn bei Hof unterzubringen. Infolgedessen paktierte sie mit den Schwächen aller einflußreichen Menschen und gab sich Mühe zu gefallen, was ihr restlos gelang. Zweimal wöchentlich empfing sie die gesamte Gesellschaft von Provins in ihrem schönen Hause in der oberen Stadt. Diese junge zweiundzwanzigjährige Frau hatte auf dem schlüpfrigen Gelände, auf dem sie Fuß fassen wollte, noch keinen falschen oder übereilten Schritt gemacht. Sie befriedigte alle Eitelkeiten, schmeichelte dem Steckenpferd jedes einzelnen: sie war ernst mit den Ernsten, ein junges Mädchen mit den jungen Mädchen, mütterlich mit den Müttern, lustig mit den jungen Frauen, immer liebenswürdig und stets bereit, allen zu helfen; mit einem Worte eine Perle, ein Schatz, der Stolz von Provins. Sie hatte noch kein Wort gesagt, aber alle Wähler von Provins warteten, daß ihr teurer Präsident das entsprechende Alter habe, um ihn vorzuschlagen. Jeder einzelne war seiner Begabung sicher und fühlte sich als sein besonderer Protektor. Ach, Herr Tiphaine wird es weit bringen, er wird Justizminister werden und sich der Vaterstadt annehmen!

Der glücklichen Frau Tiphaine war es nicht schwergefallen, die kleine Stadt Provins zu beherrschen.

Nachdem Frau Guénée, Tiphaines Schwester, ihre älteste Tochter an den Staatsanwalt Lesourd verheiratet hatte, ihre zweite Tochter an den Arzt Dr. Martener, ihre dritte Tochter an den Notar Auffray, war sie selbst eine zweite Ehe mit dem Steuereinnehmer Galardon eingegangen. Frau Lesourd, Frau Martener, Frau Auffray und ihre Mutter, Frau Galardon, hielten den Präsidenten für den reichsten und fähigsten Mann der Familie. Es lag im Interesse des Staatsanwalts, der Tiphaines angeheirateter Neffe geworden war, daß sein Onkel nach Paris gehe, um selbst Präsident in Provins zu werden. Die vier Frauen – Frau Galardon betete ihren Bruder an – bildeten Frau Tiphaines Hofstaat und folgten ihr blind. Julliard, der die einzige Tochter eines reichen Pächters geheiratet hatte, wurde von einer heißen, geheimen und uneigennützigen Leidenschaft für die Präsidentin ergriffen, diesen Engel, der vom Pariser Himmel in die Niederungen der Provinz herabgestiegen war. Die schlaue Mélanie, der ein Julliard nicht gefährlich werden konnte, verstand ihn zu ihrem treuen Amadis zu machen und seine Dummheit auszubeuten; sie riet ihm, eine Zeitung zu gründen, die sie als Egeria beraten würde. Seit zwei Jahren gab Julliard unter dem Einfluß seiner romantischen Leidenschaft eine Zeitung heraus und war damit das Sprachrohr der öffentlichen Meinung in Provins geworden. Die Zeitung erschien unter dem Namen „La Ruche“, Zeitung von Provins, sie brachte literarische, archäologische und medizinische Aufsätze, über denen ein Hauch von Heimindustrie lag. Die Anzeigen, die aus dem Kreis kamen, brachten die Kosten auf. Die Abonnenten, deren es zweihundert gab, waren der Reingewinn. Immer wieder erschienen melancholische Stanzen „An sie!!!“ mit drei Ausrufungszeichen, die für Provins unverständlich waren. Auf diese Weise hatte das junge Ehepaar Julliard, das die Reize von Frau Tiphaine verherrlichte, das Geschlecht der Julliard mit dem der Guénée zu verbinden verstanden. Seitdem war das Haus des Präsidenten tatsächlich das einflußreichste in der Stadt. Die wenigen Adeligen, die es in Provins gab, hatten ihren eignen Salon in der oberen Stadt bei der alten Gräfin Bréautey.

In den ersten sechs Monaten ihrer Übersiedlung nach Provins wurden die Geschwister Rogron, die ihre alten Beziehungen zu Julliards, Guépins und Guénées ausnützten, sich auf ihre Verwandtschaft mit dem Notar Auffray, einem entfernten Großneffen ihres Großvaters, stützten, zuerst von der alten Frau Julliard und von Frau Galardon empfangen. Nach nicht geringen Schwierigkeiten drangen sie sogar in den Salon der schönen Frau Tiphaine ein. Jeder wollte Rogrons prüfen, ehe er sie in sein Haus ließ. Es war nicht ganz leicht, die einstigen Ladeninhaber aus der Rue Saint-Denis, die aus Provins stammten und wiedergekommen waren, um hier ihre Renten zu verzehren, nicht bei sich zu empfangen. Aber jede Gesellschaft ist darauf bedacht, Menschen, deren Vermögen, Erziehung, Sitten, Gewohnheiten und Charaktere einigermaßen gleich sind, zusammenzubringen. Nun gehörten Guépins, Guénées und Julliards einer höheren sozialen Schicht an als Rogrons, deren Vater ein Gastwirt gewesen war, der Geld gegen Wucherzinsen verlieh und sich in der Erbschaft Auffray manches hatte zuschulden kommen lassen. Der Notar Auffray, der Schwiegersohn von Frau Galardon, der geborenen Tiphaine, wußte, was er davon zu halten hatte: die Sache war von seinem Vorgänger geordnet worden. Diese alten Kaufmannsfamilien, die sich seit zwölf Jahren vom Geschäft zurückgezogen hatten, hatten sich die Bildungsstufe, die Lebensart und die Manieren der Gesellschaftsklasse zu eigen gemacht, der Frau Tiphaine einen gewissen Hauch von Eleganz und Pariser Firnis aufdrückte. Hier war alles gleichartig: man verstand sich gegenseitig, wußte sich zu benehmen, und jeder war darauf bedacht, es den anderen recht zu machen. Sie kannten ihre Eigenheiten und hatten sich aneinander gewöhnt. Rogrons hofften, als sie bei Garceland, dem Bürgermeister, empfangen wurden, binnen kurzem auch mit der übrigen guten Gesellschaft der Stadt zu verkehren. Sylvia lernte Boston. Rogron, der unfähig war, irgendein Spiel zu spielen, drehte seine Daumen und schluckte an seinen Phrasen, sobald sein Thema, sein neues Haus, erschöpft war. Seine Phrasen waren wie Medizin; sie schienen ihn sehr zu quälen; er stand auf, schien sprechen zu wollen, verstummte eingeschüchtert, seine Lippen zuckten krampfhaft und grotesk. Sylvias Charakter offenbarte sich unverhüllt im Spiel. Zänkisch, stöhnend, wenn sie im Verlust war, von unverschämter Freude, sobald sie gewann, boshaft, händelsüchtig, machte sie ihre Partner und Gegner ungeduldig und wurde der Plagegeist der Gesellschaft. Von einem törichten und unverhüllten Neid verzehrt, erhoben die Geschwister den Anspruch, eine Rolle in einer

Stadt zu spielen, über die zwölf Familien ein engmaschiges Netz gebreitet hatten, in dem Interessen, Eitelkeit und Ehrgeiz gewissermaßen ein Parkett bildeten. Es bedurfte für Neuhinzukommende einer ungewöhnlich guten Haltung, um nicht anzustoßen oder gar auszugleiten. Selbst wenn die Instandsetzung ihres Hauses etwa dreißigtausend Franken verschlingen würde, blieb den Geschwistern immer noch eine Jahresrente von zehntausend Franken. Sie hielten sich für sehr reich, quälten die Gesellschaft mit ihrem zukünftigen Luxus und verrieten ihr kleinliches Wesen, ihre krasse Unwissenheit, ihren dummen Neid hüllenlos. Als sie der schönen Frau Tiphaine vorgestellt wurden, sagte die Königin der Stadt, die Rogrons bereits bei Frau Garceland, bei ihrer Schwägerin Galardon und bei Frau Julliard senior beobachtet hatte, vertraulich zum jungen Julliard, der noch einige Augenblicke, nachdem alle gegangen waren, bei ihr und dem Präsidenten geblieben war:

„Ihr seid wohl alle von Rogrons sehr angetan?"

„Ich?" entrüstete sich der Amadis aus Provins, „sie langweilen meine Mutter, sie bringen meine Frau zur Verzweiflung, und mein Vater konnte Fräulein Sylvia, schon als sie vor dreißig Jahren zu ihm als Lehrling kam, nicht ausstehen."

„Aber ich habe große Lust," sagte die hübsche Präsidentin und setzte ihren kleinen Fuß gegen das Gitter ihres Kamins, „es Rogrons merken zu lassen, daß mein Salon kein Wirtshaus ist."

Julliard blickte zur Decke, als wenn er sagen wollte: „Mein Gott, wieviel Geist und Witz!"

„Ich wünsche mich in einer gewählten Gesellschaft zu bewegen, und wenn ich Rogrons bei mir empfange, so ist sie es ganz sicher nicht mehr."

„Sie haben weder Herz, noch Geist und wissen sich nicht zu benehmen", sagte der Präsident. „Wenn man wie z. B. meine Schwester zwanzig Jahre hindurch Knöpfe und Nähnadeln verkauft hat..."

„Lieber Freund, deine Schwester wüßte sich in jeder Gesellschaft zu benehmen", unterbrach Frau Tiphaine.

„Wenn man den Kurzwarenhändler nicht abschütteln kann," fuhr der Präsident fort, „wenn man sich nicht abschleift und die Grafen von Champagne mit dem gleichnamigen Wein verwechselt, wie es Rogrons heute passiert ist, dann tut man allerdings besser, in seinen vier Wänden zu bleiben."

„Sie sind abstoßend", sagte Julliard. „Es scheint nur noch ein Haus in Provins zu geben. Sie wollen uns alle verschlingen. Im Grunde genommen haben sie kaum das Notdürftigste zum Leben."

„Den Bruder allein könnte man noch ertragen", fuhr Frau Tiphaine fort. „Er ist harmlos. Wenn man ihm irgendein Rätsel aufgibt, so rührt er sich den ganzen Abend nicht aus seiner Ecke. Die Lösung könnte ihn den ganzen Winter beschäftigen. Aber Sylvia hat die Stimme einer verschnupften Hyäne! Tatzen wie ein Hummer! Behalten Sie diese Worte für sich, Julliard."

Nachdem Julliard gegangen war, sagte die kleine Frau zu ihrem Gatten:

„Lieber, es gibt gerade Ortsangesessene genug, die ich empfangen muß, diese beiden wären mein

Tod. Wenn es dir recht ist, wollen wir auf sie verzichten."

„Selbstverständlich bist du Herrin in deinem Hause", antwortete der Präsident; „aber wir machen uns auf diese Weise Feinde. Rogrons werden zur Opposition übergehen, die bis jetzt in Provins noch nicht festen Fuß gefaßt hat. Rogron hat bereits den Baron Gouraud und den Advokaten Vinet besucht."

„Oh," sagte Melanie lächelnd, „damit erweisen sie dir nur einen Dienst. Wo es keine Feinde gibt, gibt es auch keinen Triumph. Eine liberale Verschwörung, eine ungesetzliche Verbindung, ein Kampf irgendwelcher Art würde dich ins richtige Licht setzen."

Der Präsident sah seine junge Frau mit ängstlicher Bewunderung an.

Am nächsten Tage flüsterte man sich bei Frau Garceland zu, daß Rogrons bei Frau Tiphaine kein Glück gehabt hätten. Ihr Wort vom Wirtshaus hatte einen ungeheuren Erfolg. Frau Tiphaine ließ einen vollen Monat verstreichen, ehe sie Fräulein Sylvia ihren Besuch erwiderte. Das ist eine Unverschämtheit, die man in der Provinz sehr übel vermerkt. Beim Boston bei Frau Tiphaine hatte Sylvia eine peinliche Auseinandersetzung mit der alten Frau Julliard gehabt, da sie sie die Partie hatte verlieren lassen, wie Sylvia behauptete, boshafterweise und mit Absicht. Sylvia, die gern anderen einen bösen Streich spielte, konnte nie begreifen, daß man ihr mit gleicher Münze heimzahlte. Frau Tiphaine kam auf den Einfall, Kartenpartien vor dem Kommen von Rogrons zusammenzustellen, so daß Sylvia von Tisch zu Tisch gehen und dem Spiel der anderen zusehen mußte, die ihr heimtückische Blicke zuwarfen. Bei der alten Frau Julliard begann man plötzlich Whist zu spielen, ein Spiel, das Sylvia nicht kannte. Das alte Mädchen begriff endlich, daß man es aus der Gesellschaft herausgedrängt habe; die Gründe hierfür vermochte es freilich nicht zu erfassen. Sylvia bildete sich ein, daß all diese Menschen sie beneideten. Rogrons wurden nirgends mehr eingeladen; aber sie verbissen sich darein, ihre Abende in der Stadt zu verbringen. Witzige Menschen hielten sie ohne besondere Bosheit zum besten, und brachten sie dazu, hanebüchne Tölpeleien über die Ovale ihres Hauses und ihren Likörschrank zu sagen, der nicht seinesgleichen in Provins habe. Rogrons Haus war allmählich fertig geworden. Natürlich gaben sie einige üppige Diners, um über empfangene Höflichkeiten zu quittieren, und namentlich, um ihren Luxus zur Schau zu stellen. Man kam nur aus Neugierde. Zum ersten Diner wurden die einflußreichsten Persönlichkeiten der Stadt eingeladen: Herr und Frau Tiphaine, bei denen Rogrons nie zu Tisch gewesen waren, Herr und Frau Julliard, Vater und Sohn, Mutter und Schwiegertochter, Herr Lesourd, der Pfarrer und Herr und Frau Galardon. Es war eines jener Provinzdiners, bei denen man von fünf bis um neun Uhr bei Tische sitzt. Frau Tiphaine hatte in Provins Pariser Sitten eingeführt: Menschen von Welt verlassen das Haus unmittelbar nach dem Kaffee. Sie erwartete Gäste zu Hause und wollte gehen; Rogrons brachten sie bis auf die Straße. Als sie wiederkamen, peinlich überrascht, daß sie den Präsidenten und

seine Frau nicht zurückzuhalten vermocht hatten, belehrten sie die anderen Gäste über das, was sich gehört, und befolgten Frau Tiphaines Beispiel mit einer Geschwindigkeit, die in der Provinz grausam ist.
„Sie werden meinen Salon nicht bei Licht sehen,“ sagte Sylvia, „und das Licht steht ihm am besten!“
Rogrons hatten ihren Gästen eine Überraschung aufgespart. Niemand hatte das allmählich berühmt gewordene Haus vorher sehen dürfen. Infolge dessen erwarteten Frau Tiphaines Stammgäste ihr Urteil über die Wunder des Palastes Rogron mit Ungeduld.
„Nun,“ sagte die kleine Frau Martener, „da Sie im Louvre waren, müssen Sie uns alles schildern.“
„Es wird wie das Diner nichts taugen.“
„Nun, wie ist es denn?“
„Die Haustür, die Sie kennen und deren vergoldete Sprossen wir natürlich bewundern mußten, führt in einen langen Korridor, der das Haus ziemlich ungleich aufteilt. Rechts geht ein Fenster auf die Straße, links dagegen zwei. Nach der Gartenseite bildet eine Glastür das Ende des Korridors. Die Glastür führt auf einen Rasenplatz, in dessen Mitte auf einem Sockel die Gipsfigur von Spartacus steht, als Bronze bemalt. Hinter der Küche hat der Architekt unter der Treppe eine kleine Speisekammer untergebracht, selbst dies wurde uns nicht erlassen. Die Treppe, die so angestrichen ist, als wenn sie aus schwarzem goldgeflecktem Marmor wäre, besteht aus einer ausgehöhlten Stiege, ähnlich jenen, die in den Cafés vom Parterre in die Nebenräume des Zwischenstocks führen. Dieses Spielzeug aus Nuß-

baum, von bedenklich leichter Konstruktion, mit einer mit Kupfer beschlagenen Rampe, ist uns als eines der sieben Weltwunder vorgeführt worden. Darunter befindet sich die Kellertür. Auf der anderen Seite des Korridors, die auf den Platz mündet, liegt das Speisezimmer, das durch eine Flügeltür mit dem Salon verbunden ist. Seine Fenster gehen auf den Garten."

„Es gibt also kein Vorzimmer?" sagte Frau Auffray.

„Das Vorzimmer ist vermutlich dieser lange Korridor, in dem man stets im Zug ist", antwortete Frau Tiphaine. „Wir hatten den ungewöhnlich nationalen, liberalen, konstitutionellen und patriotischen Einfall," fuhr sie boshaft fort, „nur französische Hölzer zu benützen. Infolgedessen ist das Parkett im Speisezimmer aus Nußbaum, ebenso Büfett, Tisch und Stühle. Vor den Fenstern hängen weiße rotgestreifte Stoffvorhänge, die mit ordinären roten Schnüren an überladenen mattvergoldeten Rosetten mit ausgeschnittenen Blättern angebracht sind. Diese herrlichen Vorhänge laufen auf Stangen, die einen phantastischen Palmettenabschluß haben; gehalten werden sie von Löwenklauen aus gestanztem Kupfer, die über jeder Falte angebracht sind. Über einem der Büfetts hängt ein Kaffeezweig auf einer Platte aus vergoldeter Bronze, das ist einer jener geschmacklosen Einfälle, die Rogrons begeistern. Sie haben meine Bewunderung herausgefordert, ich wußte ihnen nichts Besseres zu sagen als daß, wenn man jemals einen Zweig auf einer Platte angebracht hat, ein Speisezimmer dafür besonders geeignet sei. Auf dem Büfett stehen zwei große Lampen, die jenen gleichen, die auf der Anrichte großer Restaurants stehen. Über dem zweiten Büfett hängt ein übermäßig überladenes Barometer. Es scheint eine große Rolle in ihrem Leben zu spielen, Rogron wirft ihm so verliebte Blicke zu, als wenn es seine Braut wäre. Zwischen beiden Fenstern hat der Architekt in einer übermäßig dekorierten Nische einen Ofen aus weißen Kacheln angebracht. Die Wände sind mit einer herrlichen rotgoldnen Tapete beklebt, die Rogron sicherlich im gleichen erstklassigen Restaurant bewundert und gewählt hat, das das Vorbild seiner Einrichtung ist. Das Diner wurde auf einem weißgoldnen Geschirr mit blauen Kornblumen serviert, aber man unterließ nicht, ein Büfett zu öffnen, um uns das für den täglichen Gebrauch bestimmte Fayence-Geschirr vorzuführen. Jeder Kredenz steht ein großer Wäscheschrank gegenüber. Das alles ist gefirnißt, sauber, neu und protzig. Das Speisezimmer würde ich noch durchgehen lassen: es hat Charakter, so peinlich er auch ist, er entspricht dem des Hausherrn und seiner Schwester; aber die fünf Stiche an den Wänden in goldenen Rahmen, deren gemeine Profile der Stiche würdig sind, sind dazu angetan, den Erfolg zu diskreditieren. Der Minister des Innern sollte ein Gesetz erlassen gegen diesen Poniatowski, der sich in die Elster stürzt, gegen diese Verteidigung Clichys, gegen diesen Napoleon, der selbst eine Kanone abfeuert, gegen diese beiden Mazeppa. Um wieviel sympathischer sind mir die Pastelle, die bei Frau Julliard hängen, Früchtestilleben, reizende Pastelle, die zur Zeit Ludwigs XV. entstanden sind und die durchaus zu diesem gemütlichen alten

Speisezimmer passen mit seiner grauen, etwas wurmstichigen Täfelung. Sie haben den Stempel der Provinz und gehören zum schweren Familiensilber, zum alten Porzellan und zu unserem Lebensstil! Die Provinz bleibt immer die Provinz; sie wirkt lächerlich, wenn sie Paris kopieren will. Vielleicht werden Sie mir sagen: ,Sie sind Goldschmied, Herr Josse', aber ich ziehe unseren alten Salon, den noch der alte Herr Tiphaine eingerichtet hat, mit seinen schweren, weißgrün gestreiften Vorhängen aus ostindischer Seide, seinem Kamin aus der Zeit Ludwigs XV., seinen hohen alten Spiegeln und ehrwürdigen Spieltischen, meinen Sèvres-Vasen aus Altblau, in Altkupfer gefaßt, meiner Wanduhr mit unmöglichen Blumen, meinem Rokokospiegel und meinen gestickten Stühlen dem neuen Glanz ihres Salons bedeutend vor."

„Wie ist ihr Salon denn?" fragte Martener sehr erfreut über dieses Lob der Provinz, das die schöne Pariserin so geschickt anzubringen verstanden hatte.

„Der Salon ist in schönem Rot, im Sylvia-Rot, wenn sie sich darüber ärgert, im Boston im Verlust zu sein."

„Ganz recht, das Sylvia-Rot", wiederholte der Präsident. Dieses Wort wurde dem Wortschatz von Provins einverleibt.

„Die Vorhänge? ... rot! Die Polstermöbel? ... rot! Der Kamin? ... roter, schwarzgoldgefleckter Marmor! die Kandelaber und die Wanduhr? ... roter, schwarzgoldgefleckter Marmor in Bronze gefaßt, von gewöhnlichster Zeichnung. Die herunterhängende Deckenverzierung, ein römisches Motiv, wird von Zweigen im griechischen Stil festgehalten. Auf der Wanduhr sitzt ein Löwe, der einen ebenso dumm ansieht wie Rogrons selbst, es ist dieser gute, kindische, ornamental verballhornte Löwe, der den wirklichen Löwen für lange Zeit Abbruch tun wird. Mit einer seiner Pranken rollt er eine große Kugel, das gehört zu den Gepflogenheiten der Ornamentlöwen; er verbringt sein ganzes Leben damit, eine große schwarze Kugel festzuhalten, genau wie die Abgeordneten der Linken. Vielleicht ist dies ein konstitutioneller Mythus. Der Spiegel über dem Kamin hat einen Rahmen wie aus geknetetem Teig, der einen kleinlichen, gewöhnlichen Eindruck macht. Aber das Genie des Tapezierers offenbart sich in roten Stoffalten, die von einer Rosette, die in der Mitte des Kamins angebracht ist, ausgehen. Das ist eine romantische, eigens für Rogrons verfaßte Dichtung, die in Ekstase geraten, wenn sie sie vorführen. In der Mitte der Decke hängt ein Kronleuchter, der in ein Leichentuch aus dünnem grünen Stoff eingewickelt ist, mit Recht, denn er zeugt von schlechtestem Geschmack, die Bronze, die sehr laut im Ton ist, ist mit noch viel abscheulicheren dünnen Fäden von bräunlichem Gold übersponnen. Darunter steht ein runder Teetisch, dessen Marmor noch schwarzgoldgefleckter ist als alles, was wir bisher gesehen haben. Darauf steht ein Metalltablett mit Tassen aus gemaltem Porzellan, mein Gott, welche Malerei! Sie gruppieren sich um eine Zuckerdose aus so kühn geschliffenem Kristall, daß unsere kleinen Töchter Augen und Mund aufsperren werden, um die Ringe aus vergoldetem Kupfer zu bewundern, die das Ganze zusammenhalten, und die Seiten, die aufgeschlitzt sind wie ein mittelalterliches Wams. Dazu eine

Zuckerzange, die man vermutlich nie benützen wird. Der Salon hat eine rote Tapete mit samtartigem Glanz und Füllungen, deren Metallstäbchen an allen vier Ecken von gewaltigen Palmenwedeln festgehalten werden. Über allen Füllungen hängen Farbendrucke, deren Rahmen mit Blumengehängen überladen sind, die unsere schönen Holzschnitzereien in geradezu grotesker Weise kopieren. Die Möbel aus Ulmenholz, mit Kaschmir überzogen, bestehen aus den klassischen zwei Sofas, zwei großen Ohrenstühlen, sechs Fauteuils und sechs Stühlen. Auf dem Spiegeltisch prangt eine Alabastervase, angeblich à la Medici, unter Glas, und der bereits berühmt gewordene Likörschrank. Wir haben schon zur Genüge gehört, daß ‚ihm in ganz Provins keiner gleichkommt'! In jeder Fensternische, vor der großartige rotseidne Vorhänge und leichte Tüllgardinen angebracht sind, steht ein Spieltisch. Ein Aubussonteppich deckt den Fußboden. Selbstverständlich mußten Rogrons blühende Rosen auf rotem Grund wählen, das gemeinste Muster, das es gibt. Der Salon macht einen gänzlich unbewohnten Eindruck: weder Bücher, noch Stiche, noch irgendeine der vielen Kleinigkeiten, die unsere Tische bedecken", sagte sie und ließ einen zärtlichen Blick über ihren Tisch gleiten, der mit Albums und all den vielen kleinen Nichtigkeiten, die man ihr brachte, überladen war. „Weder Blumen noch irgend etwas von den kleinen Dingen des Alltags, die der Erneuerung bedürfen. Alles ist kalt und vertrocknet, wie Fräulein Sylvia. Buffon hat recht, der Stil drückt den Menschen aus, und sicherlich hat jeder Salon seinen Stil!"

Die schöne Frau Tiphaine fuhr in ihrer epigrammatischen Beschreibung fort. Nach dieser Stichprobe kann man sich leicht ein Bild der Zimmer machen, die die Geschwister in der ersten Etage bewohnten und die sie ihren Gästen zeigten; aber niemand vermag sich einen Begriff von all den törichten Dingen zu machen, zu denen der schlaue Unternehmer Rogrons verleitet hatte. Die Türgesimse, die Verzierung der nach innen gehenden Fensterläden, die aufgesetzten Ornamente im Karnies, die Malereien, die Hände aus vergoldetem Kupfer, die Glocken, die Innenausstattung der Kamine mit ihrem den Rauch verzehrenden System, die Vorrichtungen, um Feuchtigkeit zu vermeiden, die Bilder im Treppenhaus, die Mosaiken vortäuschen sollten, Raffinements in Fensterverglasung und Schlosserarbeit, kurz, all der Firlefanz, der einen Bau verteuert und dem Bürger imponiert, war im Übermaß angebracht worden.

Niemand wollte die Rogronschen Gesellschaften besuchen, ihre Prätensionen wurden immer unleidlicher. Für Absagen gab es Gründe genug: von Frau Garceland, Frau Galardon, Frau Julliard, Frau Tiphaine, dem Unterpräfekten und anderen waren bereits alle Tage und Abende besetzt. Rogrons hatten geglaubt, es genüge, zu Tisch einzuladen, um einen geselligen Kreis zu haben. Natürlich kamen junge Leute, um sich auf Kosten der Geschwister satt zu essen und zu amüsieren, die sind überall vorhanden, aber Menschen von Rang und Ansehen, die in der Gesellschaft zählten, brachen den Verkehr mit ihnen ab. Entsetzt über den baren Verlust von vierzigtausend Franken, die das Haus, das sie ihr teures Haus nannte, ohne jeden Nutzen verschlungen hatte, versuchte Sylvia diesen Betrag durch Sparsamkeit wieder einzubringen. Sie verzichtete bald auf Diners, die abgesehen vom Wein dreißig bis vierzig Franken kosteten und die ihre Hoffnung, einen Kreis zu haben, nicht erfüllt hatten. Es ist in der Provinz nicht etwa leichter als in Paris, seinen Kreis zu haben. Sylvia entließ ihre Köchin und engagierte ein Mädchen vom Lande für die grobe Arbeit. Die Küche besorgte sie selbst „zum Vergnügen", wie sie zu sagen pflegte.

Vierzehn Monate nach ihrer Übersiedlung nach Provins führten die Geschwister ein unausgefülltes, untätiges, ganz einsames Leben. Als Sylvia aus der Gesellschaft ausgestoßen wurde, erwachte in ihrem Herzen ein namenloser Haß gegen Tiphaines, Julliards, Auffrays, Garcelands, mit einem Wort, gegen die Gesellschaft von Provins, die sie die „Clique" nannte und zu der sie nur ganz kühle Beziehungen unterhielt. Sie hätte ihnen eine andere Gesellschaft gegenüberstellen wollen, aber der Mittelstand bestand aus kleinen Handelstreibenden, die nur an Sonn- und Feiertagen frei waren, oder aus kompromittierten Menschen, wie dem Advokaten Vinet, dem Arzt Néraud, enragierten Bonapartisten, wie dem Baron und Hauptmann Gouraud, zu dem Rogron übrigens in Beziehungen trat, trotzdem die gute Gesellschaft alles getan hatte, um ihn vor Gouraud zu warnen. Die Geschwister waren also gezwungen, vor ihrer Kaminecke in ihrem Speisezimmer zu bleiben, ihre einstigen Geschäfte durchzukauen, sich die Gesichter ihrer Kunden wieder zu vergegenwärtigen und ähnlich interessanten und reizvollen Dingen nachzugehen. Der zweite Winter war noch nicht vergangen und schon lastete die Langeweile als unerträgliches Gewicht auf ihnen. Sie hatten die größte Mühe der Welt, um ihre Zeit zu töten. Wenn sie am Abend zu Bett gingen, sagten sie: „Wieder ein Tag vorüber!" Morgens trödelten sie, blieben möglichst lange im Bett, zogen sich langsam an. Rogron rasierte sich täglich selbst, er beobachtete sein Gesicht, unterhielt sich mit seiner Schwester über die Veränderungen, die er wahrzunehmen glaubte. Er hatte endlose Diskussionen mit dem Dienstmädchen über die Temperatur des warmen Wassers. Er ging in den Garten, sah nach, ob die Blumen gewachsen seien, wagte sich bis ans Wasser, wo er einen Kiosk hatte bauen lassen, er beobachtete die Holzkonstruktion seines Hauses: hatte sie sich gesenkt? Hatte ein Bild infolge der Senkungen Risse bekommen? Hielten alle Malereien? Seine Befürchtungen wegen eines schwachen Keils, wegen einer Stelle, die feuchte Flecken aufwies, teilte er seiner Schwester mit, die furchtbar beschäftigt tat, wenn sie den Tisch deckte und mit dem Dienstmädchen zankte. Das Barometer war der für Rogron interessanteste Gegenstand; er befragte es unablässig, beklopfte es zutraulich wie einen Freund und sagte dann: „Es macht ein böses Gesicht!" Sylvia antwortete: „Ach, es zeigt das Wetter an!" Wenn jemand zu Besuch kam, so rühmte Rogron die Vorzüge dieses Instruments. Auch das Frühstück erforderte etwas Zeit. Mit welcher Langsamkeit kauten die beiden jeden Bissen! Ihre Verdauung war vorzüglich, einen Magenkrebs brauchten sie nicht zu befürchten. Es wurde Mittag, während sie über der „Ruche" und dem

„Constitutionel" saßen. Die Pariser Zeitung wurde gemeinsam mit Vinet und Gouraud bezogen. Rogron brachte dem Baron die Zeitungen selbst, er wohnte auf dem Platz im Hause des Dr. Martener, und seine langen Berichte machten dem einstigen Kurzwarenhändler großen Spaß. Er fragte sich vergebens, warum der Baron gefährlich sei. Er war dumm genug, ihm zu sagen, daß die Gesellschaft ihn in Acht und Bann getan habe, und ihm den Klatsch der Clique zu berichten. Der Himmel allein weiß, wie Gouraud, der die Pistolen ebensogut zu handhaben wußte wie den Degen und vor niemand Angst hatte, Frau Tiphaine, ihren Julliard und die Spitzen der Stadt vermöbelte. Sie waren alle vom Ausland bestochen, es waren Menschen, die vor nichts zurückscheuten, sobald es sich um einen Vorteil oder um eine Stelle handelte; Fälschungen bei den Wahlen waren für sie an der Tagesordnung, und in dieser Tonart ging es weiter. Gegen zwei Uhr machte Rogron einen kleinen Spaziergang. Er war beglückt, wenn ein Kaufmann, der vor seiner Ladentür stand, ihn mit den Worten festhielt: „Nun, wie geht es, Herr Rogron?" Er plauderte, ließ sich den neuesten Stadtklatsch erzählen und kolportierte diese Gerüchte weiter. Bei gutem Wetter ging er bis in die obere Stadt in die Schluchten. Zuweilen begegnete er alten Männern, die wie er im Begriffe waren, einen Spaziergang zu machen. Das waren besonders glückliche Ereignisse. In Provins gab es Menschen, die sich, vom Pariser Leben enttäuscht, in die Einsamkeit vergraben hatten, bescheidene Gelehrte, die mit ihren Büchern lebten. Man stelle sich Rogrons Miene vor, wenn er

Desfondrilles, einen Landrichter, der ein besserer Archäologe als Jurist war, zu dem alten Herrn Martener, einem gebildeten Mann, sagen hörte:
„Erklären Sie mir doch, weshalb all die Müßiggänger in Europa lieber nach Spa gehen als nach Provins, während die Heilquellen von Provins, wie von der französischen Medizin vorbehaltlos anerkannt wurde, einen Eisengehalt haben, der den medizinischen Eigenschaften unserer Rosen gleichkommt?"
„Was wollen Sie," gab der gebildete Mann zur Antwort, „das gehört zu den Launen des Zufalls, die ebenso unbegreiflich sind wie er selbst. Wer wußte vor hundert Jahren etwas vom Bordeaux-Wein? Der Marschall Richelieu, einer der größten Männer des achtzehnten Jahrhunderts, der französische Alkibiades, wird zum Gouverneur von Guyenne ernannt. Seine Brust war zerrissen – die Welt weiß warum – der Wein des Landes gibt ihm seine Kräfte wieder. Bordeaux gewinnt eine Rente von hundert Millionen, der Marschall dehnt die Anbauflächen von Bordeaux bis nach Angoulême und Cahors aus, kurz, bis auf einen Umkreis von vierzig Meilen. Wer weiß, wo die Weinberge von Bordeaux zu Ende sind? Und dem Marschall wurde in Bordeaux nicht einmal ein Standbild errichtet!"
„Wenn ein Ereignis dieser Art zu irgendeiner Zeit in Provins stattfinden sollte, so wird man hoffentlich", fuhr Desfondrilles fort, „auf dem kleinen Platz in der unteren Stadt, am Schloß oder in der oberen Stadt, Herrn Opoix, dem Entdecker der Mineralquellen von Provins, ein Relief aus weißem Marmor setzen."

„Lieber Herr, vielleicht ist für Provins ein Hochkommen unmöglich“, erwiderte der alte Herr Martener. „Diese Stadt hat ausgespielt.“
Rogron riß die Augen weit auf und rief:
„Wieso?“
„Einst im zwölften Jahrhundert, als die Grafen von Champagne hier Hof hielten, wie König René in der Provence, war Provins eine Stadt, die es mit Paris aufnehmen konnte. Damals waren Zivilisation, Freude, Dichtung, Eleganz, Frauen, kurz gesellschaftlicher Glanz nicht allein in Paris zu finden. Städte erholen sich von ihrem Niedergang ebenso schwer wie Handelshäuser. In Provins bleiben uns nur der Ruhm unserer großen historischen Vergangenheit, unsere Rosen und eine Unterpräfektur.“
„Was wäre Frankreich, wenn es all seine einstigen Hauptstädte behalten hätte?“ sagte Desfondrilles. „Sind die Unterpräfekten ein Ersatz für das poetische, galante und kriegerische Geschlecht der Thibault, die Provins die Bedeutung gegeben haben, die Ferrara in Italien, die Weimar in Deutschland hatte und die München heute anstrebt.“
„Provins war eine Hauptstadt?“ rief Rogron.
„Aber in welcher Welt leben Sie denn?“ antwortete der Archäologe Desfondrilles.
Er klopfte mit seinem Spazierstocke auf den Boden und sagte: „Wissen Sie denn nicht, daß dieser ganze Teil von Provins auf Krypten erbaut ist?“
„Krypten?“
„Ja, Krypten von einer unbegreiflichen Höhe und Ausdehnung. Sie sind von Pfeilern gestützt, wie Kirchenschiffe.“

„Herr Desfondrilles arbeitet an einem umfangreichen archäologischen Werk, in dem er die Erklärung für diese seltsamen Konstruktionen bringen wird“, sagte der alte Martener, als er sah, daß der Landrichter von seinem Steckenpferd nicht mehr loskommen würde.
Als Rogron nach Haus kam, war er sehr glücklich, daß sein Haus im Tal stand. Die Krypten von Provins beschäftigten die Geschwister fünf bis sechs Tage und bildeten ebenso lange ihr Gesprächsthema. Rogron erfuhr immer etwas Neues über das alte Provins, über Familienbeziehungen oder über politische Neuigkeiten und berichtete all dies seiner Schwester. Er pflegte auch an hundertmal auf seinem Spaziergang und immer wieder zum gleichen Menschen zu sagen: „Nun, was gibt es Neues? was erzählen die Menschen?“ Wenn er nach Haus kam, warf er sich im Salon auf ein Sofa wie jemand, der vor Müdigkeit nicht weiter kann, den aber nur sein eigenes Gewicht zu Boden wirft. Er kam um die Mittagszeit nach Haus, ging zwanzigmal vom Salon in die Küche, sah nach der Uhr, machte die Türen auf und zu. So lange die Geschwister unter Menschen gingen, wurden sie mit ihren Abenden noch einigermaßen fertig, aber als sie auf ihr Haus angewiesen waren, wurde der Abend zu einer undurchdringlichen Wüste. Zuweilen hörten Menschen, die über den kleinen Platz am Abend gingen, Geräusche bei Rogrons, als wenn ein Mensch umgebracht würde: bei schärferem Zuhören merkte man, daß es nichts anderes als das maßlose Gähnen eines Kurzwarenhändlers war, der in den letzten Zügen lag. Da die Maschine nichts in

ihrem verrosteten Räderwerk zu zermalmen hatte, schrie sie. Der Bruder sprach davon, daß er heiraten wolle, aber es war nur ein Akt der Verzweiflung. Er war müde und alt geworden, eine Frau flößte ihm Angst ein. Sylvia begriff die Notwendigkeit, einen Dritten ins Haus zu nehmen; sie besann sich auf ihre arme Kusine, nach der sich niemand erkundigt hatte, in Provins glaubte man, daß auch die kleine Lorrain gestorben sei. Bei Sylvia Rogron kam nichts um, sie war zu sehr die typische alte Jungfer, als daß sie irgend etwas hätte verlieren können! Sie tat, als wenn sie den Lorrainschen Brief wiedergefunden hätte, um mit ihrem Bruder über Pierrette zu sprechen. Ihn machte die Vorstellung, ein kleines Mädchen im Haus zu haben, beinahe glücklich. Sylvia schrieb einen halb geschäftlichen und halb freundschaftlichen Brief an den alten Lorrain, sie entschuldigte die Verzögerung ihrer Antwort durch die Abwicklung ihrer Geschäfte, ihre Übersiedlung nach Provins und den Hausbau. Sie schien bereit zu sein, ihre Kusine zu sich zu nehmen, und ließ durchblicken, daß Pierrette, im Falle Rogron nicht heiraten würde, eine Rente von zwölftausend Franken zu erwarten habe. Man müßte wie Nebukadnezar ein wildes Tier und im Zoologischen Garten im Käfig eingesperrt gewesen sein, ohne andere Beute als das Fleisch, das der Wächter vorsetzt, oder ein Kaufmann ohne einen Kommis, an dem er seine schlechte Laune auslassen kann, um zu begreifen, mit welcher Ungeduld die Geschwister ihre Kusine erwarteten. Drei Tage nach Abgang des Briefes fragten sie sich bereits, wann Pierrette kommen würde.

Sylvia sah in ihrer angeblichen Großmut gegen ihre arme Kusine ein Mittel, um die Gesellschaft von Provins wieder für sich einzunehmen. Sie ging zu Frau Tiphaine, die sie mit ihrer Verachtung gestraft hatte und die bemüht war, in Provins etwas wie eine erste Gesellschaft zu bilden, um die Ankunft ihrer Kusine Pierrette, der Tochter des Hauptmanns Lorrain, zu verkünden. Sie beklagte ihr Unglück und spielte sich als glückliche Frau auf, die der Gesellschaft eine schöne junge Erbin vorführen könne.

„Sie haben sie etwas spät entdeckt", antwortete Frau Tiphaine ironisch, auf ihrem Sofa vor dem Kamin thronend.

Mit einigen leise beim Kartengeben geflüsterten Worten erinnerte Frau Garceland an die Geschichte der Erbschaft des alten Auffray. Der Notar wies auf das unredliche Vorgehen des Gastwirts hin.

„Wo ist denn die arme Kleine?" fragte Tiphaine höflich.

„In der Bretagne", antwortete Rogron.

„Die Bretagne ist groß", bemerkte Lesourd, der Staatsanwalt.

„Pierrettes Großeltern haben uns geschrieben. Wann war es doch, meine Liebe?" fragte Rogron seine Schwester.

Sylvia, ganz davon erfüllt zu erfahren, wo Frau Garceland ihren Kleiderstoff gekauft hatte, übersah die Folgen ihrer Antwort und sagte gedankenlos:

„Vor dem Verkauf unseres Geschäfts."

„Und Sie haben vor drei Tagen geantwortet!" rief der Notar.

Sylvia wurde krebsrot.
„Wir haben an das Saint-Jacques Stift geschrieben“, fuhr Rogron fort.
„Ein Stift für alte Leute existiert in der Tat“, sagte ein Richter, der eine Zeit hindurch in Nantes tätig gewesen war. „Aber dort kann sie unmöglich sein, da dort nur Menschen, die über sechzig sind, aufgenommen werden.“
„Sie lebt dort bei ihrer Großmutter Lorrain“, sagte Rogron.
„Sie hatte ein kleines Vermögen, etwa achttausend Franken, die Ihr Vater, ich wollte sagen Ihr Großvater, ihr gelassen hat“, sagte der Notar; mit Absicht versprach er sich.
„Ach!“ sagte Rogron und setzte sein Schafsgesicht auf, ohne die Spitze zu verstehen.
„Sie kennen also weder das Vermögen, noch die Verhältnisse Ihrer leiblichen Kusine?“ fragte der Präsident.
„Wenn Herr Rogron sie gekannt hätte, würde er das Kind vermutlich nicht in einem Hause lassen, das nur ein schlichtes Altmännerspittel ist“, sagte der Richter streng und nachdrücklich. „Ich erinnere mich jetzt daran, daß in Nantes durch Enteignung ein Haus, das Herrn und Frau Lorrain gehört hat, verkauft wurde. Fräulein Lorrain hat ihre Forderung eingebüßt, ich selbst war der Bevollmächtigte.“
Der Notar sprach vom Hauptmann Lorrain, der, wenn er am Leben geblieben wäre, sehr überrascht wäre, seine Tochter in einem Altmännerhaus wie dem Saint-Jacques Stift zu wissen. Rogrons traten ihren Rückzug an, im Glauben, die Welt sei sehr böse. Sylvia begriff, welcher Mißerfolg ihre große

Nachricht war: sie hatte in den Augen aller verloren. Die gute Gesellschaft von Provins war ihr von nun an verschlossen. Von diesem Tage an machten Rogrons aus ihrem Haß für die angesehenen bürgerlichen Familien von Provins und ihren Anhang kein Hehl mehr. Der Bruder berichtete der Schwester all die Klatschgeschichten, die Gouraud und Vinet ihm über Tiphaines, Guénées, Garcelands, Guépins und Julliards zugetragen hatten.

„Sylvia, ich kann nicht begreifen, weshalb Frau Tiphaine Geschäfte aus der Rue Saint-Denis anrüchig sind. Sie ist ja auch auf diesem Mist gewachsen. Frau Roguin, ihre Mutter, ist die Kusine von Guillaumes aus der ‚Ballspielenden Katze', die ihr Geschäft an Joseph Lebas, ihren Schwiegersohn, abgetreten haben. Ihr Vater ist der Notar Roguin, der 1819 bankerott gemacht und das Haus Birotteau ruiniert hat. Das Vermögen von Frau Tiphaine rührt also von gestohlenem Gut her; denn, was für eine Bewandtnis hat es mit einer Notarsfrau, die ihr Schäfchen ins Trockene bringt und ihren Mann einen betrügerischen Bankerott machen läßt? Das ist eine feine Nummer! Infolge ihrer Beziehungen zum Bankier du Tillet hat sie ihre Tochter nach Provins verheiratet. Und solche Leute spielen sich auf ... Aber so ist die Welt!"

An dem Tage, an dem Denis Rogron und Sylvia gegen die Clique zu belfern begannen, wurden sie, ohne es zu wissen, einflußreiche Persönlichkeiten und waren im Begriffe, sich eine Gefolgschaft zu bilden. Ihr Haus sollte der Mittelpunkt von Interessen werden, die nach einem Zentrum und einer Bühne suchten. Plötzlich bekam der einstige

Kurzwarenhändler historische und politische Dimensionen, denn er bewirkte, ohne es zu ahnen, einen Zusammenschluß der bis jetzt zerstreuten Elemente der liberalen Partei in Provins. Es trug sich folgendermaßen zu. Rogrons Anfänge wurden vom Hauptmann Gouraud und vom Advokaten Vinet, die ihre Ideen und ihre Isolierung zusammengeführt hatten, sorgfältig beobachtet. Beide Männer trugen ihren Patriotismus aus den gleichen Gründen zur Schau: sie hatten das Verlangen, eine Rolle zu spielen. Aber, wenn sie sich als Führer fühlten, die Truppe fehlte. Die Liberalen von Provins bestanden aus einem alten Soldaten, der einen Limonade-Ausschank hatte, einem kleinen Gastwirt, aus dem Notar Cournant, dem Konkurrenten von Auffray, aus dem Arzt Néraud, dem Nebenbuhler von Martener, und einigen Unabhängigen, Pächtern, die im Kreis verstreut waren, und Aufkäufern von Nationalgut. Der Hauptmann und der Advokat, die froh waren, einen Dummen gefunden zu haben, dessen Vermögen sie ihren Zwecken dienstbar machen können, der ihre Subskriptionen mitunterzeichnen und, in gewissen Fällen, den ersten Schritt tun würde, verstanden Rogrons Feindschaft gegen das eingesessene Bürgertum der Stadt auszunützen. Im gemeinsamen Abonnement des „Constitutionel“ bestand bereits ein lockeres Band zwischen dem Hauptmann, dem Advokaten und Rogron. Es sollte Gouraud nicht schwer fallen, aus dem einstigen Kurzwarenhändler einen Liberalen zu machen, trotzdem Rogron so wenig von Politik verstand, daß er nichts von den Heldentaten des Sergeanten Mercier wußte und ihn für seinesgleichen hielt. Pierrettes bevorstehende Ankunft trug dazu bei, die habgierigen Pläne, die sich auf die Dummheit und Unwissenheit der beiden Junggesellen stützten, schneller zum Reifen zu bringen. Als der Hauptmann sah, daß es für Sylvia endgültig vorbei war, im Tiphaineschen Kreis Fuß zu fassen, kam er auf einen neuen Einfall. Ausgediente Soldaten haben soviel Greuel in soviel Ländern gesehen, soviel nackte Leichen auf Schlachtfeldern, daß ihnen keine Physiognomie mehr Angst einflößt: Gouraud hatte es auf das Geld des alten Mädchens abgesehen. Der Hauptmann, ein kleiner dicker Mann, trug große Ringe in seinen Ohren, die an sich schon behaart genug waren. Sein grauer abstehender Schnurrbart war 1799 die Schwimmblase benannt worden. Sein feistes rotes Gesicht wirkte wie gegerbtes Leder, wie das bei allen Überlebenden von der Beresina-Katastrophe der Fall war. Sein dicker Spitzbauch beschrieb einen geraden Winkel nach unten, der für den einstigen Kavallerieoffizier bezeichnend ist. Gouraud hatte das zweite Husarenregiment befehligt. Sein grauer Schnurrbart verbarg eine ungeheure Schnauze, wenn man diesen Ausdruck aus der Soldatensprache benützen darf, den einzigen, der diesen Abgrund einigermaßen umschreibt: er hatte nicht gegessen, sondern verschlungen! Ein Säbelhieb hatte seine Nase verstümmelt. Seine Stimme hatte dadurch gewonnen, sie war dumpf geworden und hatte den näselnden Ton bekommen, den man den Kapuzinern zuschreibt. Seine kleinen, kurzen, breiten Hände gehörten zu jenen, die in Frauen die Worte auslösen: „Sie haben die Hände eines verflucht liederlichen Kerls." Unter dem vorquellenden Leib wirkten seine Beine dünn. Diesen dicken, aber sehr behenden Körper beherrschte ein skrupelloser Geist; seine Lebenserfahrung verbarg sich hinter soldatischer Gutmütigkeit, und er war von tiefer Verachtung für alle gesellschaftlichen Konventionen erfüllt. Gouraud hatte das Kreuz der Ehrenlegion, er bezog ein Ruhegehalt von zweitausendvierhundert Franken, insgesamt eine Pension von tausend Talern.

Der lange, hagere Advokat hatte seine liberalen Ansichten als einzige Begabung, und den sehr dürftigen Ertrag seiner Praxis als einzige Einnahme. In Provins vertreten die Anwälte alle Sachen persönlich. Infolge seiner Ansichten war der Gerichtshof Vinet sehr wenig gewogen. Die zur liberalen Partei gehörigen Pächter zogen bei Prozessen Vinet Advokaten vor, die bei Gericht besser angeschrieben waren. Es hieß, Vinet habe in der Gegend von Coulommiers ein reiches Mädchen verführt, um ihre Eltern zu zwingen, sie ihm zur Frau zu geben. Seine Frau war eine geborene von Chargeboeuf, sie gehörte einer alten adeligen Familie aus der Brie an, deren Namen auf die Heldentat eines Stallmeisters beim Zug des heiligen Ludwig nach Ägypten zurückgeht. Sie hatte sich mit ihren Eltern überworfen, die mit Vinets Wissen ihr Testament zugunsten ihres ältesten Sohnes machten, vermutlich mit der Klausel, daß er verpflichtet sei, den Kindern seiner Schwester einen Teil seines Vermögens zu hinterlassen. So war Vinets erste ehrgeizige Tat ein Mißerfolg gewesen. Als der Advokat sah, daß er nicht weiter kam, hatte er, beschämt, seiner Frau nicht die ihr zukommende Stellung verschaffen zu können, versucht, in den Staatsdienst zu treten; aber die reiche Linie der Chargeboeufs weigerte sich, ihn zu unterstützen. Diese Royalisten verurteilten die erzwungene Heirat aufs äußerste; dazu hieß dieser angebliche Angehörige Vinet, wie hätten sie einen Bürgerlichen protegieren können? Als der Advokat den Einfluß seiner Frau bei ihrer Familie benützen wollte, bekam er nichts als abschlägige Antworten. Frau Vinet fand nur bei einer Chargeboeuf, die in Troyes lebte, einer armen Witwe, die eine Tochter hatte, eine gewisse Teilnahme. Vinet erinnerte sich eines Tages des Empfanges, den diese Chargeboeuf seiner Frau bereitet hatte. Zuletzt fand sich Vinet mit seinem Elend ab, er fühlte sich von der ganzen Welt verstoßen, haßte die Familie seiner Frau nicht weniger als die Regierung, die keinen Posten für ihn hatte, und die Gesellschaft von Provins, die ihn nicht aufnehmen wollte. Seine Bitterkeit wuchs und gab ihm die Energie zu immer größerem Widerstand. Er schloß sich der liberalen Partei an, in der Erkenntnis, daß sein Schicksal an den Triumph der Opposition gebunden sei. Er bewohnte ein elendes kleines Haus in der oberen Stadt, das seine Frau kaum verließ. Dieses junge Mädchen, das ein besseres Schicksal verdient hätte, lebte ganz einsam mit einem Kinde. Es gibt ein Elend, das man mit Würde auf sich nimmt und heiter trägt, aber an Vinet, der von Ehrgeiz verzehrt war und seine Schuld gegenüber dem von ihm verführten jungen Mädchen empfand, fraß die Wut. Er hatte keine sittlichen Bedenken, jedes Mittel war ihm recht, das einen Erfolg verbürgte. Sein Gesicht bekam einen neuen Zug. Bei

Gericht erschreckte er die Menschen zuweilen durch seinen boshaften Ausdruck, seinen platten Kopf, seinen hämischen Mund und den bösen Blick seiner Augen, die hinter Brillengläsern funkelten. Auch seine scharfe, durchdringende Stimme ging auf die Nerven. Sein unreiner Teint, voll gelber und grüner Flecken, verriet in seiner kränklichen Färbung seinen wühlenden Ehrgeiz, seine ständigen Mißerfolge und sein heimliches Elend. Er verstand zu disputieren und war ein begabter Redner, es fehlte ihm weder an Schwung noch an Bildern, er war gebildet und durchtrieben. Sein Wunsch, um jeden Preis emporzukommen, hatte ihn dazu gebracht, daß er alles zu begreifen imstande war, als Politiker konnte er gefährlich werden. Ein Mensch, der vor nichts zurückschreckt, vorausgesetzt, daß es nicht gegen das Gesetz sei, ist sehr stark. Hier war der Ursprung von Vinets Kraft. Dieser künftige Athlet parlamentarischer Debatten, einer von jenen, die zu den Parteigängern des Hauses Orléans gehören sollten, hatte einen furchtbaren Einfluß auf Pierrettes Schicksal. Im Augenblick wollte er sich durch eine Zeitung in Provins eine Waffe schmieden. Er hatte sich mit Hilfe des Hauptmanns darauf verlegt, die Geschwister zu studieren, und war zur Einsicht gekommen, daß man auf Rogron zählen könne. Diesmal rechnete er mit einem neuen Bundesgenossen. Nach sieben schweren Jahren, während derer es oft genug bei ihm sogar an Brot gefehlt hatte, sollte sein Elend ein Ende finden. Als Gouraud Vinet auf dem Platz meldete, daß Rogrons mit der bürgerlichen Aristokratie der Stadt zu brechen im Begriff seien, sah der Advokat ihn vielsagend an.

„Ob eine Frau hübsch oder häßlich, jung oder alt ist, ist Ihnen ja im Grunde genommen gleichgültig". sagte er. „Sie sollten Fräulein Rogron heiraten, dann könnten wir hier etwas machen...."

„Ich habe schon daran gedacht; aber sie lassen die Tochter des armen Hauptmann Lorrain, ihre Erbin, kommen", antwortete Gouraud.

„Sie lassen sich das Vermögen testamentarisch sichern. Sie könnten ein feines Haus machen."

„Außerdem müssen wir uns die Kleine erst mal ansehen", sagte der Hauptmann mit einem heimtückischen Verbrechergesicht, das Vinet zur Genüge bewies, wie wenig ein kleines Mädchen in den Augen dieses alten Haudegens im Grunde bedeutete.

Seitdem ihre Großeltern in das Stift, in dem sie ihr Leben traurig beschlossen, eingetreten waren, litt die stolze junge Pierrette so furchtbar darunter, allein aus Barmherzigkeit geduldet zu sein, daß sie glücklich war, als sie von ihren reichen Angehörigen erfuhr. Als Brigaut, ihr Freund, der Sohn des Majors, der in Nantes bei einem Tischler in die Lehre eingetreten war, von ihrer bevorstehenden Abreise erfuhr, bot er ihr den Betrag an, den ihre Reise in der Postkutsche kostete. Es waren sechzig Franken, die er mühsam aus seinen Trinkgeldern zusammengespart hatte. Pierrette nahm sie mit der großartigen Gleichgültigkeit wahrer Freundschaft an, die bewies, daß ein Dank sie im gleichen Falle verletzt hätte. Brigaut war jeden Sonntag nach Saint-Jacques gekommen, um mit Pierrette zu spielen und sie zu trösten. Der kräftige junge Arbeiter hatte schon die Lehrzeit durchgemacht, die jeder hingebende Schutz eines geliebten Wesens erfordert. Mehr als einmal hatten Pierrette und er, wenn sie Sonntags in einem stillen Eckchen im Garten saßen, kindliche Zukunftspläne geschmiedet: der Tischlerlehrling wollte sich mit seinem Hobel durch die Welt kämpfen und für Pierrette Geld verdienen, während sie treu auf ihn wartete. Im Oktober des Jahres 1824 wurde Pierrette, sie war elf Jahre alt, von den alten Leuten und dem jungen Handwerker, die alle sehr traurig waren, dem Postillon, der von Nantes nach Paris fuhr, anvertraut, mit der Bitte, sie in Paris in die Post nach Provins zu setzen und gut auf sie zu achten. Armer Brigaut! wie ein Hund lief er der Post nach, um seine Pierrette so lange wie irgend möglich zu sehen. Trotz der Winke der kleinen Bretonin folgte er der Post während einer vollen Meile; als er vor Erschöpfung nicht weiter konnte, warf er Pierrette einen letzten feuchten Blick zu. Sie brach in Tränen aus, als sie ihn nicht mehr sah. Pierrette steckte den Kopf zum Fenster hinaus und sah ihren Freund, der traurig am Wege stand und dem schweren Wagen nachschaute. Lorrains und Brigaut wußten so wenig vom Leben, daß Pierrette ohne einen Sou in Paris ankam. Der Postillon, dem das Kind von seinen reichen Angehörigen gesprochen hatte, bezahlte das Nachtlager für Pierrette im Gasthaus in Paris. Er ließ sich den Betrag vom Postschaffner von Troyes wiedergeben und gab ihm den Auftrag, Pierrette bei ihrer Familie abzuliefern und dort das verausgabte Geld einzuziehen, ganz wie für ein angerolltes Stückgut. Vier Tage nach ihrer Abreise aus Nantes, an einem Montag um neun Uhr, nahm ein gutmütiger, dicker, alter Schaffner der Messageries Royales Pierrette an der Hand und führte sie, während in der Grand' Rue die Reisenden, deren Ziel Provins war, ausstiegen, zu Sylvia Rogron, deren Haus ihm vom Postleiter gezeigt worden war. Pierrettes gesamtes Gepäck bestand aus zwei Kleidern, zwei Paar Strümpfen und zwei Hemden.

„Guten Tag, die Herrschaften", sagte der Schaffner. „Hier bringe ich Ihnen Ihre kleine Kusine, sie ist, meiner Treu, ein liebes Kind. Sie sind mir siebenundvierzig Franken schuldig. Wenn die Kleine auch nicht gerade viel Gepäck hat, unterschreiben Sie nur mein Papier."

Sylvia und ihr Bruder waren ganz Überraschung und Freude.

„Verzeihung," sagte der Schaffner, „mein Wagen wartet. Quittieren Sie bitte und geben Sie mir siebenundvierzig Franken und sechzig Centimes ... und was Sie sonst noch wollen für den Schaffner von Nantes und für mich. Wir haben ein Auge auf die Kleine gehabt, als wenn sie unser eignes Kind wäre. Wir haben ihr Nachtlager bezahlt, ihr Essen, haben ihr einen Platz in der Postkutsche nach Provins belegt und hatten noch einige kleine Auslagen."

„Siebenundvierzig Franken und zwölf Sous! ..." rief Sylvia.

„Wollen Sie noch handeln?" schrie der Kondukteur.

„Aber die Rechnung?" sagte Rogron.

„Die Rechnung? hier mein Papier."

„Laß dich nicht mit dem Mann ein, bezahl nur!" sagte Sylvia zu ihrem Bruder. „Du siehst, daß es hier nur zu bezahlen gilt."

Rogron brachte siebenundvierzig Franken und zwölf Sous.

„Und mein Kamerad und ich gehen leer aus?" fragte der Schaffner.

Aus ihrer Samttasche, in der die Schlüssel klapperten, zog Sylvia vierzig Sous.

„Danke, behalten Sie nur", sagte der Kondukteur. „Wir wollen uns lieber um die Kleine um ihrer selbst willen gekümmert haben." Er nahm sein Papier und sagte im Fortgehen zum dicken Dienstmädchen: „Das ist ein Gesindel! Krokodile gibt es also auch außerhalb Ägyptens!"

„Diese Leute sind zu ordinär", sagte Sylvia, die jedes Wort gehört hatte.

„Mein Gott! Wenn sie sich doch der Kleinen angenommen haben", antwortete Adele und stemmte die Arme in die Hüften.

„Wir brauchen ja nicht mit ihnen zusammen zu leben", sagte Rogron.

„Wo soll sie schlafen?" fragte das Mädchen.

Dies war Pierrette Lorrains Empfang bei ihren Verwandten. Sie glotzten sie an; wie ein Paket wurde sie bei ihnen abgeladen, ohne den geringsten Übergang zwischen dem elenden Loch, in dem sie in Saint-Jacques bei ihren Großeltern gelebt hatte, und dem Speisezimmer ihrer Angehörigen, dessen Prunk sie blendete. Sie war bestürzt und befangen. Nur diese Krämerseelen hatten kein Auge für den Reiz der kleinen Bretonin in ihrem Röckchen aus grobem blauen Stoff, ihrer Schürze aus leichtem rosa Leinen, ihren blauen Strümpfen, ihrem weißen Tuch und ihren roten Händen, die in Fausthandschuhen aus rot-weiß gestreifter Wolle steckten, die ihr der Schaffner gekauft

hatte. Ihr kleines bretonisches Häubchen, das man ihr in Paris gereinigt hatte (es war auf dem Wege von Nantes kraus geworden), umgab ihr munteres Gesicht wie mit einer Aureole. Dieses nationale Häubchen aus feinem Batist mit steifer Spitze und zwei großen Röhrenfalten verdiente eine eingehende Beschreibung, es ist ebenso einfach wie anmutig. Das Licht, das durch Leinen und Spitze gedämpft wird, hüllt das Gesicht in ein sanftes Dämmerlicht und verleiht ihm diese jungfräuliche Anmut, die die Maler suchen und die Leopold Robert im raffaelischen Gesicht der Frau festzuhalten wußte, die auf dem Erntebild ein Kind im Arme hält. Unter diesem Rahmen schimmerte ein kindliches gesundes Gesicht mit roten Wangen. Bei der Wärme, die im Zimmer herrschte, stieg ihr das Blut zu Kopfe, die winzigen Ohren, der Mund, die Nasenspitze, alles erglühte, so daß die weißen Partien im Gesicht noch weißer erschienen.
„Nun, sagst du nichts?“ sagte Sylvia. „Ich bin deine Kusine Rogron und hier ist dein Vetter.“
„Hast du Hunger?“ fragte Rogron.
„Wie lange warst du unterwegs?“ fragte Sylvia.
„Sie ist stumm“, sagte Rogron.
„Armes Kind, sie hat ja nichts anzuziehen“, rief die dicke Adele und packte Pierrettes Habseligkeiten aus, die der alte Lorrain in ein Taschentuch eingeknotet hatte.
„Umarme deinen Vetter“, sagte Sylvia.
Pierrette umarmte Rogron.
„Umarme deine Kusine“, sagte Rogron.
Pierrette umarmte Sylvia.
„Die Kleine ist von der Reise ganz benommen,“ sagte Adele, „sie muß schlafen.“

Pierrette fühlte plötzlich gegen ihre Angehörigen eine unüberwindliche Abneigung, ein Gefühl, das noch kein Mensch in ihr ausgelöst hatte. Sylvia und Adele brachten die kleine Bretonin in jenem Zimmer der zweiten Etage zu Bett, vor dessen Fenster Brigaut den weißen Vorhang gesehen hatte. Im Zimmer standen ein schmales, blau gestrichenes Bett, vor dem ein weißer Vorhang hing, eine Nußbaumkommode ohne Marmoraufsatz, ein kleiner Nußbaumtisch, ein Spiegel, ein gewöhnlicher Nachttisch ohne Tür und drei elende Stühle. Die Wände, die nach oben abgeschrägt waren, waren mit einer schlechten blauen, schwarz geblümten Tapete beklebt. Vom Steinfußboden stieg es kalt auf. Vor dem Bett lag ein schäbiger Vorleger. Über dem Marmorkamin hing ein Spiegel, darunter standen zwei Leuchter aus vergoldetem Kupfer und eine ordinäre Alabasterschale, an der Tauben als Griffe angebracht waren, sie stammten aus Sylvias Pariser Zimmer.

„Gefällt es dir hier, mein Kind?" fragte Sylvia.

„Oh, es ist wunderschön!" antwortete das Kind mit seinem silbernen Stimmchen.

„Sie ist nicht schwierig," brummte die dicke Adele.

„Soll ich ihr nicht ihr Bett wärmen?" fragte sie.

„Ja," sagte Sylvia, „die Leintücher sind vielleicht feucht."

Adele brachte zusammen mit der Wärmflasche eine ihrer eignen Schlafhauben mit, und Pierrette, die bis jetzt nur auf grobem, handgewebten bretonischen Leinen gelegen hatte, war überrascht, wie fein und weich sich die Bettücher anfaßten. Als das kleine Mädchen untergebracht und zu Bett gelegt war, konnte Adele, als sie die Treppe herunterging, nicht länger an sich halten und sagte: „Ihr ganzes Gepäck ist keine drei Franken wert, Fräulein Rogron."

Seitdem Sylvia zur Sparsamkeit übergegangen war, behielt sie, um Licht und Feuerung zu sparen, Adele im Speisezimmer. Aber wenn Gouraud und Vinet kamen, mußte Adele in die Küche verschwinden. Der ganze Abend stand im Zeichen Pierrettes.

„Morgen muß man gleich daran gehen, ihr eine Ausstattung zu machen", sagte Sylvia. „Sie hat weniger als nichts."

„Sie hat nur die schweren Schuhe an den Füßen, und die wiegen ein Pfund", sagte Adele.

„Das ist dort zu Lande so Brauch", warf Rogron ein.

„Wie sie sich im Zimmer umsah, und dabei ist es für Ihre Kusine gar nicht gut genug!"

„Schon recht, schweigen Sie", antwortete Sylvia; „Sie sehen doch, daß es sie entzückt hat."

„Mein Gott, was für Hemden! Das muß sie ja ganz wund scheuern. Man kann nichts von dem, was sie mitgebracht hat, gebrauchen", sagte Adele, die Pierrettes Habseligkeiten durchsah.

Rogron, Sylvia und Adele waren bis um zehn Uhr abends vollauf beschäftigt, um zu entscheiden, aus welchem Stoff und zu welchem Preis Hemden angeschafft werden sollten, wieviel Paar Strümpfe und wieviel Unterröcke nötig seien, ja, wieviel Pierrettes gesamte Garderobe kosten dürfe.

„Du wirst nicht unter dreihundert Franken auskommen", sagte Rogron zu seiner Schwester. Aus alter Gewohnheit merkte er sich die Zahlen und rechnete sie im Kopf zusammen.

„Dreihundert Franken?“ schrie Sylvia entsetzt.
„Ja, dreihundert, rechne nur nach.“
Die Geschwister begannen aufs neue zu rechnen und fanden, das Material allein würde dreihundert Franken kosten.
„Dreihundert Franken auf einen Sitz!“ sagte Sylvia und ging, von dieser Vorstellung schwer bedrückt, zu Bett.
Pierrette war ein Kind der Liebe, das die Liebe mit ihrer Zärtlichkeit, ihrer Lebhaftigkeit, ihrer Heiterkeit, ihrer Vornehmheit und ihrer Hingabe beschenkt hatte. Nichts hatte bisher ihr scheues, zärtliches Herz verletzt, aber beim Empfang ihrer Angehörigen zog sich alles in ihr schmerzhaft zusammen. Gewiß hatte sie in der Bretagne ein elendes Leben geführt, aber es war ein Leben voller Liebe gewesen. Wenn Lorrains ganz unfähige Kaufleute waren, so waren sie die liebevollsten, ehrlichsten, zärtlichsten Menschen der Welt, wie alle Menschen, die frei von Berechnung sind. In Pen-Hoël war ihre Enkelin nur von der Natur erzogen worden. Pierrette war im Boot auf dem Wasser, wenn es ihr Spaß machte, sie streifte mit ihrem kleinen Freund Jacques Brigaut in Wald und Feld herum, ganz wie Paul und Virginie. Vom ganzen kleinen Ort geliebt und gut behandelt, frei wie die Luft, liefen sie den tausend Freuden der Kindheit nach; im Sommer sahen sie beim Fischen zu, fingen Schmetterlinge, pflückten Blumen, halfen im Garten; im Winter machten sie sich eine Glitsche, bauten Häuser und Schneemänner oder schneeballten einander. Sie waren überall willkommen und wurden mit einem freundlichen Wort begrüßt. Als es für sie Zeit

wurde zu lernen, blieben Katastrophen nicht aus. Da Jacques nach dem Tode seines Vaters ganz mittellos war, gaben seine Angehörigen ihn zu einem Tischler in die Lehre, er wurde aus Mitleid ernährt wie später Pierrette in Saint-Jacques. Aber bis Pierrette in dies Stift kam, war das hübsche Kind von aller Welt geliebkost und verhätschelt worden. Nun fand das kleine, durch soviel Liebe verwöhnte Mädchen bei diesen so heiß ersehnten Verwandten, bei diesen reichen Verwandten, die Luft, das Wort, die Blicke, die Art nicht, die bisher alle Welt, selbst die Fremden und die Schaffner, für sie gehabt hatten. Ihre an sich schon so große Überraschung steigerte sich durch die veränderte Atmosphäre, in die sie kam. Das Herz empfindet Kälte und Wärme nicht weniger als der Körper. Ohne den Grund zu kennen, kämpfte sie mit ihren Tränen: sie war müde und schlief ein. Gewohnt früh aufzustehen wie alle Kinder, die auf dem Lande groß geworden sind, erwachte sie am nächsten Morgen zwei Stunden vor der Köchin. Sie stand auf, stampfte in ihren schweren Schuhen in ihrem Zimmer herum, das über dem ihrer Kusine lag, sah zum Fenster hinaus, versuchte hinunterzugehen und war von der Schönheit der Treppe geblendet. Sie bewunderte sie mit all ihren Details, Rosetten, Beschlägen, Ornamenten und Malereien. Dann ging sie hinunter, sie konnte die Gartentür nicht öffnen, ging hinauf, ging wieder hinunter, als Adele im Haus herumrumorte, und lief in den Garten. Sie lief durch den ganzen Garten bis hinab zum Fluß, stand starr vor dem Kiosk und lief hinein. Bis Sylvia aufstand, hatte sie genug zu sehen und zu

bewundern. Beim Frühstück sagte ihre Kusine: „Also du, mein kleines Kätzchen, hast seit Morgengrauen auf der Treppe herumgetrampelt und soviel Lärm gemacht! Du hast mich so gründlich aufgeweckt, daß ich nicht wieder einschlafen konnte. Du mußt sehr artig und sehr lieb und namentlich auch sehr leise sein. Dein Vetter liebt es nicht, wenn man laut ist."
„Du mußt auch auf deine Schuhe achten", sagte Rogron. „Du bist mit deinen schmutzigen Schuhen in den Kiosk gegangen und hast dort Spuren auf dem Boden hinterlassen. Deine Kusine ist sehr auf Sauberkeit bedacht. Ein großes Mädchen, wie du, muß sauber sein. Bist du in der Bretagne nicht zur Sauberkeit angehalten worden? Aber wirklich, wenn ich in die Bretagne kam, um dort Garn zu kaufen, es war der reine Jammer, diese Wilden zu sehen! Jedenfalls hat sie guten Appetit," sagte Rogron zu seiner Schwester, „sie ißt, als wenn sie drei Tage gefastet hätte."
Die Bemerkungen der Geschwister verletzten Pierrette vom ersten Augenblick an, ohne daß sie selbst recht wußte, weshalb. Ihre gerade, offene Natur, die bisher ganz sich selbst überlassen war, wußte nichts von Überlegung. Sie war nicht gleich imstande zu begreifen, worin Rogrons ihr Unrecht taten; erst allmählich sollte sie durch ihre Qualen aufgeklärt werden. Nach dem Frühstück wurden ihr die Schönheiten des Salons vorgeführt, den Geschwistern schmeichelte ihre Bewunderung und sie wollten sich keine Nüance davon entgehen lassen; außerdem mußte Pierrette rechtzeitig lernen, diese Pracht zu respektieren. Der seelische Zwang, sich für irgend etwas zu interessieren,

bringt Junggesellen in ihrer inneren Vereinsamung dazu, natürliche Empfindungen durch künstliche zu ersetzen, Hunde, Katzen oder Kanarienvögel abgöttisch zu lieben. Auf diese Weise waren Rogron und Sylvia zu einer übermäßigen Liebe für ihr Haus und ihre Einrichtung gekommen, die sie soviel Geld gekostet hatte. Mit Sylvia war es soweit gekommen, daß sie jeden Morgen Adele beim Aufräumen half, sie fand, das Dienstmädchen verstände nicht, die Möbel sauber zu halten und den Glanz des Neuen zu wahren. Weit davon entfernt, etwas von ihrer Schönheit einzubüßen, hatten die Möbel nur gewonnen! Sie benützen, ohne sie abzunützen, ohne einen Fleck zu machen, ohne das Holz zu zerkratzen, ohne den Firnis zu entfernen, das war das Problem. Diese Beschäftigung entartete bald zur Manie. In einem Schrank bewahrte Sylvia ihre wollnen Lappen, Wachs, Firnis und Bürsten, sie lernte sie ebenso gut zu gebrauchen wie ein Kunsttischler; sie hatte ihre Federbesen und Wischtücher, kurz, sie rieb und wischte, ohne sich selbst dabei den geringsten Schaden anzutun, sie war ja so kräftig. Der Blick ihrer blauen, kalten, strengen, stählernen Augen glitt unablässig unter jedes Möbel; es wäre immerhin leichter gewesen, eine Saite in ihrem Herzen anzuschlagen, als ein Stäubchen unter einem Lehnstuhl zu entdecken.

Nach dem Vorfall bei Frau Tiphaine war es für Sylvia unmöglich, vor diesen dreihundert Franken halt zu machen. Während der ersten acht Tage war Sylvia vollauf beschäftigt, und Pierrette mußte den ganzen Tag Kleider anprobieren. Hemden und Unterröcke wurden zugeschnitten und

von Arbeiterinnen, die im Tagelohn bezahlt wurden, genäht. Pierrette konnte nicht nähen.
„Sie ist ja schön erzogen worden!“ sagte Rogron.
„Du hast also nichts gelernt, mein Mäuschen?“
Pierrette, die nur zu lieben verstand, machte die sorglose Geste eines kleinen Mädchens.
„Womit hast du denn deine Tage in der Bretagne verbracht?“ inquirierte Rogron weiter.
„Ich habe gespielt“, antwortete sie harmlos. „Alle haben mit mir gespielt. Großpapa und Großmama, jeder erzählte mir Geschichten. Ach, man hatte mich sehr lieb.“
„So,“ antwortete Rogron, „du hast also alle Tage blau gemacht.“
Pierrette verstand diese Redensart aus der Rue Saint-Denis nicht und sah Rogron mit weitgeöffneten Augen an.
„Sie ist dumm wie Bohnenstroh“, sagte Sylvia zu Fräulein Borain, der geschicktesten Arbeiterin in Provins.
„Es ist ja noch solch ein Kind!“ sagte die Arbeiterin und sah Pierrette an, die ihr verständnisvoll zublinzelte.
Pierrette zog die Arbeiterinnen ihren Angehörigen vor. Gegen sie war sie zutunlich, sah ihnen bei der Arbeit zu und sagte ihnen entzückende Worte, diese Blüten der Kindheit, die Rogron und Sylvia im Keim erstickten; denn sie liebten es, den ihnen Untergeordneten eine heilsame Angst einzuflößen. Die Arbeiterinnen waren von Pierrette entzückt. Aber Pierrettes Ausstattung wurde nicht ohne Gestöhn fertig.
„Dieses kleine Mädel kostet uns ein Vermögen!“ sagte Sylvia zu ihrem Bruder.

„Halt doch still, mein Kind. Zum Teufel, es ist für dich und nicht für mich", sagte sie zu Pierrette, wenn man ihr Maß nahm.
„Laß doch Fräulein Borain ruhig arbeiten, du hast ihr nicht ihren Tagelohn zu bezahlen!" sagte sie, wenn Pierrette die erste Arbeiterin nach etwas fragte.
„Fräulein Rogron," fragte die Schneiderin, „soll ich dies mit Rückstichen nähen?"
„Natürlich, so fest wie möglich. Meinen Sie wohl, ich hätte Lust, alle acht Tage solch eine Ausstattung zu beschaffen?"
Mit der kleinen Kusine ging es wie mit dem Haus. Pierrette sollte ebenso gut angezogen sein wie das kleine Mädchen von Frau Garceland. Sie bekam moderne Goldkäferstiefelchen wie die kleine Tiphaine. Sie bekam ganz dünne Strümpfe, ein Schnürleibchen von der besten Arbeiterin, ein blaues Seidenkleid, einen hübschen, mit weißem Taft gefütterten Kragen, um mit der Kleinen von Frau Julliard junior zu rivalisieren. Und das Unterzeug war ebenso gut wie die Oberkleider, so sehr fürchtete Sylvia den kritischen Blick der Mütter. Pierrette bekam hübsche Hemden aus feinem Hemdentuch. Fräulein Borain erzählte, die kleinen Mädchen der Unterpräfektin trügen weiße, reich mit Stickerei garnierte Höschen nach der letzten Mode. Pierrette bekam Höschen mit langem Volant. Man ließ ihr eine reizende, mit weißer Seide gefütterte Kapuze aus blauem Samt machen, weil die kleine Martener eine ähnliche trug. So wurde Pierrette das eleganteste kleine Mädchen in ganz Provins. Am Sonntag nach der Kirche wurde sie von allen Damen umarmt. Frau

Tiphaine, Frau Garceland, Frau Galardon, Frau Auffray, Frau Lesourd, Frau Martener, Frau Guépin, Frau Julliard schwärmten für die entzückende kleine Bretonin. Dieser Erfolg befriedigte Sylvias Eigenliebe nicht wenig; es war ihr viel mehr um einen Eitelkeitserfolg als um Pierrette zu tun. Aber allmählich verletzten Sylvia Pierrettes Erfolge und dies aus folgendem Grunde: von allen Seiten wurde sie um Pierrette gebeten; um ihren Triumph auszukosten, gab sie das Kind her. Pierrette wurde abgeholt und in Kindergesellschaften eingeladen. Pierrette hatte in Provins einen sehr viel größeren Erfolg als Rogrons. Sylvia war beleidigt, weil Pierrette eingeladen wurde, während die anderen Kinder nicht zu ihr kamen. Das unschuldige Kind machte gar kein Hehl daraus, wie gut es ihm im Hause von Frau Tiphaine, Frau Martener, Frau Galardon, Frau Julliard, Frau Lesourd, Frau Auffray und Frau Garceland gefalle, die Behandlung dort stand in großem Gegensatz zu dem ewigen Gekeife zu Hause. Eine Mutter hätte sich über das Glück ihres Kindes gefreut, aber Rogrons hatten Pierrette um ihretwillen und nicht um des Kindes willen in ihr Haus genommen, ihre Gefühle, weit davon entfernt, väterlicher Art zu sein, waren rein egoistisch und nur auf kommerzielle Ausbeutung bedacht.

Mit der vornehmen Ausstattung, mit den schönen Sonntags- und den hübschen Alltagskleidern begann Pierrettes Unglück. Gewohnt wie alle Kinder, die ohne Zwang aufwachsen, ihren Einfällen zu folgen, ruinierte sie ihre Schuhe, ihre eleganten Halbstiefelchen, ihre Kleider und besonders die mit Stickerei garnierten Höschen schrecklich schnell. Wenn eine Mutter ihr Kind zurechtweist, so denkt sie nur an das Kind; sie spricht sanft mit ihm und gerät nur selten in Zorn; aber bei der großen Toilettenfrage stand Rogrons Geld in erster Linie, darauf kam es an, nicht etwa auf Pierrette. Kinder haben eine so scharfe Witterung wie Hunde für die Schwächen ihrer Erzieher: sie fühlen mit unfehlbarer Sicherheit, ob sie geliebt oder nur geduldet werden. Reine Herzen werden durch Nüancen mehr als durch Kontraste verletzt: ein Kind hat noch keinen Sinn für das Böse, aber es leidet, wenn man das Gefühl für das Schöne, das ihm angeboren ist, verletzt. Die Verweise, die Pierrette bekam, die Vorhaltungen über Bescheidenheit, Sparsamkeit, Benehmen eines gut erzogenen Mädchens waren Variationen über das Thema: *Pierrette ruiniert uns!* Diese Vorwürfe, die für Pierrette verhängnisvoll waren, brachten die beiden Junggesellen ins alte Geschäftsgeleise zurück. Durch ihre Niederlassung in Provins waren sie zeitweilig davon abgekommen, aber jetzt trieb ihre Natur wieder ihre schönsten Blüten. Gewohnt zu herrschen, scharfe Beobachtungen zu machen, zu befehlen, ihre Angestellten aufs gröbste herunterzuputzen, litten Rogron und seine Schwester darunter, daß es für diesen Tatendrang keine Opfer mehr gab. Kleine Geister brauchen Despotismus als Nervenkitzel, während große Seelen das Verlangen nach Gleichheit haben, damit ihr Herz sich frei entfalte. Für kleine Geister ist Verfolgung ein ebenso günstiges Betätigungsfeld wie Wohltätigkeit: ihre Macht über andere wirkt sich in grausamer oder barmherziger Weise aus, sie folgen bei alledem ganz ihren Trieben und ihrem Temperament. Da zumeist noch persönliches Interesse mit im Spiel ist, liegt hier die Lösung der meisten sozialen Rätsel und Zusammenstöße. Pierrette ward allmählich für die Existenz der Geschwister notwendig. Zuerst hatte die Ausstattung Rogrons aufs lebhafteste beschäftigt, dann kam das Neue des Zusammenlebens. Alle Dinge, ein Gefühl, ja selbst ein Name unterstehen einem gewissen Wandel. Sylvia hatte damit begonnen, Pierrette „meine Kleine“ zu nennen, sie ging sehr bald zu „Pierrette“ über. Der Tadel, der erst süß-säuerlich klang, wurde bald hart und scharf. Kaum hatten die Geschwister diesen Weg betreten, so machten sie rasende Fortschritte, jetzt war es mit der Langenweile vorbei! Sie hatten gar nicht die Absicht, schlecht und grausam zu sein, der Instinkt ihrer dummen Herrschsucht trat aber unverhüllt zutage. Die Geschwister glaubten Pierrette damit zu nützen, genau so, wie sie einst geglaubt hatten, im Interesse ihrer Angestellten zu handeln. Pierrette, deren wahre, vornehme, ungewöhnliche Feinfühligkeit zu Rogrons Härte in tiefstem Gegensatz stand, empfand Vorwürfe ungewöhnlich stark, ihre Augen füllten sich sofort mit Tränen. Sie hatte sehr viel zu kämpfen, ehe es ihr gelang, ihre Lebhaftigkeit zu unterdrücken, mit der sie alle übrigen Menschen bezauberte. Bei den Müttern ihrer kleinen Freundinnen hielt sie sich schadlos, aber zu Haus verhielt sie sich schon am Ende des ersten Monats so passiv, daß Rogron sie fragte, ob sie krank sei. Bei dieser seltsamen Frage flüchtete sie ins äußerste Ende des Gartens zum Fluß, und ihre Tränen fielen, wie sie einst in den Mahlstrom des Lebens fallen sollten. Eines Tages blieb das Kind, trotzdem es sich vorgesehen hatte, mit seinem schönen Seidenkleid hängen, als es bei Frau Tiphaine zum Spielen eingeladen war. Pierrette brach in Tränen aus, die Vorwürfe, die sie zu Hause erwarteten, voraussehend. Als man sie ausfragte, ließ sie unter Tränen etwas von der Grausamkeit ihrer Kusine durchblicken. Die schöne Frau Tiphaine hatte die gleiche Seide, sie setzte selbst eine neue Bahn ein. Sylvia erfuhr den Streich, den ihr nach ihrer Auffassung das kleine Satansmädel gespielt hatte. Von diesem Augenblick an verbot sie Pierrette, „diese Damen“ zu besuchen.

Das neue Leben, das Pierrette in Provins begann, zerfiel in drei scharf gesonderte Phasen. Die erste, in der sie noch einigermaßen glücklich war, in der kühle Zärtlichkeiten der Geschwister mit Vorwürfen wechselten, die sie wie ein Peitschenhieb trafen, dauerte drei Monate. Das Verbot, ihre kleinen Freundinnen zu besuchen, das dadurch begründet wurde, sie müsse nun alles lernen, was ein gut erzogenes junges Mädchen wissen muß, beschloß die erste Phase von Pierrettes Leben in Provins. Während dieser Zeit war ihr das Leben noch einigermaßen erträglich erschienen.

All die Ereignisse, die sich bei Rogrons infolge von Pierrettes Anwesenheit abspielten, wurden von Vinet und dem Hauptmann mit der Vorsicht von Füchsen belauert, die die Absicht haben, in einen Hühnerstall einzudringen, und ängstlich sind, weil sie dort einen neuen Bewohner wittern. Sie kamen von Zeit zu Zeit, um Sylvia nicht vor den Kopf zu stoßen; unter Vorwänden verschiedenster Art sprachen sie Rogron an und nisteten sich im Hause mit einer Zurückhaltung und Schlauheit ein, die Tartuffe bewundert hätte. An jenem Tage, an dem Sylvia sich mit sehr scharfen Worten geweigert hatte, Pierrette zur schönen Frau Tiphaine zu schicken, waren der Hauptmann und der Advokat am Abend bei Rogrons. Als sie von dieser Weigerung hörten, sahen die beiden Freunde sich an wie Menschen, die Provins kennen.

„Sie hat Ihnen ohne Zweifel einen Streich spielen wollen", sagte der Advokat. „Wir haben Rogron schon vor längerer Zeit vor Vorkommnissen dieser Art gewarnt. Mit diesen Leuten ist nichts zu wollen."

„Was kann man denn von der antinationalen Partei erwarten?" schrie der Hauptmann und fuhr mit der Hand durch seinen Schnurrbart. „Wenn wir versucht hätten, Ihnen die Augen zu öffnen, so hätten Sie angenommen, daß wir diese Leute aus persönlichen Gründen hassen. Aber weshalb, da Sie, mein Fräulein, doch gern am Abend Ihre kleine Kartenpartie machen, spielen Sie nicht Boston in Ihrem eignen Hause? Ist es denn ausgeschlossen, einen Ersatz für solche Idioten wie Julliards zu finden? Vinet und ich spielen auch Boston, den Vierten wollen wir schon ausfindig machen. Vinet wird seine Frau bei Ihnen einführen; sie ist entzückend, dazu eine geborene von Chargeboeuf. Sie werden sich nicht so benehmen, wie diese Affen aus der oberen Stadt, und nicht die Toiletten einer Herzogin von einer kleinen Hausfrau erwarten, die durch die Gemeinheit ihrer Familie gezwungen wird, die gröbste Arbeit selbst zu tun, und die den Mut eines Löwen mit der Sanftmut eines Lammes verbindet."

Sylvia Rogron lächelte dem Hauptmann zu und zeigte ihre langen gelben Zähne. Er war diesem grausamen Schauspiel gewachsen und setzte sogar eine beglückte Miene auf:
„Wenn wir nur vier sind, so können wir nicht jeden Abend Boston spielen“, antwortete sie.
„Was kann denn ein alter Brummbär wie ich, der von seiner Pension lebt, Besseres anfangen? Der Advokat ist auch jeden Abend frei. Übrigens, ich verbürge mich dafür, es wird Ihnen an Gästen in Ihrem Salon nicht fehlen“, fügte er geheimnisvoll hinzu.
„Es würde genügen,“ sagte Vinet, „offen gegen die Anhänger des Ministeriums in Provins Front zu machen und ihnen die Spitze zu bieten. Sie werden sehen, wie sehr Sie dann in Provins geliebt werden und wie groß Ihr Anhang sein wird. Sie werden Tiphaines zum Rasen bringen, wenn Sie Ihren Salon gegen den der Präsidentin ausspielen. Wenn die anderen über uns lachen, so werden wir ihnen nichts schuldig bleiben. Die Clique auferlegt sich Ihnen gegenüber wahrhaftig keinen Zwang.“
„Wieso?“ sagte Sylvia.
In der Provinz gibt es mehr als ein Ventil, durch das die Klatschgeschichten der einen Gesellschaft in die andere dringen. Vinet war nichts von dem entgangen, was in den Salons gesagt worden war, aus denen die Kurzwarenhändler endgültig verbannt waren. Der Landrichter Desfondrilles gehörte keiner einzigen Partei an. Er, ebenso wie einige andere Unabhängige, erzählten alles weiter, was ihnen zugetragen wurde, entsprechend den Gepflogenheiten der Provinz, und Vinet hatte diesen Klatsch wohl zu nützen gewußt. Der boshafte

Advokat gab Frau Tiphaines Scherzen eine giftige Spitze, wenn er sie wiedererzählte. Als er alle die Witze zum besten gab, die über Rogron und Sylvia bereits gemacht worden waren, entfachte er den Zorn und das Verlangen nach Rache bei diesen beiden trockenen Naturen, die etwas brauchten, woran sich ihre Leidenschaft entzünde.

Einige Tage später brachte Vinet seine Frau zu Rogrons. Es war eine schüchterne, sanfte Frau, mit tadellosen Umgangsformen, weder hübsch noch häßlich; ihr Unglück lastete sichtbar auf ihr. Frau Vinet war blond, sehr einfach angezogen, von der Last ihres Haushalts schien sie erdrückt. Keine Frau konnte Sylvia besser gefallen. Frau Vinet ertrug selbst Sylvias Art und beugte sich vor ihr als Frau, die gewohnt war, ihren Willen stets zu beugen. Ihre gewölbte Stirn, ihre schmalen Wangen, ihr scheuer, zärtlicher Blick trug Spuren tiefen Grübelns, bohrenden Nachdenkens, das Frauen, die zu leiden gewohnt sind, hinter einem undurchdringlichen Schweigen verbergen. Der Einfluß des Hauptmanns, der Sylvia den Hof machte und diese Höflichkeiten seiner rauhen militärischen Art mühsam abzuzwingen schien, und der des geschickten Vinet machten sich in Pierrettes Leben bald bemerkbar. Pierrette, dieses flinke Eichkätzchen, war im Hause eingeschlossen, sie durfte es nur noch in Gesellschaft ihrer alten Kusine verlassen. Jeden Augenblick hieß es: „Laß das, Pierrette!" oder es gab endlose Erörterungen über die Art, wie sie sich halten müsse. Pierrette hielt sich etwas vornübergeneigt; ihre Kusine verlangte, daß sie sich so gerade halte wie sie selbst, sie wirkte wie ein Soldat, der vor seinem Hauptmann stramm steht. Zuweilen puffte sie sie in den Rücken, um sie aufzurichten. Das freie und lustige Mädchen aus der Vendée lernte es, seine Bewegungen zu unterdrücken und es einem Automaten gleichzutun.

Eines Abends, der den Beginn von Pierrettes zweiter Periode einleitete, kam das kleine Mädchen, das den ganzen Abend unsichtbar gewesen war, in den Salon, um die Stammgäste zu begrüßen und seinen Angehörigen vor dem Zubettegehen Gutenacht zu sagen. Sylvia streckte dem reizenden Kind ihre Wange kühl entgegen, als wenn sie die Kußprozedur schnell hinter sich haben wollte. Die Bewegung war so grausam deutlich, daß Pierrette die Tränen kamen.

„Hast du dich gestochen, meine kleine Pierrette?“ sagte Vinet mitleidslos.

„Was hast du denn?“ fragte Sylvia scharf.

„Nichts“, sagte das arme Kind, im Begriffe, Rogron den üblichen Gutenachtkuß zu geben.

„Nichts?“ wiederholte Sylvia. „Man weint nicht ohne Grund.“

„Was hast du denn, mein Kind?“ fragte Frau Vinet.

„Meine reiche Kusine ist nicht so gut zu mir wie meine arme Großmutter!“

„Deine Großmutter hat dich um dein Vermögen gebracht,“ sagte Sylvia, „und deine Kusine wird dir das ihre hinterlassen.“

Der Advokat und der Hauptmann sahen sich verstohlen an.

„Es ist mir lieber, wenn ich bestohlen, aber dafür geliebt werde“, sagte Pierrette.

„Gut, morgen kannst du gehen, woher du gekommen bist.“

„Aber was hat das Kind denn getan?“ fragte Frau Vinet.

Vinet warf seiner Frau einen kalten, herrischen Blick zu, der restlose Unterordnung forderte. Die arme Sklavin, die ihr ganzes Leben dafür büßte, daß sie das einzige, das man von ihr erwartet hatte, ein Vermögen, nicht in die Ehe gebracht hatte, nahm ihre Karten wieder auf.

„Was sie getan hat?“ fragte Sylvia und hob ihren Kopf so plötzlich, daß der Goldlack auf ihrer Haube in Bewegung geriet. „Sie kommt unausgesetzt auf neue Einfälle, um uns zu ärgern: sie hat meine Uhr geöffnet, um den Mechanismus zu untersuchen, sie hat das Rad berührt und die Feder zerbrochen. Das Fräulein kann nicht gehorchen. Den ganzen Tag ermahne ich sie, auf die Dinge zu achten, aber es ist, als wenn ich in diese Lampe hineinspräche.“

Pierrette ging leise aus dem Zimmer, tief beschämt, weil sie in Gegenwart der Gäste gescholten worden war.

„Ich frage mich, wie man die Wildheit dieses Kindes bändigen kann“, sagte Rogron.

„Aber sie ist alt genug, um in eine Pension geschickt zu werden“, antwortete Frau Vinet.

Ein abermaliger Blick von Vinet machte seine Frau verstummen. Er hatte sich wohl gehütet, ihr seine und des Hauptmanns Absichten in bezug auf die Geschwister anzuvertrauen.

„Das kommt davon, wenn man anderer Leute Kinder annimmt!“ rief der Hauptmann. „Sie hätten ja noch selbst Kinder haben können, Sie so gut wie Ihr Bruder. Warum heiraten Sie nicht? Noch ist es Zeit.“

Sylvia lächelte dem Hauptmann beglückt zu. Zum erstenmal in ihrem Leben begegnete sie einem Mann, dem die Vorstellung, daß sie heiraten könne, nicht als Wahnsinn erschien.

„Frau Vinet hat recht," rief Rogron, „dann würde Pierrette schon stillhalten. Ein Lehrer wird schon nicht so teuer sein."

Das Wort des Hauptmanns wirkte so stark in Sylvia nach, daß sie ihrem Bruder die Antwort schuldig blieb.

„Wenn Sie nur die Kaution für die oppositionelle Zeitung, von der wir gesprochen haben, erlegen würden, würden Sie im verantwortlichen Redakteur gleichzeitig auch den geeigneten Lehrer für Ihre kleine Kusine finden. Wir könnten den armen Schullehrer nehmen, der ein Opfer der Übergriffe der Geistlichkeit ist. Meine Frau hat recht: Pierrette ist ein Diamant, der des Schliffes bedarf", sagte Vinet zu Rogron.

„Ich glaubte, Sie seien Baron", sagte Sylvia zum Hauptmann nach langer nachdenklicher Pause, während die Karten gegeben wurden.

„Ja; aber ernannt wurde ich erst 1814 nach der Schlacht von Nangis, in der mein Regiment Wunder getan hat. Hatte ich denn Geld und die erforderliche Protektion, um die gesetzlichen Formalitäten in der Kanzlei zu erfüllen? Mit meinem Freiherrntum wird es mir gehen wie mit dem Generalsrang, den ich 1815 bekommen habe: nur eine Revolution kann sie mir wiedergeben."

„Wenn ich die Kaution in einer Hypothek erlegen lassen kann," antwortete endlich Rogron, „so könnte ich es machen."

„Aber das ließe sich mit Cournant einrichten",

antwortete Vinet. „Die Zeitung wird den Triumph des Hauptmanns herbeiführen, und Ihr Sohn wird einflußreicher werden als der von Tiphaines und Konsorten."

„Wieso das?" fragte Sylvia. Während Frau Vinet die Karten gab und der Advokat auseinandersetzte, welche Bedeutung Rogron, der Hauptmann und er selbst durch die Gründung einer unabhängigen Zeitung im Kreis von Provins gewinnen würden, weinte Pierrette bitterlich. Ihr Herz und ihr Verstand stimmten darin überein: ihre Kusine hatte viel mehr Schuld als sie selbst. Das Kind aus der Vendée begriff instinktiv, daß Wohltätigkeit und Mitleid unbedingt sein müßten. Sie haßte die schönen Kleider und alles, was für sie geschah. Für diese Wohltaten hatte sie einen zu hohen Preis zu bezahlen. Sie weinte aus Ärger darüber, daß sie sich hatte hinreißen lassen, und beschloß sich so zu benehmen, daß auch ihren Angehörigen nichts anderes übrigbleiben würde, als völliges Schweigen zu beobachten. Armes Kind! Jetzt erst begriff sie, wie groß Brigaut gewesen war, als er ihr seine Ersparnisse mit soviel Selbstverständlichkeit gegeben hatte. Sie glaubte, ihr Unglück habe seinen Höhepunkt erreicht, und ahnte nicht, daß in jenem Augenblick im Salon neue Leiden für sie beschlossen wurden. Einige Tage darauf bekam Pierrette wirklich einen Lehrer. Sie lernte lesen, schreiben und rechnen. Pierrettes Erziehung hatte unübersehbare Verwüstungen im Rogronschen Haus zur Folge. Tinte floß über Tische, Stühle und Kleider; überall lagen Hefte, Federn, Bleistifte und zerrissene Bücher mit abgestoßenen Ecken herum. Man sprach ihr schon, und in was für Ausdrücken! von der Notwendigkeit, ihr Brot zu verdienen, niemandem zur Last zu fallen. Wenn Pierrette diese furchtbaren Ermahnungen hörte, empfand sie einen starken Schmerz in der Brust, ihre Kehle war wie zuusammengeschnürt und ihr Herz klopfte rasend. Sie war gezwungen, ihre Tränen zu unterdrücken, denn sie mußte Rechenschaft über ihre Tränen ablegen, waren sie doch eine Beleidigung ihrer großmütigen Verwandten. Rogron hatte seinen Lebensstil wiedergefunden: er zankte Pierrette aus, wie einst seine Angestellten; er störte sie mitten in ihrem Spiel und zwang sie, zu ihren Büchern zu greifen, er ließ sie ihre Aufgaben wiederholen, er war der grausame Schulmeister dieses armen Kindes. Sylvia betrachtete es als ihre Pflicht, Pierrette das wenige, das sie von häuslicher Arbeit verstand, beizubringen. Rogron und seine Schwester waren harte, verknöcherte Naturen. Diese engen Geister, denen es ein tatsächliches Vergnügen war, das arme Kind zu quälen, waren sehr bald zu äußerster Strenge übergegangen. Ihre Strenge wurde durch den angeblichen bösen Willen des Kindes hervorgerufen; es hatte zu spät zu lernen begonnen und begriff schwer. Die Lehrer wußten nichts von der Kunst, den Unterricht der Intelligenz des Schülers anzupassen, von jenem Grundunterschied zwischen Schul- und Privatunterricht. So lag das Versagen weniger an Pierrette als an ihren Angehörigen. Das Erlernen der Grundelemente erforderte eine unverhältnismäßig lange Zeit. Wegen eines Nichts erklärte man ihr, sie sei dumm, blöde, einfältig und ungeschickt. Pierrette wurde den ganzen Tag durch Worte mißhandelt und begegnete bei ihren

Angehörigen nur kalten Blicken. Sie bekam etwas von der verstörten Haltung eines Lammes: sie wagte nicht mehr, etwas zu tun oder zu sagen, da alles schlecht ausgelegt, schlecht aufgenommen und noch schlechter beurteilt wurde. Bei allen Dingen wartete sie die Launen und Befehle ihrer Kusine ab, behielt ihre Einfälle für sich und verschloß sich in passivem Gehorsam. Die leuchtenden Farben ihrer Wangen begannen zu erblassen. Zuweilen klagte sie über Schmerzen. Wenn ihre Kusine fragte: „Wo?" antwortete das arme Kind, das eine allgemeine Schwäche empfand: „Überall."

„Hat man so etwas je gehört, überall Schmerzen haben? Wenn du überall Schmerzen hättest, wärest du tot", gab Sylvia zur Antwort.

‚Man hat Brust-, Zahn-, Kopf-, Fuß-, Leibschmerzen," sagte Rogron, der Krittler, „aber das gibt es nicht, daß man überall Schmerzen hat. Was heißt das: überall? Überall Schmerzen haben, heißt, daß man überhaupt keine Schmerzen hat. Weißt du, was du tust? Du sprichst nur, um etwas zu sagen."

Pierrette schwieg, als sie sah, daß ihre harmlosen Beobachtungen, die Blüten ihres jungen Geistes, durch Gemeinplätze erdrückt wurden, die ihr Verstand als töricht empfand.

„Du klagst und dabei ißt du für drei!" sagte Rogron.

Der einzige Mensch im Haus, der diese zarte Menschenblüte nicht verletzte, war Adele, das dicke Dienstmädchen. Adele legte eine Wärmflasche in das Bett des kleinen Mädchens, aber sie tat es heimlich seit jenem Abend, wo sie von Sylvia ausgezankt wurde, weil sie der zukünftigen Erbin ihrer Herrschaft diese kleine Verwöhnung angedeihen ließ.

„Kinder muß man streng erziehen, nur auf diese Weise werden sie zu starken Menschen. Sind mein Bruder und ich etwa kränklich?“ sagte Sylvia. „Sie wollen aus Pierrette einen Schmachtlappen machen!“ Dies war eine beliebte Bezeichnung aus dem Wortschatz von Rogrons, um leidende und wehleidige Menschen zu charakterisieren.

Die Zärtlichkeitsbeweise dieses kleinen Engels wurden als Grimassen aufgefaßt. Die Knospen, die diese junge Seele trieb und die so sehr danach verlangten, aufzublühen, wurden unbarmherzig zertreten. Pierrette empfing die grausamsten Nakkenschläge. Wenn sie versuchte, diese beiden kalten Naturen durch liebenswürdige Schmeicheleien zu gewinnen, so hieß es, sie sei aus Berechnung zärtlich.

„Sage mir gleich, was du willst?“ sagte Rogron brutal; „um nichts und wieder nichts tust du nicht schön mit mir.“

Weder Bruder noch Schwester glaubten, daß es etwas wie uneigennützige Liebe gäbe, und Pierrette war ganz Liebe. Gouraud, dem es darum zu tun war, Sylvia zu gefallen, bestärkte sie in all ihren Ideen über Pierrette. Auch Vinet stand stets auf der Seite der Geschwister; Pierrettes angebliche Missetaten buchte er auf das Konto des bretonischen Charakters und erklärte, keine Macht im Himmel und auf Erden käme damit zurecht. Rogron und seine Schwester wurden mit unglaublicher Schlauheit von diesen beiden Speichelleckern umgarnt. Sie hatten Rogron zuletzt so weit gebracht, daß er die Kaution für den „Courrier de Provins“ stellte, selbst Sylvia zeichnete Aktien für fünftausend Franken. Jetzt machten sich der Hauptmann und der Advokat ans Werk. Sie brachten hundert Aktien zu fünfhundert Franken bei den Besitzern öffentlicher Güter, bei Pächtern und den sogenannten Unabhängigen unter. Diese wurden durch die liberalen Zeitungen auf die drohende Gefahr aufmerksam gemacht. Der Advokat streckte seine Fühler im Departement aus und darüber hinaus in einigen angrenzenden Gemeinden. Jeder Aktionär wurde selbstverständlich Abonnent. Die gerichtlichen Anzeigen wurden auf die „Ruche“ und den „Courrier“ verteilt. In den ersten Nummern der Zeitung wurde Rogron in den Himmel gehoben. Er wurde als der Laffitte von Provins hingestellt. Als der öffentlichen Meinung eine Direktive gegeben worden war, war es leicht vorauszusehen, daß es bei den nächsten Wahlen einen harten Kampf setzen würde. Die schöne Frau Tiphaine war verzweifelt.

„Ich habe“, sagte sie, während sie einen Artikel las, der gegen sie und Julliard gerichtet war, „unglücklicherweise übersehen, daß hinter jedem Gimpel ein Spitzbube steht, und daß die Dummheit unfehlbar einen schlauen Fuchs anlockt.“

Als die Zeitung in einem Umkreis von zwanzig Meilen aufflammte, legte sich Vinet einen neuen Anzug, neue Stiefel, eine gute Hose und Weste zu. Er setzte den berühmten grauen Hut der Liberalen auf und ließ seine Wäsche sehen. Seine Frau bekam ein Dienstmädchen, und war so angezogen, wie es sich für die Frau eines einflußreichen Mannes ziemt. Aus Berechnung war Vinet dankbar. Der Advokat und sein Freund Cournant, der Notar der Liberalen, Auffrays Konkurrent, wurden Rogrons Ratgeber; zweimal erwiesen sie ihm wertvolle Dienste. Die Pachtverträge, die Rogrons Vater 1815 unter ungünstigen Umständen abgeschlossen hatte, waren beinahe abgelaufen. Garten- und Gemüsebau hatten einen großen Aufschwung genommen. Der Advokat und der Notar brachten es fertig, Rogrons eine jährliche Mehreinnahme von vierzehnhundert Franken bei der Pachterneuerung zu verschaffen. Vinet gewann ferner zwei Prozesse gegen zwei Gemeinden, es handelte sich um die Anpflanzung von fünfhundert Pappeln. Das Geld für den Erlös der Pappeln und Rogrons Ersparnisse, der seit drei Jahren sechstausend Franken zu hohen Prozenten anlegte, wurde sehr geschickt zum Ankauf von fremdem Eigentum, das zwischen seinem Besitz versprengt lag, benützt. Zuletzt unternahm Vinet die Enteignung einiger Bauern, denen Rogrons Vater Geld geliehen hatte, und die sich vergebens, um zu bezahlen, bei der Bestellung ihrer Felder abgerackert hatten. So wurde die Einbuße, die Rogrons Kapital durch den Hausbau erlitten hatte, reichlich aufgewogen. Ihre Felder in der Nähe von Provins, die ihr Vater mit der Sorgfalt ausgewählt hatte, wie sie allein einem Gastwirt eignet, waren in kleine Liegenschaften von höchstens fünf Morgen eingeteilt, an außerordentlich zahlungsfähige Menschen verpachtet, die fast sämtlich kleine Gutsbesitzer waren und zur Sicherheit auch noch Hypotheken stellen konnten, und brachten im November 1826 fünftausend Franken. Die Steuern gingen zu Lasten der Pächter, außerdem war kein Gebäude in Stand zu setzen oder gegen Feuer zu versichern. Jedes der beiden Geschwister besaß viertausendsechshundert Franken, die zu fünf Prozent angelegt waren. Da diese Summe den Nominalwert überstieg, veranlaßte sie der Advokat, sie wieder in Ländereien anzulegen, wobei er ihnen versprach, daß sie mit Hilfe des Notars keinen Sou bei den Zinsen einbüßen würden.

Gegen das Ende der zweiten Periode war das Leben für Pierrette so hart, die Gleichgültigkeit ihrer Angehörigen, ihre besserwissende Dummheit so unerträglich, sie empfand in einem solchen Maße Grabeskälte im Hause, daß sie auf den kühnen Einfall kam, zu Fuß, ohne einen Sou, in die Bretagne zu ihren Großeltern Lorrain zurückzugehen. Zwei Ereignisse setzten sich dem entgegen. Der alte Lorrain starb; in einem Familienrat, der in Provins stattfand, wurde Rogron zu Pierrettes Vormund ernannt. Wenn die Großmutter zuerst gestorben wäre, so hätte Rogron auf Vinets Rat höchstwahrscheinlich Pierrettes achttausend Franken gefordert und den alten Mann an den Bettelstab gebracht.

„Aber Sie können Pierrette ja noch eines Tages beerben", sagte Vinet mit einem teuflischen Lachen. „Man weiß nie, wer zuerst daran glauben muß!"

Infolge dieses Winkes ließ Rogron die Witwe Lorrain, die Schuldnerin ihrer Enkelin, fürs erste in Ruhe, nachdem er sich Pierrettes Eigentumsrecht auf die achttausend Franken durch eine Schenkungsurkunde, für die er die Kosten trug, hatte bestätigen lassen.

Der Tod des alten Lorrain machte auf Pierrette einen besonders starken Eindruck. Als diese Nachricht kam, war die Rede davon, daß sie zum erstenmal zum Abendmahl gehen sollte: auch diese neue Pflicht hielt Pierrette in Provins zurück. Diese notwendige und an sich so einfache Zeremonie hatte bei Rogrons große Veränderungen im Gefolge; Sylvia erfuhr, daß der Pfarrer Péroux die Kinder von Julliards, Lesourds und Garcelands unterrichte. Sie empfand es als Ehrensache, daß Habert, Péroux' Vikar, Pierrettes Unterricht übernehme. Es hieß, daß Habert Mitglied der Kongregation sei, er war ein leidenschaftlicher Parteigänger der Kirche, wurde in Provins sehr gefürchtet und verbarg einen großen Ehrgeiz hinter ungewöhnlich strengen Grundsätzen. Die Schwester dieses Priesters, ein etwa dreißigjähriges Mädchen, hatte ein Mädchenpensionat in der Stadt. Bruder und Schwester glichen einander: beide waren mager, gallsüchtig, gelb und hatten schwarzes Haar. Als Bretonin, die in den Übungen und in der Poesie des Katholizismus aufgewachsen ist, öffnete Pierrette Herz und Ohren dem Wort dieses mächtigen Priesters. Leiden schaffen eine günstige Prädisposition für Frömmigkeit; fast alle jungen Mädchen haben aus angeborener Zärtlichkeit einen Hang zur Mystik, dieser tiefen Seite der Religion. Die Saat des Evangeliums und der kirchlichen Dogmen fand aber einen ungewöhnlich fruchtbaren Boden. Pierrette veränderte sich gründlich. Sie entbrannte in heißer Liebe zu Christus, der den jungen Mädchen beim Abendmahl als der himmlische Bräutigam vorgeführt wird; ihre körperlichen und seelischen Leiden bekamen für sie einen neuen Sinn; ihr wurde gelehrt, Gottes Finger in allen Dingen zu sehen.

Ihre Seele, die in diesem Hause so furchtbar litt, ohne daß sie ihren Angehörigen Vorwürfe machen konnte, flüchtete sich in jene Sphäre, in die alle Unglücklichen aufsteigen, getragen von den Flügeln der drei theologischen Tugenden. Sie gab ihre Fluchtgedanken auf. Sylvia, die die durch Habert bewirkte Wandlung in Pierrette empfand, wurde selbst von Neugierde ergriffen. Während Habert Pierrette für ihr erstes Abendmahl vorbereitete, führte er Sylvias bisher verirrte Seele zu Gott zurück. Sylvia wurde eine gläubige Katholikin. Bei Denis Rogron hatte der Priester keinen Erfolg. Der Geist seiner liberalen Majestät der verstorbenen Verfassung Nr. I wirkt auf eine gewisse Klasse von Menschen stärker als der Geist der Kirche. Denis blieb Gouraud, Vinet und dem Liberalismus treu.

Sylvia Rogron lernte natürlich Céleste Habert kennen, beide verstanden sich vorzüglich. Die beiden alten Jungfern liebten sich wie Schwestern. Céleste Habert erbot sich, Pierrette zu sich zu nehmen, um Sylvia die Mühe und Sorge von Pierrettes Erziehung abzunehmen, aber die Geschwister erklärten einstimmig, sie würden sich ohne Pierrette zu einsam in ihrem Hause fühlen. Sie schienen an ihrer kleinen Kusine in ungewöhnlichem Maße zu hängen. Als Céleste Habert ihren Einzug ins Rogronsche Haus als Stammgast hielt, waren Gouraud und Vinet überzeugt, der ehrgeizige Vikar verfolge im Interesse seiner Schwester die gleichen Heiratspläne wie der Hauptmann in bezug auf Sylvia.

„Ihre Schwester will Sie verheiraten“, sagte der Advokat zum ehemaligen Kurzwarenhändler.

„Mit wem?“ fragte Rogron überrascht.
„Mit der alten Sibylle, der Lehrerin“, rief der Hauptmann und fuhr nervös durch seinen Schnurrbart.
„Sie hat mir nichts davon gesagt“, antwortete Rogron naiv.
Eine so unberührte Jungfer wie Sylvia mußte auf dem Wege des Heils Fortschritte machen. Der Einfluß des Priesters konnte, durch Sylvia unterstützt, die ihren Bruder beherrschte, verhängnisvoll werden. Die beiden Liberalen, die mit Recht erschraken, begriffen, daß, falls der Priester beschlossen hatte, seine Schwester mit Rogron zu verheiraten, eine Verbindung, die angemessener schien als Sylvias Ehe mit dem Hauptmann, er Sylvia immer tiefer in religiöse Übungen hineintreiben und Pierrette ins Kloster stecken würde. Die Gefahr lag nahe, daß ihnen der Preis ihrer anderthalbjährigen Anstrengungen, Gemeinheiten und Schmeicheleien entgehen würde. Sie empfanden dumpfen Haß gegen den Priester und seine Schwester und erkannten doch die Notwendigkeit, sich gut mit ihnen zu stellen, um sie zu beobachten. Haberts, die Whist und Boston spielten, kamen jeden Abend. Die Situation hatte sich schon zum Kampf zugespitzt. In demselben Maße, in dem der Hauptmann in Sylvia die süße und unerwartete Hoffnung eines späten Eheglückes nährte, denn sie war schon so weit, in Gouraud einen Mann zu sehen, der ihrer würdig war, wickelte Céleste Habert den einstigen Kurzwarenhändler in die Watte ihrer zarten Aufmerksamkeiten, ihrer Worte und Blicke. Keine der beiden Parteien brachte es über sich, das Wort

hoher Politik zu sagen: „Wir wollen teilen!“ Jede verlangte ihre Beute ungeteilt. Die beiden Füchse der Opposition von Provins, die übrigens im Steigen begriffen war, begingen das Unrecht, daß sie sich für stärker hielten als den Priester: sie gingen zum Angriff über und eröffneten das Feuer. Vinet kam mit neuen Truppen auf den Kriegsschauplatz: er hatte Fräulein von Chargeboeuf und ihre Mutter geholt. Die beiden Frauen besaßen eine Rente von ungefähr zweitausend Franken und führten ein kümmerliches Leben in Troyes. Bathilde von Chargeboeuf gehörte zu jenen großzügigen Naturen, die an Heiraten aus Liebe glauben und erst mit fünfundzwanzig Jahren, da sie immer noch unverheiratet sind, ihre Ansicht ändern. Vinet machte es Frau von Chargeboeuf klar, daß es am günstigsten sei, ihre zweitausend Franken mit den tausend Talern, die er mit der Gründung der Zeitung verdiente, zusammenzuwerfen und in Provins einen gemeinsamen Haushalt zu führen. In Provins würde Bathilde einen Narren namens Rogron heiraten; mit ihrem Geist könnte sie eine gefährliche Nebenbuhlerin der schönen Frau Tiphaine werden. Der Beitritt von Frau und Fräulein von Chargeboeuf gab der liberalen Partei ein ungeheures Übergewicht. Diese Verbindung verdroß die Aristokratie von Provins und die Partei der Tiphaine. Frau von Bréautey, außer sich über die Verirrung der beiden adeligen Damen, lud sie zu sich ein. Sie beklagte die von den Königstreuen begangenen Fehler und war außer sich über die Royalisten von Troyes, als sie die Lage von Mutter und Tochter erfuhr.

„Wie? Hat sich wirklich kein alter Landedelmann

gefunden, um dieses teure Kind zu heiraten, das die geborene Schloßfrau ist?" sagte sie. „Sie haben sie zur alten Jungfer werden lassen, und jetzt wird sie sich einem Rogron an den Hals werfen!"
Sie brachte den ganzen Bezirk in Aufruhr, ohne einen einzigen Adeligen zu entdecken, der imstande gewesen wäre, ein Mädchen zu heiraten, dessen Mutter eine Rente von nur zweitausend Franken besaß. Auch die Partei der Tiphaine und der Unterpräfekt machten sich, freilich etwas spät, auf die Suche nach diesem Unbekannten. Frau von Bréautey erging sich in Vorwürfen über den Egoismus, der Frankreich verzehrte, es war die Frucht des Materialismus und des vom Gesetz bestätigten Kapitals: Adel galt nichts mehr! Schönheit galt nichts mehr! Ein Rogron, ein Vinet bekämpften den König von Frankreich!
Bathilde von Chargeboeuf hatte vor ihrer Rivalin nicht nur den unbestreitbaren Vorzug der Schönheit, sondern auch den der Eleganz. Ihre Haut war blendend weiß. Ihre Schultern waren mit fünfundzwanzig Jahren völlig entwickelt, und ihre schönen Formen von üppiger Fülle. Ihr voller Hals, ihre reinen Linien, ihr leuchtendes blondes Haar, ihr liebenswürdiges Lächeln, die vornehme Form ihres Kopfes, der Schnitt ihres Gesichts und ihre Art, den Kopf zu tragen, ihre schönen, von einer hohen, freien Stirn überwölbten Augen, ihre verhaltenen Gebärden, ihre schlanke Taille und ihre tadellosen Manieren, all dies stand im Einklang. Sie hatte schöne Hände und schmale Füße. Infolge ihrer strahlenden Gesundheit sah sie vielleicht wie eine Gastwirtstochter aus, „aber das dürfte in Rogrons Augen kein Fehler sein", sagte

die schöne Frau Tiphaine. Das erste Mal kam Fräulein von Chargeboeuf in einfachem Anzug. Ihr Kleid aus braunem Merino mit grüner Stickerei war ausgeschnitten, aber ein Tüllfichu deckte Schultern und Rücken und war nur vorn etwas offen, trotzdem es mit einer Nadel zusammengehalten wurde. Unter diesem zarten Schleier wirkte Bathildes Schönheit noch koketter und verführerischer. Sie legte ihren Samthut und ihren Schal ab und zeigte ihre hübschen kleinen Ohren, in denen goldene Ringe steckten. Um den Hals trug sie ein schwarzes Samtband, das sich von ihrer Haut so leuchtend abhob wie der schwarze Ring, den die Natur auf den Schwanz einer weißen Angorakatze zeichnet. Sie war in allen Künsten erfahren, mit denen man einen Mann zu fangen sucht: sie ließ die Hände spielen und strich ihre Locken zurecht, die gar nicht in Unordnung geraten waren, sie ließ ihre Handgelenke sehen und bat Rogron, eine Manschette festzustecken; der unglückliche Geblendete weigerte sich brutal und verbarg seine Erregung hinter scheinbarer Gleichgültigkeit. Die Befangenheit der einzigen Liebe, die dieser Kurzwarenhändler empfinden sollte, nahm die Formen des Hasses an. Sylvia und Céleste Habert ließen sich täuschen, aber der Advokat sah hinter die Kulissen. Er war der überlegene geistige Mensch unter lauter Dummen und hatte nur den Priester zum Gegner; denn der Hauptmann war längst sein Verbündeter.
Der Hauptmann verhielt sich gegen Sylvia genau so wie Bathilde gegen Rogron. Er trug jeden Abend frische Wäsche; vom leuchtenden Samtkragen hob sich sein kriegerisches Gesicht ab, dem die Ecken

seines weißen Hemdkragens einen besonderen Reiz gaben. Er trug eine weiße Piquéweste, ließ sich einen neuen blauen Tuchrock machen, alles unter dem Vorwand, bei der schönen Bathilde in Ehren bestehen zu müssen. Von zwei Uhr ab rauchte er nicht mehr. Sein graues Haar wurde in einer großen überfallenden Welle auf seinem ockerfarbnen Schädel frisiert. Er nahm die Haltung und die Art eines Parteioberhauptes an, eines Mannes, der sich darauf vorbereitet, die Feinde Frankreichs, die Bourbonen, mit klingendem Spiel zu verjagen.

Der gerissene Advokat und der schlaue Hauptmann spielten Haberts einen noch viel grausameren Streich als das plötzliche Auftauchen des schönen Fräulein von Chargeboeuf, das bei Bréauteys und bei der liberalen Partei für zehnmal schöner galt als die schöne Frau Tiphaine. Die beiden großen Politiker der kleinen Stadt gaben sich den Anschein, als wenn Habert mit all ihren Anschauungen übereinstimme. Bald galt er in Provins als liberaler Priester. Vor den Bischof zitiert, mußte Habert seine Besuche bei Rogrons einstellen, aber seine Schwester ging nach wie vor hin. Der Salon Rogron war von jetzt an konstituiert und wurde eine Macht.

Er wurde gegen Ende des Jahres der Schauplatz leidenschaftlicher politischer und matrimonieller Intrigen. Wenn die unterirdischen Pläne, die ihren Sitz im Herzen hatten, sich heimlich bekämpften, so erhielt der öffentliche Kampf eine fatale Berühmtheit. Das Ministerium Villèle wurde, wie bekannt, durch die Wahlen von 1826 gestürzt. In Provins trug Vinet, der liberale Kandidat, dem Cournant den Wahlzensus durch den Erwerb eines Grundstückes ermöglicht hatte, für das der Betrag noch nicht bezahlt war, beinahe den Sieg über Tiphaine davon. Der Präsident hatte eine Majorität von nur zwei Stimmen. Zu den Besuchern des Rogronschen Salons gehörten außer den Stammgästen, Vinet, Chargeboeuf und dem Hauptmann, noch Cournant und seine Frau und der Arzt Néraud, der eine sehr bewegte Jugend hinter sich hatte, aber jetzt dem Leben kühl und beobachtend gegenüberstand, er hatte sich dem Studium ergeben und war nach Ansicht der liberalen Partei sehr viel tüchtiger als Martener. Rogrons begriffen ihren Triumph so wenig, wie sie früher ihre gesellschaftliche Ächtung begriffen hatten.

Die schöne Bathilde von Chargeboeuf, der Vinet Pierrette als ihre Gegnerin gezeigt hatte, war gegen das Kind ungewöhnlich hochmütig. Das allgemeine Interesse forderte die Demütigung dieses armen Opfers. Frau Vinet vermochte nichts für das Kind zu tun, sie begriff, daß sie zwischen grausam unbarmherzigen Interessen stand. Ohne das herrische Verlangen ihres Mannes wäre sie nicht zu Rogrons gegangen; sie litt zu sehr daran, daß dieses bezaubernde kleine Geschöpf mißhandelt wurde. Pierrette spürte eine geheime Beschützerin in ihr, drängte sich an sie und bat sie, sie Stickereien zu lehren. Pierrette bewies damit, daß sie, wenn sie freundlich behandelt wurde, alles leicht begriff. Da Frau Vinet nicht mehr notwendig war, durfte sie ihre Besuche einstellen. Sylvia, die sich in der Hoffnung wiegte, die Frau des Hauptmanns zu werden, begann in

Pierrette ein Hindernis zu sehen. Pierrette war beinahe vierzehn Jahre alt; durch ihre krankhafte Blässe, die von der törichten alten Jungfer nicht als Krankheitssymptom erkannt wurde, wirkte sie bezaubernd. Sylvia kam auf den großartigen Einfall, die Ausgaben, die Pierrette ihnen verursachte, dadurch auszugleichen, daß sie das Kind zu ihrem Dienstmädchen machte. Vinet, Céleste Habert, Gouraud, alle einflußreichen Stammgäste, bestärkten Sylvia in ihrem Vorhaben, die dicke Adele zu entlassen. Warum konnte Pierrette denn nicht kochen und das Haus in Ordnung halten? Sollte ihr die Arbeit über den Kopf wachsen, so könnte ja die Wirtschafterin des Hauptmanns einmal zur Aushilfe kommen, es war eine tüchtige Person und galt als eine der besten Köchinnen in Provins. Der Advokat fand, es sei hohe Zeit, daß Pierrette kochen und aufräumen lerne, daß sie verstehe, ein Haus sauber zu halten, auf den Markt zu gehen und zum billigsten Tagespreis einzukaufen. Die arme Kleine, deren Bereitwilligkeit ihrer Großmut gleichkam, erbot sich selbst dazu, sie war froh, auf diese Weise das harte Brot, das sie in diesem Hause aß, zu verdienen. Adele wurde entlassen. Auf diese Weise verlor Pierrette den einzigen Menschen, der sie vielleicht beschützt hätte. Trotz ihrer Seelenstärke lebte sie von diesem Augenblicke an in ganz schwerer physischer und seelischer Bedrängnis. Die Geschwister nahmen auf sie viel weniger Rücksicht als auf ein Dienstmädchen: sie gehörte ihnen doch! Um ein Nichts, wegen eines Stäubchens, das sie auf dem Kamin oder auf einer Glaskugel vergessen hatte, wurde sie ausgescholten. Diese Luxusgegenstände, die sie zuerst bewundert hatte, wurden ihr verhaßt. Trotzdem sie den besten Willen hatte, alles gut zu machen, mäkelte ihre unbarmherzige Kusine an allem, was sie tat. Während zweier Jahre erhielt Pierrette weder ein Lob noch ein gutes Wort. Das Glück bestand für sie darin, keine Ausschelte zu bekommen. Mit engelhafter Geduld ertrug sie die schlechte Laune dieser beiden Junggesellen, denen alle weicheren Empfindungen völlig unbekannt waren und die sie ihre Abhängigkeit jeden Tag aufs neue fühlen ließen. Das junge Mädchen war zwischen diese beiden Krämerseelen wie in einen Schraubstock hineingepreßt; dieses Leben steigerte ihre Krankheit. Sie litt unter so heftigen inneren Störungen, unter so verzweifelten Schmerzausbrüchen, daß ihre physische Entwicklung in nicht wieder gutzumachender Weise beeinträchtigt wurde. Pierrette geriet langsam durch furchtbare, im geheimen ertragene Qualen in den Zustand, in dem der Freund ihrer glücklichen Kindertage sie auf dem kleinen Platz gesehen und durch die bretonische Romanze begrüßt hatte.

☆

EHE WIR DAS HÄUSLICHE DRAMA SCHILDERN, das Brigauts Kommen im Rogronschen Haus beschleunigte, noch ein Wort zu Brigauts Aufenthalt in Provins, da er gewissermaßen eine stumme Person auf dieser Bühne ist. Als Brigaut davonlief, war er nicht nur über Pierrettes Gebärde erschrocken, sondern mehr noch über das veränderte Aussehen seiner kleinen Freundin. Er hatte sie kaum erkannt, nur Stimme, Augen und Gebärden erinnerten ihn an seine lebhafte, lustige und doch so zärtliche Gefährtin. Als er den Platz verlassen hatte, zitterten seine Beine, und es überlief ihn heiß. Er hatte nicht Pierrette gesehen, sondern ihren Schatten. Unruhig, in Gedanken, ging er in die obere Stadt, bis er einen Platz ausfindig gemacht hatte, von dem aus er Pierrettes Haus in der Ferne sehen konnte. Er versank ganz in schmerzliches Sinnen, er fühlte, daß ein Unglück über seinem Kopf zusammenschlug, dessen Tragweite er nicht ermessen konnte. Pierrette litt, sie war unglücklich, sie sehnte sich nach der Bretagne, was fehlte ihr? All diese Fragen stiegen in Brigauts Herzen auf; in seinem Schmerz erkannte er erst, wie tief seine Zuneigung für seine kleine Adoptivschwester war. Eine leidenschaftliche Liebe bei Kindern verschiedenen Geschlechts ist selten von Dauer. Der entzückende Roman von Paul und Virginie löst diese seltsame Frage so wenig wie die Geschichte von Pierrette und Brigaut. Die neuere Geschichte kennt nur das berühmte Beispiel der Marquise von Pescara und ihres Gatten: sie wurden als Vierzehnjährige von ihren Eltern für einander bestimmt, sie liebten und heirateten sich. Ihre Vereinigung bot im sechzehnten Jahrhundert das Schauspiel einer ehelichen Liebe ohne Schatten und ohne Wolke. Mit vierunddreißig Jahren Witwe geworden, schlug die schöne, geistreiche, heißbegehrte Marquise die Hand von Königen aus, sie begrub sich in einem Kloster, in dem sie nichts anderes sah und hörte als Nonnen. Solch eine alles andere ausschließende Liebe erwachte plötzlich im Herzen des armen bretonischen Arbeiters. Pierrette und er hatten sich so oft gegenseitig beschützt, er war so glücklich gewesen, daß er ihr das Geld zu ihrer Reise geben konnte, er war beinahe daran gestorben, daß er der Post nachgelaufen war, und Pierrette hatte nichts davon gewußt! Diese Erinnerung hatte oft die kalten Stunden seines harten Lebens während dieser drei Jahre durchglüht. Um Pierrettes willen hatte er gelernt, um Pierrettes willen war er weitergekommen, um ihretwillen war er nach Paris gegangen und hatte sich vorgenommen, es zu Geld und Ansehen zu bringen. Nach vierzehn Tagen hatte er es vor Sehnsucht nach ihr nicht mehr ausgehalten, er war von Sonnabend Abend bis Montag Morgen gewandert; er hatte die Absicht gehabt, nach Paris zurückzugehen, aber die rührende Erscheinung seiner kleinen Freundin fesselte ihn an Provins. Ein wunderbarer Magnetismus, der trotz vieler Beweise immer noch bestritten wird, wirkte, ohne daß er sich dessen bewußt gewesen wäre, auf ihn: Tränen kamen ihm in die Augen. Wenn er ihr die Bretagne und ihre glückliche Kindheit verkörperte, so war sie das Leben für ihn! Mit sechzehn Jahren konnte Brigaut ein Karnies weder zeichnen noch profilieren, es gab viele Dinge, die er noch nicht ahnte, aber mit seiner Arbeit hatte er täglich zwischen vier und fünf Franken verdient. Er konnte also in Provins leben, hier wäre er innerhalb Pierrettes Bereich, er konnte seine Lehrzeit hier vollenden, beim besten Tischler in der Stadt arbeiten und zugleich Pierrette beschützen.

Brigauts Entschluß war auf der Stelle gefaßt. Er ging nach Paris zurück, rechnete dort ab, holte sein Lehrbuch, seine Sachen und sein Werkzeug.

Drei Tage später trat er bei Frappier, dem ersten Tischler von Provins, ein. Fleißige, ruhige Arbeiter, die weder Händel suchen noch ins Wirtshaus gehen, sind so selten, daß alle Meister junge Leute wie Brigaut zu halten versuchen. Nach Ablauf von noch nicht vierzehn Tagen war Brigaut Geselle bei Frappier, er wohnte bei seinem Meister, wurde von ihm beköstigt und in Kalkulationen und Flächenzeichnung unterwiesen. Der Tischler hatte sein Haus in der Grand' Rue, etwa hundert Schritt vom kleinen Platz entfernt, an dessen Ende Rogrons Haus stand. Brigaut verbarg seine Liebe in seinem Herzen und verriet sich in keiner Weise. Er ließ sich von Frau Frappier die Geschichte von Rogrons erzählen, sie berichtete, auf welche Weise der alte Gastwirt fast das gesamte Vermögen von Auffray an sich gerissen hatte. Brigaut zog Erkundigungen ein über den Charakter des Kurzwarenhändlers und seiner Schwester. Er überraschte Pierrette, als sie morgens mit ihrer Kusine auf den Markt ging, und zitterte beim Anblick des schweren Korbes, der ihr am Arm hing. Er sah Pierrette am Sonntag in der Kirche, wo die kleine Bretonin in ihrem besten Staat erschien. Da erkannte Brigaut zum erstenmal, daß Pierrette Fräulein Lorrain war. Pierrette sah ihren Freund und gab ihm einen geheimnisvollen Wink, damit er sich nicht zu erkennen gebe. Eine Welt des Schmerzes lag in diesem Wink, so gut wie in jenem anderen, mit dem sie ihn vor vierzehn Tagen aufgefordert hatte, zu verschwinden. Welches Vermögen mußte er in zehn Jahren erwerben, um seine kleine Freundin zu heiraten, der Rogrons ein Haus, hundert Morgen Land und eine

Rente von zwölftausend Franken hinterlassen würden, ganz abgesehen von ihren Ersparnissen! Der hartnäckige Bretone wußte, daß er sich die Kenntnisse, die ihm noch fehlten, erwerben müsse, um den Kampf als Sieger zu bestehen. So lange es sich nur um die Theorie handelte, konnte er in Provins so gut lernen wie in Paris. Er zog vor, in Pierrettes Nähe zu bleiben, um so mehr, als er sich vorgenommen hatte, ihr seine Pläne und den Schutz, auf den sie rechnen konnte, auseinanderzusetzen. Er konnte sie nicht verlassen, ohne das Geheimnis ihrer Blässe ergründet zu haben; jetzt beeinträchtigte sie sogar schon den Glanz ihrer Augen, also jenes Organs, das erst in allerletzter Linie in Mitleidenschaft gezogen wird. Er mußte wissen, welcher Art die Schmerzen waren, die ihr den Anschein eines vom Tode gezeichneten Mädchens gaben, das seine Leiden kaum noch zu ertragen vermag. Ihre beiden rührenden Zeichen, die ihre Freundschaft nicht verleugneten, ihm aber die größte Zurückhaltung und Vorsicht geboten, erfüllten das Herz des jungen Bretonen mit Sorge. Er begriff, daß Pierrette ihm befahl zu warten und keinerlei Schritte zu unternehmen, um sie zu sehen, sonst drohe ihr Gefahr. Als Pierrette aus der Kirche ging, konnte sie ihm einen Blick zuwerfen: ihre Augen standen voller Tränen. Brigaut hätte eher die Quadratur des Zirkels gefunden als erraten, was sich im Rogronschen Haus seit seinem Kommen abgespielt hatte. Voll böser Ahnungen verließ Pierrette ihr Zimmer an jenem Morgen, an dem Brigaut als Traumgestalt in ihrem Morgentraum aufgetaucht war. Da Sylvia aufgestanden war und das Fenster geöffnet hatte, hatte sie unfehlbar das Lied und die Worte gehört, die den Ohren eines alten Mädchens kompromittierend genug klangen. Aber Pierrette ahnte nicht, weshalb ihre Kusine so behend gewesen war. Sylvia hatte Gründe genug, um aufzustehen und aus ihrem Fenster zu sehen. Seit etwa acht Tagen spielten unter den Hauptpersonen des Rogronschen Salons geheimnisvolle Begebenheiten; heftige Gefühle waren in Aufruhr. Von allen Seiten sorgfältig verborgen, sollten sie lawinenartig über Pierrette zusammenstürzen. Diese geheimnisvolle Welt, die man vielleicht den Unflat des menschlichen Herzens nennen dürfte, bildet den Untergrund aller politischen, sozialen oder häuslichen Revolutionen, aber wenn man sie nennt, wäre es vielleicht ganz nützlich, darauf hinzuweisen, daß sie in anderer Form zutage tritt, als man gemeinhin glaubt. Diese tiefen Berechnungen äußern sich nicht so brutal, wie die Geschichte annimmt. Die Verdrehungen, oratorischen Wendungen, die langen Gespräche, in denen das Licht mit Absicht verdunkelt oder Gift als süße Pille verabreicht wird, schildern, hieße ein ebenso langes Buch schreiben wie jene wundervolle Dichtung „Clarisse Harlowe". Céleste Habert und Sylvia Rogron waren vom gleichen Verlangen erfüllt zu heiraten, aber die eine war um zehn Jahre jünger als die andere, und Céleste Habert durfte mit ziemlicher Wahrscheinlichkeit annehmen, daß ihre Kinder die alleinigen Erben des Rogronschen Vermögens sein würden. Sylvia war zweiundvierzig Jahre alt, für dieses Alter hat die Ehe eine Fülle von Gefahren. In einem vertraulichen Gespräch, in dem jede um die Zustimmung der anderen warb, hatte Céleste, vom rachsüchtigen Priester aufgestachelt, Sylvia über die angeblichen Gefahren, in denen sie sich befand, aufgeklärt. Der Hauptmann, ein unbeherrschter, ungewöhnlich gesunder Mann von fünfundvierzig Jahren, befolgte zweifelsohne im Leben die Moral aller Märchen: „Sie waren glücklich und hatten viele Kinder." Vor diesem Glück zitterte Sylvia, sie hatte die Angst vor dem Tode, die in allen Altjungfernherzen wühlt. Aber das Ministerium Martignac, dieser zweite Sieg der Kammer, die das Ministerium Villèle gestürzt hatte, war jetzt ernannt. Die Partei Vinet trug den Kopf hoch in Provins. Vinet, der jetzt der erste Advokat in der Brie war, glückte nach dem allgemeinen Dafürhalten alles, was er anfaßte. Vinet war eine Persönlichkeit. Die Liberalen waren überzeugt, daß er es weit bringen würde: er würde Abgeordneter werden, ja Staatsanwalt. Der Hauptmann würde zum mindesten Bürgermeister in Provins werden. Ach! herrschen, wie Frau Garceland herrschte, die Frau des Bürgermeisters sein, diese Aussicht vernichtete Sylvias Hemmungen. Sie wollte einen Arzt um Rat fragen, trotzdem eine derartige Konsultation sie dem Fluch der Lächerlichkeit preisgeben konnte. Die beiden alten Jungfern, von denen sich die eine als Siegerin fühlte, während die andere überzeugt war, ihre geheime Gegnerin am Gängelband zu führen, kamen auf eine List, wie sie nur von Priestern beratene Frauen auszudenken imstande sind. Néraud, den Arzt der Liberalen und Konkurrenten von Martener, befragen, wäre ein schwerer Mißgriff. Céleste Habert erbot sich, Sylvia in ihrem Toilettenzimmer zu verstecken und Martener, den Arzt ihres Pensionats, über diesen heiklen Punkt zu befragen, als wenn es sich um sie selber handeln würde. Martener, bei dem es fraglich ist, ob er mit Céleste unter einer Decke steckte oder nicht, erklärte der Patientin, daß bei einem dreißigjährigen Mädchen immerhin gewisse Gefahren beständen. – „Aber bei Ihrer Konstitution", fügte er hinzu, „brauchen Sie keine Angst zu haben."

„Und wie steht es bei einer Frau, die über vierzig ist?" fragte Céleste.

„Eine vierzigjährige, verheiratete Frau, die Kinder hatte, braucht nichts zu befürchten."

„Aber ein Mädchen, das immer keusch gelebt hat, wie etwa Fräulein Rogron?"

„Da steht es auf der Kippe", antwortete Martener. „Eine glückliche Entbindung gehört zu den Wundern, die der liebe Gott sich zuweilen, aber nur selten, leistet."

„Und warum?" fragte Céleste.

Der Arzt gab eine beängstigende Darstellung. Er erklärte, die Elastizität der Muskeln und Knochen verschwinde in einem gewissen Alter, namentlich bei Frauen, die infolge ihres Berufes eine sitzende Lebensweise geführt haben wie Fräulein Rogron.

„Dann sollte also ein Mädchen, das stets keusch gelebt hat, wenn es über vierzig alt ist, nicht mehr heiraten?"

„Oder warten", antwortete der Arzt; „aber in diesem Falle kann man nicht mehr von Ehe, sondern nur von einer aus gemeinsamen Interessen geschlossenen Verbindung sprechen, oder wie immer Sie es nennen wollen."

Aus dieser Unterhaltung ging klar, ernsthaft, wissenschaftlich und vernunftgemäß hervor, daß ein tugendhaftes Mädchen, das über vierzig Jahre alt war, besser daran täte, auf die Ehe zu verzichten. Als Martener gegangen war, fand Céleste Sylvia Rogron in einem erschreckenden Zustand. Sie war grün und gelb im Gesicht und ihre Augen waren unheimlich geöffnet.

„Lieben Sie den Hauptmann so sehr?" fragte sie.

„Ich habe mir bis jetzt Hoffnungen gemacht", gab die alte Jungfer zur Antwort.

„Nun, dann müssen Sie warten", rief Céleste Habert jesuitisch, in der bestimmten Zuversicht, daß die Zeit ihr Bundesgenosse sei.

Die Moral dieser Ehe erschien Sylvia zweifelhaft. Im Beichtstuhl erleichterte sie ihr Herz und suchte dort nach Beistand. Der strenge Priester erklärte ihr den Standpunkt der Kirche, die in der Ehe nur ein Mittel sieht, damit die Menschheit sich vermehre; infolgedessen ist die Kirche gegen späte Ehen und verwirft Leidenschaften ohne soziale Zwecke. Sylvia war aufs äußerste bestürzt. Aus ihren inneren Kämpfen holte sich ihre Leidenschaft eine seltsame Kraft, sie empfand den unbegreiflichen Reiz, den verbotene Früchte seit Evas Zeiten auf Frauen ausüben. Dem scharf beobachtenden Advokaten entging Sylvias verstörtes Wesen nicht.

Eines Abends, als die Kartenpartie zu Ende war, setzte Vinet sich neben seine Freundin Sylvia aufs Sofa und griff besorgt nach ihrer Hand.

„Sie haben Kummer?" flüsterte er ihr zu.

Zustimmend neigte sie den Kopf. Vinet wartete, bis Rogron sich zurückzog; als er mit dem alten

Mädchen allein war, verstand er es, ihm sein Geheimnis zu entlocken.

‚Du hast deine Sache gut gemacht, Priester, aber du hast meinen Interessen gedient', jubelte er innerlich, als er all die geheimen Konsultationen hörte, die Sylvia gehabt hatte. Die letzte war die schwerwiegendste gewesen.

Der gerissene Advokat war noch grausamer als der Arzt: er empfahl Sylvia die Ehe, aber um der größeren Sicherheit willen sollte sie sich noch zehn Jahre Zeit lassen. Der Advokat schwor sich, daß das gesamte Rogronsche Vermögen Bathilde zufallen solle. Er rieb seine Hände, sein Gesicht glänzte vor Zufriedenheit, während er den Chargeboeufschen Damen nachlief, die er unter dem Schutz ihres Dieners, der eine Laterne trug, hatte vorausgehen lassen. Dem Einfluß, den Habert, der Seelenarzt, ausübte, hielt Vinet, der Geldarzt, das Gleichgewicht. Rogron neigte gar nicht zu Frömmigkeit, so hatten die beiden Schwarzröcke, der Mann Gottes und der Mann des Gesetzes, ungefähr die gleichen Chancen. Als der Advokat vom Sieg erfuhr, den Céleste Habert, die sich noch in der Hoffnung wiegte, Rogrons Frau zu werden, über Sylvia davon getragen hatte, die zwischen der Angst vor dem Tode und der Möglichkeit, Baronin zu werden, schwankte, sah er eine Möglichkeit, den Hauptmann ganz aus dem Felde zu schlagen. Er kannte Rogron gut genug, um Mittel zu finden, ihn mit der schönen Bathilde zu verheiraten. Rogron hatte Fräulein von Chargeboeufs Angriffen nicht widerstehen können. Vinet wußte, daß Rogrons Heirat mit Bathilde unausbleiblich war, sobald sie einen Augenblick unter vier Augen wären. Rogron war so weit gekommen, daß er aus Furcht, Bathilde anzusehen, Céleste Habert schöne Augen machte. Vinet hatte erkannt, wie groß Sylvias Liebe für den Hauptmann war. Er begriff die Bedeutung einer Leidenschaft bei einer alten Jungfer, die zugleich als Betschwester unter dem Einfluß der Kirche stand. Er hatte Mittel ausfindig gemacht, um sowohl Pierrette als den Hauptmann unschädlich zu machen, und hoffte auf diese Weise beide loszuwerden.

Am nächsten Morgen traf er Rogron und den Hauptmann auf ihrem gewohnten Morgenspaziergang.

Wenn die drei Männer zusammen gesehen wurden, geriet die Stadt stets in Aufregung. Dieses Triumvirat, das der Unterpräfekt, das Bürgermeisteramt und die Partei der Tiphaine haßte, war ein Tribunal, das der Eitelkeit der Liberalen von Provins schmeichelte. Vinet war der alleinige Redakteur des „Courrier" und zugleich das Haupt der Partei, der Hauptmann, der für die Zeitung verantwortlich zeichnete, war der Arm, Rogron kraft seines Geldes der Nerv, er galt als Bindestrich zwischen dem Komitee von Provins und dem Komitee von Paris. Nach Ansicht der Partei Tiphaine führten diese drei Männer immer etwas im Schilde gegen die Regierung, während die Liberalen die Verteidiger des Volkes in ihnen bewunderten. Als der Advokat Rogron sah, der dem Platz zusteuerte, da die Mittagsstunde ihn nach Hause trieb, nahm er den Arm des Hauptmanns und verhinderte ihn auf diese Weise, den einstigen Kurzwarenhändler zu begleiten.

„Hören Sie," sagte er zum Hauptmann, „ich will Ihnen eine große Last vom Herzen nehmen. Sie können etwas sehr viel Besseres tun, als Sylvia zu heiraten: wenn Sie es schlau anstellen, so können Sie sich in zwei Jahren die kleine Pierrette Lorrain zur Frau holen."

Er berichtete ihm die Wirkung der Schliche des Jesuiten.

„Welcher Packen voll Heimlichkeiten und wie wird es lang dauern!" sagte der Hauptmann.

„Hauptmann," sagte Vinet ernst und nachdrücklich, „Pierrette ist ein entzückendes Geschöpf. Sie bereiten sich einen herrlichen Lebensabend und sind von einer so unverwüstlichen Gesundheit, daß diese Ehe für Sie nicht die Peinlichkeiten haben wird, die Ehen für Menschen, die im Alter nicht zusammenstimmen, so leicht im Gefolge haben. Aber unterschätzen Sie die Schwierigkeiten nicht, die darin bestehen, ein beneidenswertes Los gegen ein grauenhaftes einzutauschen. Aus Ihrer Geliebten Ihre Vertraute zu machen, ist mit nicht geringeren Gefahren verbunden, als, um in Ihrem Beruf zu bleiben, ein Flußübergang bei feindlichem Feuer. Mit der Ihnen eigenen Klugheit müssen Sie die Situation studieren und mit der Überlegenheit vorgehen, die wir bis jetzt beobachtet haben und die uns unsere Erfolge und unsere gegenwärtige Stellung gesichert hat. Wenn ich eines Tages Generalprokurator bin, so können Sie das Departement beherrschen. Ach, wenn Sie Wähler wären, so wären wir heute weiter; ich hätte die Stimmen der beiden Angestellten gekauft, indem ich sie für den Verlust ihrer Stellen entschädigt hätte, und wir hätten die Majorität gehabt. Ich säße heute neben den Dupin und den Casimir Périer."

Schon seit längerer Zeit dachte der Hauptmann an Pierrette, aber er hütete diesen Gedanken ängstlich. Seine Brutalität Pierrette gegenüber war aber nur Schein. Das Kind begriff nicht, weshalb der angebliche Kriegskamerad seines Vaters es im Beisein Dritter so schlecht behandelte, während er ihr, sobald sie allein war, väterlich mit der Hand unters Kinn fuhr. Seit Vinet Gouraud anvertraut hatte, welche Angst der Gedanke an eine Ehe in Sylvia ausgelöst hatte, hatte der Hauptmann nach Gelegenheiten gesucht, um mit Pierrette allein zu sein. In solchen Augenblicken wurde er sanft wie ein Lamm; er erzählte ihr, wie tapfer Lorrain gewesen war und welch furchtbares Unglück sein Tod für sie wäre!

Einige Tage, ehe Brigaut gekommen war, hatte Sylvia Pierrette und Gouraud überrascht. Mit klösterlicher Heftigkeit war die Eifersucht in ihr Herz eingezogen. Die Eifersucht ist eine ungemein leichtgläubige, argwöhnische Leidenschaft, die der Phantasie Tür und Tor öffnet, aber sie beschwingt den Geist nicht; im Gegenteil. In Sylvia mußte diese Leidenschaft seltsame Vorstellungen erwecken. Sylvia bildete sich ein, der Mann, der Pierrette das Wort „Frau Braut" gesagt habe, sei der Hauptmann. Sie glaubte zur Annahme berechtigt zu sein, daß er Pierrette ein Ständchen vor ihrem Fenster gebracht habe, denn Gourauds Benehmen schien ihr seit einer Woche verändert. Er war der einzige Mann, der sich je um sie gekümmert hatte, infolgedessen beobachtete sie ihn mit luchsartiger Schärfe. Da je nach ihrer Einstellung ihre Hoffnungen aufblühten oder zertrümmert am Boden lagen, hatten sie eine derartige Bedeutung in ihren Augen bekommen, daß sie nicht mehr davon loskam. Sie sah, wie es im Sprichwort heißt, den Wald vor lauter Bäumen nicht. Abwechselnd verwarf und bekämpfte sie den Glauben an diese so unwahrscheinliche Nebenbuhlerin. Sie zog Vergleiche zwischen sich und Pierrette: sie war vierzig Jahre alt und hatte graues Haar; Pierrette war ein bezauberndes kleines Mädchen von blendender Weiße, mit Augen von so zärtlichem Glanz, daß sie selbst ein totes Herz zum Leben erwecken konnten. Sie hatte gehört, daß fünfzigjährige Männer eine Vorliebe für kleine Mädchen von Pierrettes Art hätten. Ehe der Hauptmann sich besonnen hatte und Stammgast bei Rogrons geworden war, hatte sie im Tiphaineschen Salon seltsame Geschichten über Gouraud und seine Moral munkeln hören. Alte Jungfern haben eine Vorliebe für übertriebene platonische Vorstellungen, zu denen sich zwanzigjährige Mädchen bekennen; sie huldigen unbedingten Anschauungen wie all jene, die das Leben nicht erprobt und nicht begriffen haben, wie sehr das eherne Gesetz der Wirklichkeit all diese schönen und edlen Träume zerpflückt und zerstört. Mit der Vorstellung, daß der Hauptmann sie betrügen könne, zermarterte Sylvia ihr Gehirn. In der Zeit, die jeder müßige Junggeselle, ehe er aufsteht, im Bett vertrödelt, hatte sich das alte Mädchen mit sich selbst, mit Pierrette und der Romanze, von der sie nur das Wort Ehe aufgeschnappt hatte, beschäftigt. In ihrer Dummheit hatte sie den Laden geöffnet, anstatt den schmachtenden Liebhaber durch die Spalten zu beobachten, ohne daran zu denken, daß Pierrette sie hören würde. Wäre sie schlau genug gewesen, um zu spionieren, so hätte sie Brigaut gesehen, und das Drama hätte sich nicht abgespielt.

Trotz ihrer Schwäche hob Pierrette die Stangen, mit denen die Fensterläden in der Küche befestigt waren, sie stieß die Läden auf und hakte sie ein, dann öffnete sie die Korridortür, die auf den Garten ging. Sie nahm die verschiedenen Besen, um den Teppich, das Speisezimmer, den Korridor und die Treppen zu fegen, und machte sich an ihre Arbeit mit einer Sorgfalt, die ein Dienstmädchen nie aufbringen würde. Ihr waren Vorwürfe so peinlich! Sie betrachtete es schon als Glück, wenn die kleinen, blassen, kalten Augen ihrer Kusine nicht etwa zufrieden blickten, denn das geschah nie, sondern nur ruhig blieben, nachdem sie mit ihrem Hausfrauenblick, diesem unbegreiflichen Blick, der sieht, was allen übrigen Augen entgeht, alle Räume inspiziert hatte. Als Pierrette in die Küche kam, um dort alles in Ordnung zu bringen, war ihre Haut schon ganz feucht; jetzt galt es, den Ofen anzustecken, um Glut in das Zimmer ihres Vetters und ihrer Kusine zu bringen, sie brachte ihnen warmes Wasser zum Waschen, während für sie niemand sorgte. Sie deckte den Tisch zum Frühstück und heizte den Ofen im Speisezimmer. Sie mußte in den Keller gehen und Holz zum Feuer anmachen holen, sie war einem fortwährenden Temperaturwechsel ausgesetzt, weil sie aus einem warmen Raum in einen kalten feuchten, aus dem kalten wieder in einen warmen kam. Die plötzlichen Temperaturschwankungen, denen sie sich mit jugendlicher Sorglosigkeit aussetzte, oft nur, um ein hartes Wort zu vermeiden oder um einen empfangenen Befehl auszuführen, verschlimmerten ihren Gesundheitszustand aufs grausamste. Pierrette wußte nicht, daß sie krank war. Aber sie begann zu leiden; sie hatte seltsame Gelüste, die sie verbarg, sie bekam eine Vorliebe für rohen Salat und aß ihn heimlich. Das unschuldige Kind ahnte nicht, daß es an einer schweren Krankheit litt, und daß sein Zustand die größte Vorsicht erforderte. Wenn Néraud, der den Tod von Pierrettes Großmutter auf dem Gewissen hatte, die Kleine vor Brigauts Kommen auf die drohende Gefahr aufmerksam gemacht hätte, so hätte sie vermutlich nur schmerzlich gelächelt. Das Leben war für sie so unerträglich, daß sie den Tod herbeisehnte. Aber seit einigen Augenblicken liebte sie Provins, während sich zu all ihren körperlichen Leiden das bretonische Heimweh gesellte, ein seelisches Leiden, das so bekannt ist, daß die Hauptleute auf die bretonischen Soldaten in ihrem Regiment Rücksicht nehmen. Der Anblick der goldgelben Ginsterblüte, das Lied, die Anwesenheit ihres Freundes, all dies hatte sie belebt, wie eine Pflanze, die lange gedurstet hat, nach einem Regen neu ausschlägt. Sie wollte leben und hatte ihrer Leiden vergessen. Schüchtern schlich sie sich in das Zimmer ihrer Kusine, steckte das Feuer an, brachte einen Krug mit heißem Wasser, wechselte einige Worte mit ihr, weckte ihren Vormund und ging hinunter, um Brot und Milch in Empfang zu nehmen, die ins Haus gebracht wurden. Sie blieb einige Augenblicke in der Haustür stehen, in der

Hoffnung, daß Brigaut in der Nähe auftauchen würde, aber Brigaut war bereits auf dem Wege nach Paris. Als Sylvia die Treppe hinunterkam, hatte sie das Speisezimmer aufgeräumt und die Küche in Ordnung gebracht. Sylvia Rogron erschien in ihrem Schlafrock aus braunem Taft, sie hatte eine mit Schleifen garnierte Tüllhaube über ihre schief sitzende falsche Haartour gesetzt; sie trug ihren Seelenwärmer über dem Schlafrock, und ihre Füße steckten in schlurrenden Pantoffeln. Ihr prüfender Blick glitt in alle Ecken, dann ging sie zu Pierrette, die auf ihre Anordnungen für das Frühstück wartete.

„Da sind Sie ja, mein verliebtes Fräulein", sagte Sylvia zu Pierrette in halb scherzhaftem, halb spöttischem Ton.

„Wie bitte?"

„Du hast dich leise in mein Zimmer geschlichen und bist ebenso leise wieder herausgegangen, und dabei solltest du doch wissen, daß ich dich sprechen muß."

„Mich?"

„Dir ist ja heute morgen ein Ständchen gebracht worden, als wenn du eine Prinzessin wärest."

„Ein Ständchen?"

„Ein Ständchen?" wiederholte Sylvia ironisch. „Und einen Geliebten hast du auch."

„Liebe Kusine, was ist ein Geliebter?"

Sylvia wich der Antwort aus und sagte:

„Wage zu behaupten, daß nicht heute morgen ein Mann vor deinem Fenster dir von Ehe gesprochen hat."

Die Not hatte Pierrette Sklaventugenden gelehrt, sie antwortete kühn:

„Ich begreife nicht, was du meinst..."
„Mein Gefangenenwärter", unterbrach das alte Mädchen scharf.
„Liebe Kusine", sagte Pierrette demütig.
„Du bist auch nicht aufgestanden und barfuß ans Fenster gegangen? Du wirst dir schon eine tüchtige Erkältung holen. Ich habe nichts dagegen. Das wird die gerechte Strafe sein. Und du hast auch mit deinem Geliebten nicht gesprochen?"
„Nein."
„Ich kenne so manche deiner Fehler, aber daß du lügst, ist mir neu. Ich mache dich darauf aufmerksam, daß du deinem Vormund und mir eine Erklärung für die Ereignisse von heute morgen schuldig bist, sonst wird dein Vormund scharfe Maßnahmen treffen müssen."
Das alte Mädchen versuchte, von Neugier und Eifersucht verzehrt, Pierrette einzuschüchtern. Pierrette schwieg wie alle Menschen, die mehr leiden, als sie zu ertragen vermögen. Schweigen ist die einzige Waffe der Angegriffenen, es ermüdet den Sturmangriff der Neidischen, die wilden Scharmützel der Feinde, es verhilft zu einem erdrückenden, vollkommenen Sieg. Gibt es etwas Vollkommeneres als Schweigen? Sylvia beobachtete Pierrette im geheimen. Das Kind war errötet, aber die Röte verteilte sich, anstatt das ganze Gesicht zu überziehen, in ungleichen brennenden Flecken über die Wangen. Wenn eine Mutter diese Krankheitserscheinungen gesehen hätte, so hätte sie auf der Stelle einen anderen Ton angeschlagen. Sie hätte das Kind auf den Schoß genommen, hätte es befragt, sie hätte schon tausend Beweise von Pierrettes vollständiger Unschuld, sie hätte

ihre Krankheit erraten und begriffen, daß die Säfte und das Blut, von ihrer Bahn abgelenkt, in die Lungen strömten, weil die Ernährungsorgane angegriffen waren. Diese sehr beredten Flecken hätten ihr eine akute Gefahr verraten. Aber eine alte Jungfer, in der Empfindungen, die das Zusammenleben in der Familie nährt, nie geweckt worden waren, der die Bedürfnisse eines Kindes, die Vorsicht, mit der ein heranwachsendes Mädchen behandelt werden muß, unbekannt sind, ahnt nichts von der Rücksicht, Milde und Güte, die das eheliche Leben lehrt. Not und Leiden haben ihr Herz mit einer Hornhaut überzogen, anstatt es weich zu machen.

„Sie ist rot geworden, also ist sie schuldig!" schloß Sylvia.

Pierrette wurde ihr Schweigen schlecht ausgelegt.

„Pierrette," sagte sie, „wir müssen uns aussprechen, ehe dein Vormund kommt. Komm," fuhr sie weicher fort. „Schließ die Entreetür. Wenn jemand kommt, so wird er läuten, das werden wir schon hören."

Trotz feuchtem Nebel, der über dem Fluß stand, führte Sylvia Pierrette durch die sandbestreute Allee, die um den Rasen lief, bis zur Terrasse aus aufeinandergeschichteten Felssteinen, die mit Iris und Wasserpflanzen bewachsen waren. Die alte Kusine änderte ihre Taktik; sie wollte Pierrette durch Sanftmut kirre machen. Die Hyäne wurde zum Kätzchen.

„Pierrette," sagte sie, „du bist kein Kind mehr; du bist beinahe fünfzehn Jahre alt, es wäre also gar nicht so überraschend, wenn du einen Geliebten hättest."

„Aber liebe Kusine,“ sagte Pierrette und sah Sylvia, über deren scharfen Züge ihr süßestes Verkäuferinnenlächeln schwebte, mit ihren unschuldigen Augen an, „was ist denn ein Geliebter?“
Es war Sylvia unmöglich, dem Mündel ihres Bruders eine genaue Erklärung des von ihr gebrauchten Ausdrucks zu geben. Anstatt Pierrettes Unschuld in dieser Frage zu erkennen, witterte sie darin nur Falschheit.
„Ein Geliebter ist ein Mann, der eine Frau liebt und sie heiraten will.“
„Oh!“ sagte Pierrette. „In der Bretagne, wenn zwei miteinander einig sind, so nennen wir den jungen Mann einen Freier!“
„Nun, wenn du deine Empfindungen für einen Mann eingestehst, so ist darin nichts Schlimmes, meine Kleine. Schlimm wird es nur, wenn du ein Geheimnis daraus machst. Solltest du wohl zufällig einem der Herren, die in unser Haus kommen, gefallen haben?“
„Ich glaube nicht.“
„Liebst du keinen von ihnen?“
„Keinen.“
„Bestimmt?“
„Ganz bestimmt.“
„Sieh mich an, Pierrette.“
Pierrette sah ihre Kusine an.
„Heute morgen hat dich ein Mann vom Platz aus gerufen?“
Pierrette senkte die Augen.
„Du bist an dein Fenster gegangen, du hast es geöffnet und hast mit dem Mann gesprochen?“
„Nein, liebe Kusine; ich habe nur nach dem

Wetter gesehen und sah einen Bauernjungen auf dem Platz stehen."

„Pierrette, seit du zum Abendmahl gegangen bist, hast du dich sehr gebessert, du bist gehorsam und fromm geworden, du liebst Gott und deine Angehörigen; ich bin mit dir zufrieden, ich habe es dir nur nicht gesagt, um dich nicht hochmütig zu machen."

Dieses furchtbare Geschöpf hielt Pierrettes geducktes, scheues Wesen, ihre bedingungslose Unterwerfung für Tugenden! Für Leidende, Märtyrer und Künstler, für all jene, bei denen die göttliche Flamme, die in ihnen brennt, Haß und Neid erweckt, ist es ein süßes Glück, von denen gelobt zu werden, die stets nur Tadel und Mißgunst für sie übrig haben. Pierrette sah gerührt zu ihrer Kusine auf und war bereit, ihr alles Leid, das sie ihr zugefügt hatte, zu vergeben.

„Aber, wenn all dies nur Heuchelei ist, wenn ich in dir eine Schlange sehen soll, die ich an meinem Herzen gewärmt habe, so wärest du ein elendes, erbärmliches Geschöpf!"

„Ich glaube nicht, daß ich mir Vorwürfe zu machen habe", sagte Pierrette, deren Herz sich schmerzhaft zusammenzog, als dieses unerwartete Lob so grausam umschlug.

„Du weißt, daß eine Lüge eine Todsünde ist."

„Ja, liebe Kusine."

„Nun, du stehst vor Gott!" sagte das alte Mädchen und wies mit feierlicher Gebärde auf den Himmel, „schwöre mir, daß du diesen Bauernjungen nicht kennst."

„Ich werde nicht schwören", sagte Pierrette.

„Ach, es war kein Bauernjunge, kleine Schlange!"

Wie eine erschrockene Hirschkuh flüchtete Pierrette durch den Garten, so erschrak sie über diese hochnotpeinliche Frage. Sylvia rief sie empört zurück.
„Man läutet“, antwortete sie.
„Was für ein verdammter Duckmäuser“, sagte Sylvia; „sie ist eine durchtriebene Heuchlerin, und jetzt bin ich überzeugt, daß diese kleine Natter es auf den Hauptmann abgesehen hat. Sie hat von uns gehört, daß er Baron sei. Baronin werden! Kleine Närrin! Oh, ich will sie schon los werden, sie in die Lehre stecken und dies bald.“
Sylvia war so tief in Gedanken versunken, daß sie ihren Bruder übersah, der durch die Allee schritt und betrübt den Schaden betrachtete, den der Rauhreif den Dahlien zugefügt hatte.
„Nun, Sylvia, woran denkst du? Ich glaubte, du habest nach den Fischen gesehen, zuweilen springen sie aus dem Wasser.“
„Nein“, sagte sie.
„Nun, wie hast du geschlafen?“ Er begann ihr seine Träume zu erzählen. „Findest du nicht, daß mein Teint fleckig ist?“
Seitdem Rogron Fräulein von Chargeboeuf liebte, oder um dieses Wort nicht zu profanieren, begehrte, machte ihm sein Äußeres viel Sorge. Pierrette erschien auf der Treppe und meldete, das Frühstück sei angerichtet. Als Sylvia das Kind sah, wurde sie gelb und grün: die Galle lief ihr über. Sie warf einen Blick in den Korridor und fand, Pierrette hätte ihn bohnern müssen.
„Ich werde ihn bohnern, wenn du es wünschst“, antwortete das sanfte Kind, ohne zu ahnen, wie gefährlich diese Arbeit für ein junges Mädchen ist.

Das Speisezimmer war tadellos aufgeräumt. Sylvia setzte sich und verlangte unablässig nach Dingen, an die sie normalerweise nie gedacht hätte, nur damit Pierrette aufstehe und keinen Bissen in Ruhe essen könne. Aber diese Quälerei genügte nicht, sie suchte nach einem Anlaß, um ihr Vorwürfe zu machen, und war empört, weil ihr nichts einfiel. Wenn es gekochte Eier gegeben hätte, so hätte sie wenigstens die Möglichkeit gehabt, sich darüber zu beschweren, daß ihr Ei zu hart oder zu weich geraten sei. Sie beantwortete die törichten Fragen ihres Bruders kaum und sah doch nur ihn an. Ihre Augen vermieden Pierrette. Pierrette war gegen diese Schliche sehr empfindlich. Sie brachte Sylvia und Rogron ihren Kaffee in einem großen silbernen Becher, in dem sie mit Milch verdünnte Sahne im Wasserbad gewärmt hatte. Bruder und Schwester taten selbst den von Sylvia bereiteten schwarzen Kaffee in entsprechenden Mengen dazu. Nachdem Sylvia ihren Kaffee sorgfältig zurecht gemacht hatte, sah sie einen Hauch von Kaffeestaub, sie stürzte sich begeistert darauf, beugte sich vor, um deutlicher zu sehen. Das Gewitter entlud sich.

„Was hast du nur?“ fragte Rogron.

„Was ich habe? Das Fräulein hat geruht, Asche in meinen Kaffee zu tun. Wie herrlich ist es, Asche in seinem Morgenkaffee zu finden! Aber es ist nicht weiter überraschend, niemand kann zwei Herren dienen. Hatte sie etwa ihre Gedanken beim Kaffee? Wenn eine Amsel heute morgen durch ihre Küche geflogen wäre, sie hätte es nicht gemerkt, wie hätte sie also Asche sehen können? Und dann, was kümmert sie denn der Kaffee ihrer Kusine?“

In dieser Tonart ging es weiter, während sie auf den Rand ihres Tellers etwas Kaffeesatz tat, der durch das Sieb gedrungen war, und einige Zuckerkörnchen, die sich nicht aufgelöst hatten.
„Aber, liebe Kusine, das ist ja Kaffeesatz", sagte Pierrette.
„Oh, ich bin also die Lügnerin", schrie Sylvia und maß Pierrette mit einem durchbohrenden Blick.
Organismen, die nie durch eine Leidenschaft gegangen sind, haben einen Überfluß von Lebenskraft zu ihrer Verfügung. Ihre Fähigkeit, Menschen im Zorn mit ihren Blicken zu durchbohren hatte Sylvia Rogron als Ladeninhaberin gründlich erprobt. Da hatte sie gelernt, ihre Augen übermäßig aufzureißen, um ihren Untergebenen eine heilsame Furcht einzuflößen.
„Du willst mich Lügen strafen," fuhr sie fort, „du, die verdiente, von Tisch weggejagt zu werden und allein in der Küche zu essen."
„Was habt ihr nur heute alle beide?" rief Rogron; „ihr seid ja die reinen Kampfhähne."
„Das gnädige Fräulein weiß, was ich gegen sie habe. Ich lasse ihr Zeit, einen Entschluß zu fassen, ehe ich dir alles erzähle, denn ich bin gegen sie gütiger, als sie verdient."
Pierrette sah durchs Fenster auf den Platz, um die Augen ihrer Kusine zu vermeiden, die ihr Angst einjagten.
„Sie hört ja gar nicht, was ich sage, es ist, als wenn ich gegen eine Wand spräche! Dabei hat sie scharfe Ohren, denn sie spricht von der zweiten Etage mit jemand, der unten vor dem Hause steht. Dein Mündel ist von einer Verdorbenheit! Von

einer unglaublichen Verdorbenheit! Wir können uns noch auf schöne Dinge gefaßt machen, hast du verstanden, Rogron?"
„Was hat sie denn so Furchtbares begangen?" fragte der Bruder.
„In ihrem Alter! Das heißt früh beginnen", schrie das alte Mädchen empört.
Pierrette stand auf, um abzudecken, da sie sich der Situation nicht mehr gewachsen fühlte. Obgleich ihr diese Sprache nicht neu war, hatte sie sich nicht an sie gewöhnen können. Der Zorn ihrer Kusine ließ sie glauben, sie habe ein Verbrechen begangen. Sie fragte sich, wie groß ihre Wut erst wäre, wenn sie Brigauts Streich erführe. Vielleicht würde man ihr Brigaut rauben. Die Empfindungen und Befürchtungen einer Sklavin bemächtigten sich ihrer mit Blitzesschnelle, sie beschloß über Dinge, die sie vor ihrem Gewissen verantworten konnte, tiefstes Schweigen zu wahren. Sie hatte so harte und scharfe Worte, so verletzende Vermutungen zu hören, daß sich alles in ihr zusammenzog; als sie die Küche betrat, bekam sie einen furchtbaren Brechkrampf. Sie wagte sich nicht zu beklagen, da sie nicht sicher war, ob man sich ihrer in ihren Schmerzen annehmen würde. Schneeweiß, an allen Gliedern zitternd, meldete sie im Speisezimmer, daß sie sich elend fühle, und ging auf ihr Zimmer, um sich zu Bett zu legen. Auf der Treppe hielt sie sich an jeder Stufe fest und glaubte die Stunde ihres Todes nahe. „Armer Brigaut!" flüsterte sie.
„Sie ist krank!" sagte Rogron.
„Sie und krank! Das sind ja nur Anstellereien", sagte Sylvia mit Absicht so laut, daß Pierrette es

hören mußte. „Heute morgen war sie nicht krank, laß es gut sein!“

Dies war mehr, als Pierrette ertragen konnte, sie warf sich weinend auf ihr Bett und bat Gott, ihren Qualen ein Ende zu machen und sie aus diesem Leben zu rufen.

Seit etwa einem Monat brauchte Rogron den „Constitutionnel“ nicht mehr zu Gouraud zu bringen; mit übertriebener Höflichkeit kam der Hauptmann selbst, um die Zeitung zu holen und Konversation zu machen. Bei gutem Wetter ging er mit Rogron spazieren. Da Sylvia überzeugt war, daß der Hauptmann kommen und sie ihn sprechen würde, machte sie mit besonderer Sorgfalt Toilette. Sie hielt sich in ihrem grünen Kleid, einem kleinen gelben Kaschmirschal mit rotem Rand und einem weißen Hut mit dürftigen grauen Federn für unwiderstehlich. Um die Zeit, wo der Hauptmann zu kommen pflegte, war Sylvia im Salon mit ihrem Bruder, den sie gezwungen hatte, in Schlafrock und Pantoffeln zu bleiben.

„Schönes Wetter heute!“ sagte Rogron, als er Gourauds schweren Schritt hörte; „aber ich bin nicht angezogen, meine Schwester wollte fortgehen, und ich sollte das Haus hüten. Ich bin in fünf Minuten fertig.“

Rogron ließ Sylvia allein mit dem Hauptmann.

„Wohin wollten Sie denn? Sie sind wie eine Göttin angezogen“, sagte Gouraud, dem der feierliche Ausdruck im spitzen Gesicht des alten Mädchens nicht entging.

„Ich wollte ausgehen, aber da die Kleine nicht wohl ist, bleibe ich zu Hause.“

„Was fehlt ihr denn?“

„Ich weiß es nicht, sie wollte sich hinlegen.“ Infolge der Bundesgenossenschaft mit Vinet war Gourauds Vorsicht, um nicht zu sagen, sein Mißtrauen, stets wach. Ohne Zweifel, der bessere Teil war dem Advokaten zugefallen. Der Advokat gab die Zeitung heraus und war ihr Alleinherrscher; über die Einnahmen verfügte er nach Gutdünken; während der Hauptmann als verantwortlicher Redakteur so gut wie nichts dabei verdiente. Vinet und Cournant hatten Rogrons große Dienste geleistet, während er bei seinem zurückgezogenen Leben nichts für sie tun konnte. Wer würde Abgeordneter werden? Vinet. Wer war der Hauptmacher bei den Wahlen? Vinet. Wer wurde um Rat gefragt? Vinet. Außerdem wußte er zum mindesten ebenso gut wie Vinet, wie leidenschaftlich Rogron die schöne Bathilde von Chargeboeuf begehrte. Diese Leidenschaft wurde unsinnig wie jede späte Leidenschaft. Allein beim Klang von Bathildens Stimme begann der Junggeselle zu zittern. Rogron verbarg seine Wünsche, er wagte es nicht, an die Möglichkeit einer so ungleichen Verbindung zu glauben. Um den Kurzwarenhändler auf Herz und Nieren zu prüfen, war der Hauptmann auf den Einfall gekommen, ihm zu sagen, daß er sich um Bathilde bewerbe und um sie anhalten würde. Angesichts dieses gefährlichen Nebenbuhlers war Rogron blaß geworden, seine Empfindungen für Gouraud waren erkaltet, er war beinahe gehässig gegen ihn. So beherrschte Vinet in jeder Beziehung das Rogronsche Haus, während der Hauptmann ihm nur durch die sehr fragwürdigen Bande einer von ihm erlogenen Neigung angehörte, und Sylvia hatte sich noch nicht erklärt. Als der Advokat ihm von den Umtrieben des Priesters erzählt und ihm geraten hatte, mit Sylvia zu brechen und ein Auge auf Pierrette zu werfen, hatte er Gourauds heimlichen Wünschen geschmeichelt. Aber als der Hauptmann dem verborgenen Sinn dieses Bekenntnisses nachging, das Terrain rekognoszierte, auf dem er sich bewegte, verdächtigte er seinen Bundesgenossen, daß er die Absicht habe, einen Bruch zwischen ihm und Sylvia herbeizuführen und die Furcht des alten Mädchens zu benützen. um das gesamte Rogronsche Vermögen Bathilde von Chargeboeuf zuzuschanzen. Als Rogron den Hauptmann mit Sylvia allein gelassen hatte, witterte sein Scharfsinn die leisen Anzeichen, die Sylvias Unruhe verrieten. Er erriet ihre feste Absicht, ihn einen Augenblick allein zu sprechen und keine ihrer Waffen aus der Hand zu geben. Der Hauptmann, der überzeugt war, daß Vinet ihm einen bösen Streich spielen wollte, führte diese Unterredung auf eine Verleumdung des Advokaten zurück. Er war auf seiner Hut wie bei einer Streife durch Feindesland; mit angespanntem Geist, Gewehr bei Fuß, auf das leiseste Geräusch horchend, war er ganz Auge. Der Hauptmann hatte den Fehler, nie ein Wort von dem zu glauben, was Frauen sagten; als das alte Mädchen ihm mit Pierrette kam und ihm erzählte, daß sie am hellen Mittag zu Bett liege, glaubte er, daß Sylvia sie aus Eifersucht in ihrem Zimmer eingeschlossen habe.

„Die Kleine wird sehr hübsch“, sagte er in ungezwungenem Ton.

„Sie wird einmal hübsch sein“, antwortete Sylvia Rogron gepreßt.

„Sie sollten sie jetzt nach Paris in ein Geschäft schicken“, fügte der Hauptmann hinzu. „Sie wird dort ihr Glück machen. Die Pariser Modistinnen verlangen heute nach hübschen Ladenmädchen.“

„Meinen Sie dies im Ernst?“ fragte Sylvia mit erregter Stimme.

„Da haben wir's“, dachte der Hauptmann. „Um mich in den Augen der alten Hexe unmöglich zu machen, wird Vinet geraten haben, eines schönen Tages Pierrette mit mir zu verheiraten ... Ja,“ sagte er laut, „was wollen Sie denn sonst mit ihr anfangen? Sehen Sie nicht, daß ein so ungewöhnlich schönes Mädchen, von vornehmer Abstammung, wie Bathilde von Chargeboeuf, im Begriffe ist, eine alte Jungfer zu werden, weil niemand sie heiraten will? Pierrette hat nichts, wie sollte sie je einen Mann kriegen? Glauben Sie vielleicht, daß Schönheit und Jugend jemandem, wie etwa mir, etwas bedeuten? Ich habe schon als Rittmeister in der kaiserlichen Garde in alle europäischen Hauptstädte hineingerochen und die hübschesten Frauen eben dieser Hauptstädte gekannt. Zum Teufel noch mal, Jugend und Schönheit sind keine drei Groschen wert. Bleiben Sie mir damit vom Leibe. Mit achtundvierzig Jahren,“ fuhr er fort, indem er sich mit Absicht älter machte, „wenn man den Brand von Moskau erlebt und ungefähr auf allen Schlachtfeldern mitgekämpft hat, spürt man's höllisch in den Knochen. Ich bin ein alter Mann. Eine Frau wie Sie würde mich pflegen und verwöhnen; Ihr Vermögen zusammen mit meiner armseligen Pension von tausend Talern würde mir ein sorgloses Alter gewährleisten, und ich würde Sie tausendmal einer Zierpuppe vorziehen, die mir nichts als Ärger bereiten würde, die dreißig Jahre zählen würde und Verlangen nach Liebesabenteuern hätte, wenn ich sechzig Jahre alt wäre und an Rheumatismus litte. In meinem Alter rechnet man ganz kühl. Unter uns gesagt, ich möchte auch keine Kinder haben, wenn ich heirate."

Während der Hauptmann sprach, wurde Sylvias Gesicht immer heiterer, Gouraud zweifelte nicht länger an Vinets Niedertracht.

„Also," sagte sie, „Sie sind nicht in Pierrette verliebt?"

„Aber sind Sie denn verrückt, meine liebe Sylvia?" rief der Hauptmann. „Versucht man denn Nüsse zu knacken, wenn man keine Zähne mehr hat? Ich habe Gott sei Dank meine fünf Sinne beisammen und weiß, was ich will."

Sylvia hielt es für richtiger, im Hintertreffen zu bleiben, und fand es sehr schlau, ihren Bruder vorzuschieben.

„Mein Bruder," sagte sie, „hatte den Einfall, Sie mit Pierrette zu verheiraten."

„Wie kann Ihr Bruder auf solch törichte Dinge verfallen? Um hinter sein Geheimnis zu kommen, habe ich ihm vor einigen Tagen gesagt, daß ich Bathilde liebe. Er wurde schneeweiß."

„Er liebt Bathilde?" sagte Sylvia.

„Wie ein Wahnsinniger! Und natürlich hat Bathilde es nur auf sein Geld abgesehen." („Nun wisch ich dir eins aus, Vinet!" triumphierte der Hauptmann im stillen.) „Wie wäre er auf Pierrette gekommen? Nein, Sylvia," sagte er, nahm ihre Hand und drückte sie vielsagend, „da Sie mich auf dies Kapitel gebracht haben ... (Er trat näher an sie heran.) Nun ... (er küßte ihre Hand, er war Hauptmann und hatte so manchen Beweis seines Mutes erbracht) lassen Sie mich Ihnen gestehen, ich möchte keine andere Frau als Sie. Wenn diese Ehe auch den Anschein einer Konvenienzehe hat, so muß ich doch gestehen, daß ich eine aufrichtige Neigung für Sie habe."

„Nun, ich wollte Sie mit Pierrette verheiraten. Und wenn ich ihr mein Vermögen gebe? Was dann, Hauptmann?"

„Aber ich habe keine Lust, mich ins Unglück zu stürzen und in zehn Jahren einen Laffen wie Julliard um meine Frau scharwenzeln und sie in der Zeitung andichten zu sehen. Für solche Dinge bin ich zu sehr Mann. Ich werde niemals eine Ehe eingehen, die im Alter so ungleich ist."

„Nun, Hauptmann, wir müssen über all dies noch vernünftig sprechen", sagte Sylvia und warf ihm einen nach ihrem Dafürhalten zärtlichen Blick zu, während er dem einer Wehrwölfin verzweifelt ähnlich war. Ihre kalten, violett schimmernden Lippen ließen ihre gelben Zähne sehen, sie hielt dies für ein Lächeln.

„Ich bin so weit", sagte Rogron und holte den Hauptmann, der sich vor der alten Jungfer höflich verbeugte.

Gouraud beschloß, seine Heirat mit Sylvia zu beschleunigen, um im Rogronschen Haus die erste Geige zu spielen. Er versprach sich bei dem Einfluß, den er auf Sylvia in den Flitterwochen ausüben würde, reinen Tisch zu machen und Bathilde und Céleste Habert auf die Straße zu setzen. Auf dem Spaziergang gestand er Rogron, daß er sich vor einigen Tagen über ihn lustig gemacht habe:

er erhebe gar keine Ansprüche auf Bathilde, sei auch nicht reich genug, um eine Frau ohne Vermögen zu heiraten. Dann anvertraute er ihm seinen Plan: vor längerer Zeit schon habe er auf seine Schwester wegen ihrer guten Eigenschaften ein Auge geworfen. Er strebe die Ehre an, sein Schwager zu werden.

„Ach Hauptmann! ach Baron! wenn es sich nur um meine Einwilligung handelt, so kann sich alles innerhalb der gesetzlich vorgeschriebenen Zeit abspielen!" rief Rogron außer sich vor Glück darüber, daß er diesen gefährlichen Nebenbuhler los war.

Sylvia verbrachte ihren ganzen Morgen damit, sich zu überlegen, wie man am besten in ihrem Hause ein Ehepaar unterbringen würde. Sie beschloß, ein zweites Stockwerk für ihren Bruder anbauen zu lassen und das erste für sich und ihren Mann einzurichten, aber sie beschloß auch, der Art einer alten Jungfer gemäß, den Hauptmann auf Herz und Nieren zu prüfen, ehe sie ihr Jawort gab. Ihre Zweifel waren nicht ganz zerstreut, sie wollte ganz sicher sein, daß es keinerlei Beziehungen zwischen Pierrette und dem Hauptmann gäbe.

Um die Mittagszeit kam Pierrette hinunter, um den Tisch zu decken. Sylvia hatte selbst kochen müssen, sie hatte bei dieser Gelegenheit einen garstigen Fettfleck in ihr Kleid gemacht und empört gerufen: „Verfluchte Pierrette!" Wenn Pierrette gekocht hätte, wäre Sylvias Seidenkleid sauber geblieben.

„Da bist du ja, mein Zuckerpüppchen! Du bist wie der Hund des Schmiedes, den das Geklapper der Teller aufweckt, der aber ruhig weiterschläft, wenn es in der Schmiede noch so dröhnt! Und du willst, daß man dich für krank halte, kleine Lügnerin!"

Die Vorstellung: ,Du hast mir nicht gestanden, was sich heute morgen auf dem Platz abgespielt hat; also lügst du unausgesetzt!' war wie ein Hammer, mit dem Sylvia unaufhörlich auf Pierrettes Herz und Kopf einschlug.

Zu Pierrettes großer Überraschung wünschte Sylvia, daß sie sich nach Tisch umkleide. Die kühnste Phantasie bleibt hinter den Bildern zurück, die sich eine alte Jungfer ausmalt, sobald ihr Argwohn wach ist. In diesem Falle geht sie weit über die Annahmen aller Politiker, Advokaten, Notare, Schwindler und Geizhälse hinaus. Sylvia beschloß, Vinets Rat einzuholen, aber erst wollte sie selbst sorgfältig beobachten. Sie wollte Pierrette im Salon haben, um aus der Haltung der Kleinen zu ersehen, ob der Hauptmann die Wahrheit gesprochen hatte. Frau von Chargeboeuf und ihre Tochter kamen als erste. Bathilde machte auf den Rat ihres Vetters Vinet immer sorgfältigere Toilette. Sie trug ein entzückendes Kleid aus blauem Manchestersamt, das bewußte helle Fichu, lange Granatohrringe, Schmachtlocken, sie hatte das verführerische schwarze Samtbändchen um den Hals gebunden, trug zierliche schwarzseidene Schuhe, grauseidene Strümpfe und schwedische Handschuhe. Zu alledem hatte sie die Allüren einer Königin und die Koketterie eines jungen Mädchens, so daß sie alle Rogrons der Welt hätte bezaubern können. Die Mutter, die ruhig und würdig war, trug wie die Tochter eine gewisse aristokratische Impertinenz zur Schau; damit retteten

beide Damen jede Situation und ließen den Geist ihrer Kaste durchblicken. Bathilde war ein überlegener Geist. Vinet war als erster nach zweimonatlichem Aufenthalt der Chargeboeufschen Damen in seinem Haus dahinter gekommen. Als er die Tiefe dieses Mädchens erfaßt hatte, das im innersten verletzt war, weil seine Jugend und Schönheit ungenützt verblühten, und das nichts als Verachtung für die Männer einer Zeit empfand, deren alleiniger Abgott das Geld war, rief er überrascht:
„Wenn ich Sie geheiratet hätte, Bathilde, so wäre ich heute Justizminister. Ich hätte mich Vinet von Chargeboeuf genannt und säße auf der rechten Seite des Parlaments."
Bathildens Wunsch zu heiraten entsprang nicht gewöhnlichen Beweggründen: sie hatte kein Verlangen nach Mutterschaft, geschweige denn nach einem Gatten. Für sie war die Ehe ein Mittel, um frei zu werden, sie wollte einen verantwortlichen Redakteur haben, es war ihr um den Titel Frau zu tun, um die Möglichkeit, so frei zu handeln wie ein Mann. Rogron war ein Name für sie; sie hatte die Absicht, etwas aus diesem Narren zu machen, einen Abgeordneten, dessen Seele sie wäre; sie wollte sich an ihrer Familie rächen, die sich um sie, das arme Mädchen, nicht gekümmert hatte. Vinet hatte ihren Horizont erweitert, indem er ihren Ideen zustimmte und sie bewunderte.
„Liebe Kusine," sagte er und setzte ihr auseinander, welchen Einfluß Frauen in der Politik haben, er wies sie auf das ihnen eigene Wirkungsfeld, „glauben Sie, daß eine so mittelmäßige

Begabung wie Tiphaine von sich aus an den ersten Gerichtshof in Paris kommen wird? Frau Tiphaine hat ihn zum Abgeordneten gemacht, sie ebnet ihm den Weg nach Paris. Ihre Mutter, Frau Roguin, hat es faustdick hinter den Ohren, der bekannte Bankier du Tillet tanzt nach ihrer Pfeife. Er gehört zum Kreis von Nucingen, beide sind mit Kellers eng liiert, diese drei Bankhäuser leisten der Regierung oder den ihr nahestehenden Kreisen wesentliche Dienste. Die Ministerien stehen mit diesen Börsenspekulanten auf du und du, und diese Leute kennen ganz Paris. Seien Sie überzeugt, daß Tiphaine Präsident eines königlichen Gerichtshofes werden wird. Heiraten Sie Rogron, wir werden ihn zum Abgeordneten von Provins machen, sobald ich mir einen anderen Sitz im Departement Seine-et-Marne erobert haben werde. Sie haben dann freie Bahn, Rogrons Tätigkeit wird sich darauf beschränken, zu unterschreiben. Wir werden der Opposition angehören, sobald sie triumphiert; sollten sich aber die Bourbonen behaupten, so werden wir uns allmählich dem Zentrum zuneigen! Außerdem wird Rogron nicht ewig leben, Sie werden später einen Mann Ihres Standes mit Titel heiraten. Sobald Sie in guten Verhältnissen leben werden, werden die Chargeboeufs uns schon dienen. Ihre Not und die meine hat uns gelehrt, Menschen nach ihrem wahren Wert einzuschätzen: man muß sie benützen, wie man Postpferde benützt. Ein Mann oder eine Frau bringt uns von der einen Station zur nächsten."

Vinet war daran, aus Bathilde eine Katharina von Medici in Kleinformat zu machen. Seine Frau durfte bei beiden Kindern zu Hause bleiben, er war der treue Begleiter der Chargeboeufschen Damen bei Rogrons. Er kam in seinem vollen Glanz als Volkstribun. Er trug eine goldgefaßte Brille, eine seidne Weste, eine weiße Krawatte, eine schwarze Hose, elegantes Schuhzeug, einen in Paris gearbeiteten schwarzen Rock und eine goldne Uhrkette. Der früher so blasse, magere, streitsüchtige, düstere Vinet hatte jetzt die Haltung eines Politikers; er war seines Erfolges sicher und benahm sich wie jemand, der mit allen Wassern gewaschen ist. Sein kleiner schlauer Kopf war so sorgfältig frisiert, sein glattrasiertes Kinn gab ihm bei all seiner Kühle etwas so Liebenswürdiges, daß er angenehm wirkte, er war ein Typus à la Robespierre geworden. Er würde sicher einen großartigen Staatsanwalt abgeben von elastischer, gefährlicher, vor keinem Mittel zurückscheuender Beredsamkeit oder einen Redner von der Schlauheit eines Benjamin Constant. Die Schärfe und der Haß, die ihn früher beherrscht hatten, hatten sich gelegt, er war glatt und liebenswürdig geworden. Das Gift war Medizin geworden.

„Guten Abend, meine Liebe, wie geht es Ihnen?“ begrüßte Frau von Chargeboeuf Sylvia.

Bathilde steuerte direkt auf den Kamin los, legte ihren Hut ab, besah sich im Spiegel und setzte ihren hübschen Fuß auf das Kamingitter, damit Rogron ihn sehe.

„Was haben Sie nur, Herr Rogron?“ sagte sie und sah ihm in die Augen, „Sie begrüßen mich nicht einmal? Sie verdienen es wirklich, daß man um Ihretwillen ein Samtkleid anzieht . . .“

Sie schnitt Pierrette, um ihren Hut auf einen Stuhl

zu legen; das kleine Mädchen nahm ihn ihr aus den Händen, und sie ließ sich von ihm bedienen, als wenn die Bretonin ihre Kammerzofe wäre. Männer sind brutal und grausam; aber weder Tiger, Schlangen, Diplomaten, Gerichtspersonen, Henker noch Könige können es in bezug auf Grausamkeit mit Frauen aufnehmen. Frauen allein kennen diese verbindliche Grausamkeit, diese vergiftete Liebenswürdigkeit, diese wilde Verachtung, wenn sie sich einer anderen Frau durch ihre Geburt, ihr Vermögen oder ihre Reize überlegen fühlen, und es sich um Ehe, um Vortritt oder sonst eine ihrer vielen Rivalitäten handelt. Das „Danke, mein Fräulein", das Bathilde zu Pierrette sagte, hatte die Bedeutung eines epischen Gedichtes.

Sie hieß Bathilde und die andere Pierrette! Sie war eine von Chargeboeuf, die andere eine Lorrain. Pierrette war klein und elend, sie war groß und von strahlender Fülle. Pierrette wurde aus Barmherzigkeit durchgefüttert, Bathilde und ihre Mutter waren unabhängig. Pierrette trug ein schlichtes, bescheidenes Kleid, Bathilde verstand ihr blaues Samtkleid zur Geltung zu bringen. Bathilde hatte die schönsten Schultern im ganzen Departement und einen königlichen Arm; Pierrette hatte spitze Schulterblätter und magere Arme! Pierrette war das Aschenbrödel und Bathilde die Fee! Bathilde war im Begriffe zu heiraten, Pierrette würde als alte Jungfer sterben! Bathilde wurde angebetet, niemand liebte Pierrette! Bathilde hatte eine hinreißende Frisur, sie hatte Geschmack; Pierrette verbarg ihr Haar unter einem kleinen Häubchen und hatte keine Ahnung von Mode! Um zum Schluß zu kommen: Bathilde war alles und Pierrette war nichts. Die stolze Bretonin verstand den Sinn dieses grausamen Gedichtes wohl.

„Guten Tag, Kleine", sagte Frau von Chargeboeuf von oben herab in einem Tonfall, der ihrer hochmütigen Nasenspitze entsprach.

Vinet machte das Maß voll, indem er Pierrette ansah und in drei verschieden abgestuften Tönen sagte: „Oh! oh! oh! wie schön wir heute abend sind, Pierrette!"

„Schön!" sagte das arme Kind, „diese Bezeichnung paßt nicht für mich, sondern für Ihre Kusine."

„Oh, meine Kusine ist immer schön", antwortete der Advokat. „Nicht wahr, Rogron?" Er klopfte den Hausherrn freundschaftlich auf den Rücken.

„Ja", antwortete Rogron.

„Warum veranlassen Sie ihn, etwas gegen seine Überzeugung zu sagen? Ich bin nicht nach Herrn Rogrons Geschmack", sagte Bathilde und pflanzte sich vor dem ehemaligen Kurzwarenhändler auf. „Nicht wahr? Sehen Sie mich einmal an."

Rogron betrachtete sie von oben bis unten und schloß dann die Augen wie eine Katze, die man kraut.

„Sie sind zu schön," sagte er, „es ist gefährlich, Sie anzusehen."

„Warum?"

Rogron blieb die Antwort schuldig und starrte ins Feuer. In diesem Augenblick trat Céleste Habert, vom Hauptmann gefolgt, ins Zimmer. Sie war die gemeinsame Feindin geworden, nur Sylvia hielt ihr noch die Stange. Aber jeder nahm um so mehr Rücksicht auf sie und bewies ihr um so mehr Höflichkeiten, als er darauf bedacht war, ihre Stellung zu untergraben; sie schwankte zwischen diesen Artigkeiten und dem Mißtrauen, das ihr Bruder in ihr geweckt hatte. Wenn sich der Priester auch vom Kriegsschauplatz fernhielt, so erriet er doch alles. Als er eingesehen hatte, daß die Hoffnungen seiner Schwester gleich Null waren, wurde er der gefährlichste Gegner des Rogronschen Hauses. Man kann sich von Céleste Habert leicht eine Vorstellung machen, wenn man erfährt, daß sie stets für eine Lehrerin gehalten worden wäre, auch wenn sie nicht zufällig Institutsvorsteherin wäre. Lehrerinnen haben eine besondere Art, ihren Hut aufzusetzen. So wie die alten Engländerinnen das Monopol auf Turbane haben, haben Lehrerinnen ein Monopol auf bestimmte Hüte: der Hutkopf ragt über die Blumen hinaus, die Blumen sind mehr als künstlich: der Hut, der lange im Schrank aufgehoben wird, ist immer neu und immer alt, selbst am ersten Tag. Diese Mädchen setzen ihre Ehre darein, es den Gliederpuppen der Maler gleichzutun; sie sitzen auf ihren Hüften und nicht auf ihrem Stuhl. Wenn man zu ihnen spricht, so machen sie kehrt auf ihrem Stuhl, anstatt nur den Kopf umzuwenden; und wenn ihre Kleider rascheln, so ist man stets versucht, zu glauben, daß die Sprungfedern des gesamten Mechanismus gestört seien. Céleste Habert, das Ideal dieses Typus, hatte streng blickende Augen und einen verkniffenen Mund; die verknitterten Bindebänder ihres Hutes unter ihrem runzeligen Kinn folgten all ihren Bewegungen. Zwei große haarige Warzen, die sie wie

zerzauste Waldreben wachsen ließ, erhöhten ihre Reize. Zudem schnupfte sie und schnupfte ohne Anmut.
Man setzte sich gleich an den Kartentisch. Sylvia gegenüber saß Céleste Habert; der Hauptmann bekam seinen Platz an der Ecke des Tisches, Frau von Chargeboeuf gegenüber. Bathilde blieb neben ihrer Mutter und neben Rogron. Sylvia postierte Pierrette zwischen sich und den Hauptmann. Rogron schlug noch einen Nachbartisch auf, für den Fall, daß Néraud und das Ehepaar Cournant kommen würden. Vinet und Bathilde spielten Whist, ebenso Cournants. Seitdem Chargeboeufs bei Rogrons verkehrten, brannten im Salon zwei Lampen auf dem Kamin zwischen den Kandelabern und der Stutzuhr, auf den Tischen brannten Kerzen, das Pfund zu vierzig Sous, was übrigens durch den Gewinn, der beim Kartenspiel erzielt wurde, herauskam.
„Nun, Pierrette, hol deine Handarbeit her, mein Kind“, sagte Sylvia zu ihrer Kusine in girrenden Tönen, als sie merkte, daß sie dem Hauptmann in die Karten sah.
In Gegenwart Fremder war sie stets sehr gütig gegen Pierrette. Dieses Vorgehen empörte die ehrliche kleine Bretonin und flößte ihr nichts als Verachtung für ihre Kusine ein. Pierrette holte ihre Stickerei und sah Gouraud in die Karten, während sie stickte. Gouraud nahm von der Anwesenheit des kleinen Mädchens nicht die geringste Notiz. Sylvia beobachtete ihn und begann diese Gleichgültigkeit verdächtig zu finden. Es gab einen Augenblick im Lauf des Abends, wo das alte Mädchen alles auf Herz setzte; der Korb war voller

Spielmarken und enthielt außerdem siebenundzwanzig Sous. Cournants und Néraud waren auch gekommen. Der alte Desfondrilles, der sich in den Wirklichkeiten des Lebens so schlecht zurecht fand, hatte die Tiphainesche Partei aufgegeben und eine Schwenkung zur Vinetschen Partei gemacht; er stand vor dem Kamin, drehte dem Feuer den Rücken zu und hatte seine Rockschöße hochgehoben. Er sah sich im Salon um, den Fräulein von Chargeboeuf beherrschte; denn die rote Tapete schien nur gewählt, um die Schönheit dieser junonischen Gestalt noch stärker hervortreten zu lassen. Alles schwieg, Pierrette sah dem Spiel zu, selbst Sylvia, von der Leidenschaft des Spiels erfüllt, hatte ihren Beobachtungsposten aufgegeben.
„Spielen Sie das aus", sagte Pierrette zum Hauptmann und wies auf Herz.
Der Hauptmann spielte eine Folge von Herzen aus; zwischen ihm und Sylvia waren Herzen; der Hauptmann drang bis zum Aß vor, trotzdem es bei Sylvia durch fünf kleine Karten gedeckt wurde.
„Das Spiel ist nicht ehrlich! Pierrette hat meine Karten gesehen, und der Hauptmann hat sich von ihr beraten lassen."
„Aber, Fräulein Rogron," sagte Céleste, „das Spiel des Hauptmanns bestand darin, weiter Herz auszugeben, da er es bei Ihnen fand."
Desfondrilles lächelte über diese Bemerkung, er war ein kluger Mensch, der sich über alle Intrigen in Provins amüsierte. Ihm war die Rolle des Rigaudin aus der „Maison en loterie" von Picard zugefallen.
„Der Hauptmann ist an der Reihe", sagte Cournant, ohne zu wissen, worum es ging.

Sylvia warf Céleste Habert einen Blick zu, wie ihn nur alte Jungfern untereinander tauschen, er war süßlich und erschreckend zugleich.
„Pierrette, du hast mir in die Karten gesehen", sagte Sylvia und fixierte das junge Mädchen.
„Nein, liebe Kusine."
„Ich habe alles beobachtet und kann bezeugen, daß die Kleine nur den Hauptmann angesehen hat."
„Ach, die kleinen Mädchen", sagte Gournaud, „verstehen süße Augen zu machen."
„Oh!" sagte Sylvia.
„Ja," fuhr Gournaud fort, „vielleicht hat sie Ihnen in die Karten gesehen, um Ihnen einen Streich zu spielen. Nicht wahr, mein kleines Kätzchen?"
„Nein," sagte die ehrliche Bretonin, „so bin ich nicht, dann hätte ich mich ja für das Spiel meiner Kusine interessiert."
„Du weißt, daß du eine Lügnerin bist und außerdem eine kleine Närrin", sagte Sylvia. „Wie kann man nach dem, was heute morgen geschehen ist, deinen Worten auch nur im geringsten glauben? Du bist eine ..."
Pierrette ließ ihre Kusine den Satz nicht in ihrer Gegenwart vollenden. Da sie neue Beleidigungen erriet, stand sie auf und tappte sich im Dunkel in ihr Zimmer. Sylvia wurde blaß vor Wut und sagte zwischen ihren zusammengepreßten Zähnen: „Sie soll es mir büßen."
„Bezahlen Sie die Partie", sagte Frau von Chargeboeuf.
In diesem Augenblick stieß sich die arme Pierrette die Stirn gegen die Korridortür, die der Richter offen gelassen hatte.

„So ist's recht!“ rief Sylvia.
„Was ist ihr geschehen?“ fragte Desfondrilles.
„Nur das, was sie verdient“, antwortete Sylvia.
„Sie muß sich bös gestoßen haben“, sagte Céleste Habert.
Sylvia versuchte sich von der Bezahlung der verlorenen Partie zu drücken und wollte aufstehen, um nach Pierrette zu sehen; aber Frau von Chargeboeuf ließ nicht locker.
„Bezahlen Sie erst,“ sagte sie lachend, „denn wenn Sie wiederkommen, werden Sie alles vergessen haben.“
Dieser Vorschlag fand allseitige Zustimmung. Man wußte, wie schwer es war, die einstige Kurzwarenhändlerin dazu zu bringen, ihre Spielschulden anzuerkennen und zu bezahlen. Sylvia setzte sich wieder und dachte nicht mehr an Pierrette, niemand wunderte sich über ihre Gleichgültigkeit. Sylvia blieb den ganzen Abend argwöhnisch. Als gegen halb zehn Uhr die Bostonpartie zu Ende war, setzte sie sich in einen Lehnstuhl vor den Kamin und erhob sich erst, als die Gesellschaft sich verabschiedete. Der Hauptmann spannte sie auf die Folter, sie wußte nicht mehr, was sie von ihm denken sollte.
„Die Männer sind so falsch!“ sagte sie, im Begriff einzuschlafen.
Pierrette hatte sich furchtbar an der Türkante gestoßen, sie war mit dem Kopf in der Höhe des Ohres dagegengerannt, dort, wo die jungen Mädchen jenen Teil ihres Haares, den sie in Lockenwickel einrollen, abtrennen. Am nächsten Morgen hatte sie blutunterlaufene Stellen.
„Gott hat dich bestraft“, sagte Sylvia zu ihr beim

Frühstück, „du hast dich gegen mich aufgelehnt und gegen den mir schuldigen Respekt verstoßen und bist aus dem Zimmer gegangen, während ich zu dir sprach. Dir ist ganz recht geschehen."

„Immerhin müßte man eine Kompresse auflegen", sagte Rogron.

„Ach, es hat wohl nichts zu bedeuten, lieber Vetter", sagte Pierrette.

Das arme Kind war bereits so weit, daß es in der Bemerkung seines Vormunds einen Beweis von Interesse sah.

Die Woche verlief in der gleichen Weise, wie sie begonnen hatte, es waren endlose Qualen. Sylvia wurde erfinderisch, im Genuß ihrer Grausamkeit kam sie auf die seltsamsten Einfälle. Irokesen und Mohikaner hätten bei ihr lernen können. Pierrette wagte es nicht, sich über die Schmerzen zu beklagen, die sie im Kopf spürte. Sylvia war nur deshalb so schlechter Laune, weil sie das morgendliche Abenteuer nicht zu ergründen vermochte; in bretonischem Eigensinn beobachtete Pierrette ein hartnäckiges, an sich sehr begreifliches Schweigen. Man kann sich vorstellen, mit welch verzweifeltem Blick sie Brigaut ansah, sie glaubte, er sei für sie verloren, wenn er entdeckt würde; instinktiv verlangte es sie, ihn zu behalten; sie war glücklich darüber, ihn in Provins zu wissen. Brigaut zu sehen, war für sie eine unsagbare Freude! Der Anblick ihres Spielgefährten war für sie gleichbedeutend mit dem Blick, den ein Verbannter aus der Ferne auf sein Vaterland wirft, mit dem Blick des Märtyrers, wenn seine Augen während der Qualen, die er erleidet, den Segen des zweiten Gesichtes erfahren, und er den

Himmel offen sieht. Pierrettes Blick war von Brigaut verstanden worden; während er seine Bretter hobelte, den Zirkel spannte, Maß nahm und seine Hölzer zurechtlegte, zerbrach er sich den Kopf, auf welche Weise er mit Pierrette korrespondieren könne. Zuletzt glaubte er eine Lösung gefunden zu haben. In einer bestimmten Stunde in der Nacht würde Pierrette einen Strick hinunterlassen, daran würde er einen Brief befestigen. In den furchtbaren Schmerzen, die Pierrette litt: ein Geschwür bildete sich in ihrem Kopf, dazu kamen organische Störungen, die durch ihre Blutarmut bedingt waren – hielt sie der Gedanke aufrecht, daß sie mit Brigaut korrespondieren würde. Der gleiche Wunsch bewegte beide Herzen, sie waren getrennt und verstanden sich doch. Wenn Pierrettes Kopf zum Zerspringen schmerzte, wenn sie bis aufs Blut gepeinigt wurde, so dachte sie „Brigaut ist hier!“ Und dann litt sie, ohne zu klagen.

An dem ersten Markttag, der ihrer Begegnung in der Kirche folgte, lauerte Brigaut seiner kleinen Freundin auf. Obgleich sie zitterte und blaß war wie ein welkes Novemberblatt, das im Begriffe ist, sich von seinem Zweig zu lösen, handelte er, ohne sich etwas anmerken zu lassen, mit derselben Marktfrau um das Obst, bei der auch die furchtbare Sylvia ihre Vorräte einkaufte. Brigaut konnte Pierrette ein Briefchen zustecken, er tat es, während er sich scheinbar nur um die Güte der Ware kümmerte, mit der Gelassenheit eines Wüstlings, als wenn er in Abenteuern dieser Art erfahren wäre. Dabei sauste ihm das Blut in den Schläfen und sein Herz schlug ihm bis in den Hals. Von außen gesehen war er mit der Kühle eines alten Zuchthaussträflings an sein Werk gegangen, während er vom Zittern der Unschuld befallen war; es ging ihm wie manchen Müttern in tödlicher Krise, wenn sie zwischen zwei Gefahren und zwei Abgründen schweben. Pierrette war vom gleichen Schwindel erfaßt wie Brigaut; sie verbarg das Briefchen in der Tasche ihrer Schürze. Auf ihren Wangen brannten zwei feuerrote Flecken. Beide Kinder gingen unbewußt durch seelische Erschütterungen, die für zehn gewöhnliche Liebeserlebnisse gelangt hätten. Dieser Augenblick hinterließ tiefste Spuren in ihren Seelen. Sylvia, die den bretonischen Akzent nicht kannte, konnte nicht auf den Einfall kommen, in Brigaut einen Liebhaber zu vermuten; Pierrette brachte ihren Schatz ungefährdet nach Haus.

Die Briefe dieser beiden armen Kinder sollten in einer grausamen Gerichtsverhandlung als Beweise gelten; ohne diesen Umstand wären sie nie bekannt geworden. Am Abend las Pierrette folgenden Brief in ihrem Zimmer:

„Meine teure Pierrette, um Mitternacht, wenn alle Menschen schlafen, will ich für Dich wachen, ich werde jede Nacht unter dem Küchenfenster stehen. Aus Deinem Fenster mußt Du einen genügend langen Strick hinunterlassen, der bis nach unten reicht, das macht kein Geräusch, und an diesem Strick kannst Du einen Brief für mich befestigen. Auf die gleiche Weise werde ich Dir antworten. Ich habe gehört, daß ‚sie' Dich schreiben und lesen gelehrt haben, diese elenden Verwandten, die Deine Wohltäter sein sollten und die Dir soviel Kummer zufügen. Du, Pierrette, die Tochter eines Hauptmanns, der für Frankreich gefallen ist, bist das Dienstmädchen dieser Scheusale!... Wo sind denn Deine frischen Farben geblieben und Deine Gesundheit! Was ist aus meiner Pierrette geworden? Was haben sie aus Dir gemacht? Ich kann sehen, daß es Dir schlecht geht. Ach, Pierrette, wir wollen wieder in die Bretagne zurückgehen. Ich verdiene so viel, daß es auch für Dich reichen wird: Du kannst täglich drei Franken haben, denn ich verdiene vier bis fünf und kann mit dreißig Sous auskommen. Ach, Pierrette, wie habe ich zum lieben Gott für Dich gebetet, seitdem ich Dich gesehen habe! Ich habe ihn gebeten, mich all Deine Leiden tragen zu lassen und Dir nichts als Freuden zu schicken. Was tust Du denn bei ihnen, daß sie Dich zurückhalten? Deine Großmutter ist mehr als sie. Diese Rogrons sind Giftschlangen und haben Dir Deine Heiterkeit genommen. Du gehst nicht mehr so leicht und fröhlich wie einst in der Bretagne. Laß uns doch in die Bretagne zurückgehen! Kurz, ich bin da, um Dir zu dienen, um alles zu tun, was Du willst; sage mir nur, was ich tun soll. Wenn Du Geld brauchst, ich habe sechzig Taler für uns erspart, und ich werde den Schmerz haben, sie an den Strick anzubinden, anstatt sie demütig in Deine lieben Hände zu legen und diese dabei zu küssen. Ach, es ist schon lange, meine liebe Pierrette, daß der Himmel für mich voller Wolken ist. Seitdem ich Dich in diese Unglückspost gesetzt habe, hatte ich keine frohe Stunde mehr; und als Du mir gleich einem Schatten erschienen bist, hat diese elende Hexe unser Glück gestört. Wir werden wenigstens den Trost haben, jeden Sonntag gemeinsam zu Gott zu beten;

wenn wir zu zweien sind, wird er unsere Bitten vielleicht erhören. Ich sage Dir nicht Adieu, meine liebe Pierrette, sondern auf heute Nacht."

Dieser Brief bewegte Pierrette in einem solchen Maße, daß sie eine volle Stunde sitzen blieb und ihn immer wieder las und betrachtete; aber es kam ihr schmerzlich zum Bewußtsein, daß sie nichts habe, um zu schreiben. Sie unternahm die gefahrvolle Reise aus ihrer Mansarde ins Speisezimmer, wo sie Tinte, Feder und Papier finden konnte. Es gelang ihr, all diese Schwierigkeiten zu überwinden, ohne ihre furchtbare Kusine aufzuwecken. Einige Augenblicke vor Mitternacht hatte sie den Brief geschrieben, der gleichfalls im Prozeß zitiert wurde:

„Mein Freund, ja, mein Freund, denn Du allein, Jacques, und meine Großmutter, habt mich lieb. Möge Gott mir verzeihen, aber Ihr seid auch die beiden einzigen Menschen, die ich lieb habe; ich habe Euch beide gleich lieb, keinen mehr als den anderen. Ich war zu klein, als meine Mutter starb, und kann mich nicht auf sie besinnen; aber Du, Jacques, Großmutter und Großvater, möge ihm Gott die ewige Ruhe schenken, er hat sehr schwer an seinem Unglück getragen, das auch das meine war, – genug, nur Ihr beiden seid mir geblieben und meine Liebe für Euch ist ebenso groß wie mein Unglück. Um zu wissen, wie sehr ich Euch liebe, müßtet Ihr wissen, wie sehr ich leide; das aber möchte ich nicht, es würde Euch zu traurig machen. Man spricht zu mir, wie wir nicht einmal zu einem Hund sprechen! Man behandelt mich, wie wenn ich der Auswurf der Menschheit wäre, und ich mag mich prüfen, als ob ich vor

Gott stände, gegen sie habe ich mich nicht vergangen. Ehe Du das Brautlied vor meinem Fenster gesungen hast, habe ich Gottes Güte in meinen Schmerzen erkannt; denn, da ich ihn bat, mich aus der Welt zu nehmen, und mich sehr krank fühlte, sagte ich mir: ‚Gott hat mich erhört!' Aber nun, Brigaut, da Du gekommen bist, möchte ich mit Dir zusammen in die Bretagne zurückgehen zu meiner Großmama, die mich lieb hat, trotzdem sie hier sagen, daß sie mir achttausend Franken gestohlen habe. Brigaut, wenn sie mir gehören, dann kannst Du sie wohl haben? Aber das sind ja nur Lügen, wenn wir achttausend Franken besäßen, so wäre Großmutter nicht in Saint-Jacques. Ich habe dieser guten lieben Frau nicht das Herz schwer machen wollen und habe ihr nichts von meinem Unglück erzählt, sie wäre daran gestorben. Wenn sie wüßte, daß ihre Enkelin das Geschirr aufwaschen muß, während sie stets sagte: ‚Laß nur, mein Liebling', wenn ich ihr in ihrem Unglück helfen wollte, ‚laß nur, mein Liebling, es wäre zu schade, wenn du dir deine hübschen Händchen verdürbest!' Ach, ich habe saubere Fingernägel, laß es gut sein! Zumeist habe ich kaum die Kraft, den Marktkorb zu tragen, der mir zu schwer ist, wenn wir vom Markt nach Hause gehen. Übrigens glaube ich nicht, daß mein Vetter und meine Kusine schlecht seien; sie glauben nur, daß man immer schelten müsse, und es scheint, daß ich nicht von ihnen fort kann. Mein Vetter ist mein Vormund. Eines Tages wollte ich fort, weil es mir bei ihnen zu schlecht geht, und habe es ihnen auch gesagt, aber meine Kusine Sylvia gab mir zur Antwort, daß die Gendarmen mich zurückholen würden, denn das Gesetz stände auf Seiten meines Vormunds. Da habe ich begriffen, daß Vettern und Kusinen so wenig Vater und Mutter ersetzen können wie die Heiligen den lieben Gott. Was soll ich denn mit Deinem Geld anfangen, mein lieber Jacques? Hebe es für unsere Reise auf. Wie habe ich an Dich gedacht und an Pen-Hoël und an den großen Teich! Dort haben wir unser erstes Weißbrot gegessen, aber nun, glaube ich, steht es schlecht mit mir. Ich bin sehr krank, Jacques! Im Kopf habe ich Schmerzen, daß ich laut schreien könnte, ebenso in den Knochen und im Rücken und etwas in den Lenden, das mich tötet; ich habe nur auf schreckliche Dinge Appetit, auf Blätter und Wurzeln, und ich liebe den Geruch von gedrucktem Papier. Ich habe Augenblicke, wo ich weinen würde, wenn ich allein wäre; alles, was ich tun möchte, wird mir verboten, ja ich darf nicht einmal nach Herzenslust weinen. Nur im geheimen darf ich meine Tränen dem darbringen, der der Quell aller Gnade ist und dem wir unsere Schmerzen beichten. War er es nicht auch, der Dir den Gedanken eingegeben hat, vor meinem Fenster das Brautlied zu singen? Ach, Jacques, meine Kusine hat Dich gehört und hat mir gesagt, ich hätte einen Geliebten. Wenn Du mein Geliebter sein willst, so mußt Du mich sehr liebhaben; ich verspreche Dir, Dich immer so zu lieben wie früher und Deine treue Dienerin zu sein.

Pierrette Lorrain."

„Du wirst mich immer liebhaben, nicht wahr?"
Die kleine Bretonin hatte ein Stück Brot aus der Küche geholt, in das sie ein Loch machte, um den

Brief hineinzustecken und damit ihren Strick zu beschweren. Um Mitternacht, nachdem sie mit aller erdenklichen Vorsicht ihr Fenster geöffnet hatte, ließ sie den Brief im Brot hinunter. Auf diese Weise vermied sie, selbst wenn das Brot gegen die Mauer oder gegen die Fensterläden angestoßen hätte, jedes Geräusch. Sie spürte, daß Brigaut am Strick zog, er riß ihn ab und schlich heimlich fort. Als er mitten auf dem Platz stand, konnte sie ihn undeutlich beim Schein der Sterne sehen, aber er sah sie im Lichtkreis, den die Kerze verbreitete, deutlich. Eine volle Stunde blieben beide Kinder auf ihrem Posten, Pierrette machte ihm ein Zeichen, daß er gehen solle, er ging, sie blieb, er nahm seinen Beobachtungsposten aufs neue ein, und sie gab ihm wieder einen Wink, daß er gehen solle. Das wiederholte sich mehrere Male, bis die Kleine ihr Fenster schloß, zu Bett ging und das Licht auslöschte. Als sie im Bett lag, schlief sie selig ein; sie hatte Schmerzen, aber was tat es? unter ihrem Kopfkissen lag Brigauts Brief. Sie schlief, wie die Verfolgten schlafen, es war ein Schlaf voll goldener Fernen, voll himmlischer Bilder und seliger Träume.

Seelische Erlebnisse waren auf diese zarte Natur von solchem Einfluß, daß Pierrette am nächsten Morgen strahlend, heiter und leicht beschwingt wie eine Lerche aufstand. Dieser Wechsel konnte Sylvia nicht entgehen, anstatt sie auszuzanken, begann sie sie wie eine Elster zu belauern. „Warum ist sie denn so glücklich?“ Diesen Gedanken gab ihr die Eifersucht ein und nicht die Herrschsucht. Wenn der Gedanke an den Hauptmann Sylvia nicht beunruhigt hätte, hätte sie Pierrette wahrscheinlich gesagt wie früher: ‚Pierrette, du bist sehr laut und beachtest nicht, was man dir sagt!' Die alte Jungfer beschloß, Pierrette zu beobachten, wie allein alte Jungfern zu beobachten verstehen. Der Tag verlief düster und stumm, in der Luft lag Gewitterstimmung.

„Sie sind nicht mehr krank, mein Fräulein?" sagte Sylvia beim Mittag. „Wenn ich dir sage, daß sie all dies nur tut, um uns zu quälen", wandte sie sich an ihren Bruder, ohne Pierrettes Antwort abzuwarten.

„Im Gegenteil, liebe Kusine, ich glaube, ich habe Fieber ..."

„Fieber, wonach? Du bist lustig wie ein Fink. Vielleicht hast du jemand wiedergesehen?"

Pierrette zuckte zusammen und senkte statt jeder Antwort die Augen.

„Heuchlerin!" rief Sylvia. „Mit vierzehn Jahren! Mein Gott, das beginnt früh! Du bist ja eine Verlorene!"

„Ich weiß nicht, was du meinst", sagte Pierrette, und sah ihre Kusine mit ihren schönen, strahlenden braunen Augen an.

„Heute", sagte Sylvia, „wirst du bei einer Kerze im Speisezimmer bleiben und dort arbeiten. Im Salon störst du nur, ich wünsche nicht, daß du im Interesse deiner Freunde mir in die Karten siehst."

Pierrette zuckte nicht mit den Wimpern.

„Duckmäuser!" schrie Sylvia und schlug die Tür krachend zu.

Rogron, der die Worte seiner Schwester nicht begriff, sagte zu Pierrette: „Was habt ihr denn heute nur? Versuch es deiner Kusine recht zu machen, Pierrette, sie ist sehr nachsichtig und sanft, und wenn sie auf dich ärgerlich ist, so bist du sicher im Unrecht. Warum kabbelt ihr euch? Ich liebe die Ruhe über alles. Sieh Fräulein Bathilde an, an ihr müßtest du dir ein Beispiel nehmen."

Pierrette konnte alles ertragen: sicherlich würde Brigaut ihr um Mitternacht eine Antwort bringen und von dieser Hoffnung zehrte sie den ganzen Tag. Aber sie setzte ihre letzte Kraft daran! Sie schlief nicht, sie blieb auf, horchte auf das Schlagen der Uhren, fürchtete sich zu bewegen und sich durch ein Geräusch zu verraten. Endlich schlug es Mitternacht. Leise öffnete sie ihr Fenster, diesmal ließ sie einen Strick hinunter, den sie sich verschafft hatte, indem sie mehrere Bindfäden zusammengeknotet hatte. Sie hatte Brigauts Schritte gehört; als sie ihren Strick heraufzog, las sie folgenden Brief, der sie mit Seligkeit erfüllte:

„Meine liebe Pierrette, wenn Du so krank bist, so darfst Du Deine Kraft nicht dafür hergeben, daß Du auf mich wartest. Du wirst mich schon hören, ich werde wie ein Käuzchen schreien. Glücklicherweise hat mein Vater mich diesen Schrei gelehrt. Ich werde dreimal schreien, dann wirst Du wissen, daß ich da bin und daß Du den Strick hinunterlassen mußt, aber ich werde erst in einigen Tagen kommen. Ich hoffe dann eine gute Nachricht für Dich zu haben. Aber Pierrette, sterben! Woran denkst Du, Pierrette? Mein Herz begann zu zittern, ich glaubte, ich würde selbst bei dieser Vorstellung sterben. Nein, Pierrette, Du sollst nicht sterben, Du wirst leben und glücklich sein und Deinen Peinigern bald entrinnen. Wenn mein Unternehmen, Dich zu befreien, nicht gelingt, so werde ich mich ans Gericht wenden und werde angesichts von Himmel und Erde aussagen, wie Deine elenden Verwandten Dich mißhandeln. Ich bin überzeugt, daß Du nur noch einige Tage zu leiden hast: warte geduldig. Pierrette! Brigaut wacht über Dir wie damals, als wir auf dem Teich geglitscht haben und ich Dich aus dem großen Loch herausgezogen habe, in dem wir um ein Haar beide untergegangen wären. Leb wohl, meine teure Pierrette, mit Gottes Hilfe werden wir in einigen Tagen glücklich sein. Ach Gott, ich wage nicht, Dir die einzige Möglichkeit zu sagen, die unsere Vereinigung hindern könnte. Aber Gott liebt uns! In wenigen Tagen werde ich Dich sehen können, meine teure Pierrette, ohne Sorgen und Ängste, ohne daß man mich hindert, Dich anzusehen, denn ich bin ganz verhungert danach, Dich zu sehen, Pierrette! Pierrette, Du hast die Gnade, mich zu lieben und es mir zu sagen. Ja, Pierrette, ich werde Dein Geliebter sein; aber erst wenn ich soviel Geld verdient haben werde, um Dich vor jeder Not zu schützen. Bis dahin will ich nur Dein treuester Diener sein, Du kannst über mein Leben verfügen, Pierrette. Leb wohl.

Jacques Brigaut.“

Brigaut hatte noch einen zweiten Brief an Frau Lorrain nach Nantes geschrieben. Das aber hatte er Pierrette nicht verraten. Er schrieb:

„Madame Lorrain, wenn Sie Ihre Enkelin nicht auf der Stelle abholen, so wird sie sterben, denn sie wird zu schlecht behandelt. Ich habe sie kaum wiedererkannt, und damit Sie sich ein Bild von Pierrettes Lage machen, füge ich ihren Brief bei. Hier wird behauptet, daß Sie sich das Vermögen Ihrer Enkelin angeeignet haben; diese Beschuldigung werden Sie zurückzuweisen haben. Kurz, wenn Sie können, so kommen Sie auf der Stelle, dann können wir alle noch glücklich werden; dauert es aber lange, so ist zu befürchten, daß Sie Pierrette nicht mehr lebend antreffen.

Ich bin mit aller Hochachtung

Ihr ergebener Diener

Jacques Brigaut

bei Herrn Frappier, Tischlermeister,

Grand' Rue in Provins."

Brigaut hatte Angst, daß Pierrettes Großmutter nicht mehr lebe.

Trotzdem der Brief dessen, den Pierrette in ihrer Unschuld ihren Geliebten nannte, für sie sehr rätselhaft war, glaubte sie daran mit der ganzen Kraft ihrer Seele. Ihr war zumute wie Wüstenreisenden, wenn sie in der Ferne die Palmen vor der Zisterne sehen. In wenigen Tagen würde ihr Unglück vorüber sein, Brigaut hatte es ihr gesagt! Dieses Versprechen ihres Freundes gab ihr volle Zuversicht, und doch, als sie beide Briefe wieder las, beschlich sie eine furchtbare Angst.

„Armer Brigaut," sagte sie sich, „er weiß nicht, in welche Räuberhöhle ich geraten bin!"

Sylvia hatte Pierrette gehört, sie hatte auch Brigaut vor dem Fenster gehört. Sie stand auf, stürzte zum Fenster, um durch die Ritzen der Läden hinauszuspähen. Im Mondschein sah sie einen Mann in der Richtung des Hauses, in dem der Hauptmann wohnte, gehen. Vor diesem Haus blieb er stehen. Die alte Jungfer öffnete ihre Tür ganz leise, sie schlich die Treppen hinauf und sah zu ihrer Überraschung in Pierrettes Zimmer Licht. Sie sah durchs Schlüsselloch, aber sie konnte nichts erkennen.

„Pierrette," sagte sie, „bist du krank?"

„Nein, liebe Kusine", antwortete Pierrette überrascht.

„Warum hast du denn um Mitternacht Licht? Mach auf, ich muß wissen, was du treibst."

Pierrette öffnete barfuß, Sylvia sah den Strick, den Pierrette noch nicht weggetan hatte, da sie nicht auf nächtlichen Besuch gefaßt war. Das alte Mädchen stürzte sich darauf.

„Was machst du damit?"

„Nichts."

„Nichts?" sagte sie. „Du lügst also immer weiter. Auf diese Weise wirst du nicht ins Paradies kommen. Geh nur wieder ins Bett, du erkältest dich."

Sie stellte keine weiteren Fragen und verschwand. Pierrette erfüllte diese Sanftmut mit der größten Furcht. Sylvia hatte plötzlich beschlossen, den Hauptmann und Pierrette zu überraschen, sich der Briefe zu bemächtigen und die beiden Liebenden, die sie betrogen, auf frischer Tat zu ertappen. Pierrette war sich der ihr drohenden Gefahr wohl bewußt, sie nähte beide Briefe in ihr Schnürleibchen ein und tat ein Stück Zeug darüber.

Pierrette war über den Entschluß ihres Freundes sehr glücklich, denn der Argwohn ihrer Kusine mußte entwaffnet werden, wenn sie keine weiteren Beweise fand. Sylvia lag drei Nächte auf der

Lauer und beobachtete den unschuldigen Hauptmann, ohne weder bei Pierrette, noch im Hause oder außerhalb des Hauses irgend etwas zu sehen, woraus man auf das Einverständnis von Pierrette und dem Hauptmann schließen konnte. Sie schickte Pierrette zur Beichte und benützte diesen Augenblick, um alles im Zimmer des Kindes durchzustöbern, gemäß den Gewohnheiten und dem Scharfsinn eines Spions oder eines Zollbeamten aus der Pariser Vorstadt. Sie fand nichts. Ihre Wut war grenzenlos. Wenn Pierrette da gewesen wäre, so hätte sie sie sicher mitleidslos geschlagen. Für ein Geschöpf von Sylvias Art war Eifersucht weniger ein Gefühlszustand als eine Beschäftigung. Sie fühlte, wie ihr Herz schlug, sie ging durch Sensationen, die ihr bisher völlig unbekannt gewesen waren: das leiseste Geräusch weckte sie auf, sie hörte jeden Laut, sie beobachtete Pierrette und war von düsteren Ahnungen erfüllt.

„Dieses elende Geschöpf bringt mich noch in die Grube!" sagte sie.

Sylvias Strenge wurde zur raffiniertesten Grausamkeit, Pierrettes furchtbare Lage sollte sich noch wesentlich verschlimmern. Die arme Kleine hatte hohes Fieber und ihre Schmerzen im Kopf wurden unerträglich. Im Verlaufe von acht Tagen war sie zu solch einer Jammergestalt zusammengeschrumpft, daß es Menschen, die weniger grausame Interessen verfolgten als die Stammgäste des Hauses Rogron, nicht hätte entgehen können, aber Néraud, der Arzt, ließ sich über acht Tage nicht blicken, vielleicht hatte ihm Vinet einen Wink gegeben. Der Hauptmann, dem Sylvias Argwohn nicht entgangen war, hatte Angst, daß seine so fein eingefädelte Heirat in die Brüche gehen würde, wenn er auch nur das geringste Interesse für Pierrette bekunden würde. Bathilde hielt die sichtliche Veränderung des Kindes für eine von ihr vorausgesehene, natürliche und ganz gefahrlose Krisis. An einem Sonntag Abend, als der Salon voller Gäste war, konnte Pierrette ihren Schmerzen nicht länger standhalten, sie wurde ohnmächtig. Der Hauptmann, der dies als erster bemerkt hatte, nahm sie in seinen Arm und legte sie auf ein Sofa.

„Das hat sie mit Absicht getan", sagte Sylvia und sah Céleste Habert und die Mitspielenden an.

„Ich kann Sie versichern, daß Ihre Kusine sehr elend ist", sagte der Hauptmann.

„In Ihren Armen hat sie sich aber sehr wohl gefühlt", sagte Sylvia und lächelte grausam.

„Der Hauptmann hat recht," sagte Frau von Chargeboeuf, „Sie müßten einen Arzt kommen lassen. Heute morgen in der Kirche nach dem Gottesdienst sprach alle Welt von Pierrettes Krankheit, die deutlich sichtbar ist."

„Ich sterbe", sagte Pierrette.

Desfondrilles rief Sylvia und empfahl ihr, das Kleid des jungen Mädchens zu öffnen. Sylvia kam und sagte nur:

„Nichts als Anstellereien."

Sie öffnete Pierrettes Kleid und war im Begriff, das Schnürleibchen zu berühren, da riß sich Pierrette zusammen, richtete sich auf und sagte:

„Nein! nein! ich gehe zu Bett."

Sylvia hatte, als sie das Schnürleibchen anfaßte, die eingenähten Briefe gespürt. Sie ließ Pierrette in ihr Zimmer gehen und sagte:

„Was denken Sie nun über ihre Krankheit? Das ist nichts als Getue! Sie können sich keine Vorstellung davon machen, wie verdorben dieses Mädchen ist.“

Als alle aufbrachen, hielt Sylvia Vinet zurück; sie war wütend und wollte sich rächen. Als der Hauptmann sich ihr empfahl, behandelte sie ihn schlecht. Gouraud warf Vinet einen vieldeutigen Blick zu, er schien bereits nach einer Stelle für eine Kugel in Vinets Leib zu suchen. Sylvia bat Vinet, zu bleiben. Als sie allein waren, sagte das alte Mädchen:

„Um nichts in der Welt werde ich den Hauptmann heiraten!“

„Jetzt, da Sie einen Entschluß gefaßt haben, kann ich sprechen. Der Hauptmann ist mein Freund, aber ich bin Ihr Freund mehr als der seine. Rogron hat mir Dienste erwiesen, die ich nie vergessen werde. Ich bin ein ebenso guter Freund wie ein unbarmherziger Feind. Wenn ich erst Mitglied der Kammer bin, so werde ich der Welt beweisen, wie weit ich es bringen kann, und Rogron wird durch mich Obereinnehmer werden. Schwören Sie mir, nie ein Wort von unserem Gespräch zu wiederholen. (Sylvia nickte zustimmend.) Erstens ist der gute Hauptmann ein leidenschaftlicher Spieler.“

„Oh!“ sagte Sylvia.

„Ohne die Verlegenheiten, in die seine Leidenschaft ihn gestürzt hat, hätte er Marschall von Frankreich werden können“, fuhr der Advokat fort. „Ihr Vermögen könnte also in nichts zerrinnen! Aber damit wäre es noch nicht getan. Glauben Sie doch nicht, daß es in der Ehe allein darauf ankommt, Kinder zu haben oder nicht, dann werden Sie begreifen, was Ihnen passieren könnte. Nein, wenn Sie heiraten wollen, so warten Sie, bis ich in der Kammer bin, dann können Sie den alten Desfondrilles heiraten, der Gerichtspräsident werden wird. Aus Rache verheiraten Sie Ihren Bruder mit Fräulein von Chargeboeuf, ihre Einwilligung will ich schon übernehmen. Sie wird eine Rente von zweitausend Franken haben, und Sie werden mit Chargeboeufs gemeinsame Sache machen, wie ich es tue. Glauben Sie mir, Chargeboeufs werden uns eines Tages als zur Familie gehörig betrachten."

„Gouraud liebt Pierrette", war Sylvias Antwort.

„Er ist dessen wohl fähig," sagte Vinet, „er ist auch imstande, sie nach Ihrem Tode zu heiraten."

„Das ist ja eine reizende Rechnung", sagte sie.

„Ich habe es Ihnen gesagt, dieser Kerl ist ein gerissener Halunke! Verheiraten Sie Ihren Bruder und sagen Sie gleichzeitig offiziell, daß Sie unverheiratet bleiben wollen, und daß Ihr Vermögen Ihren Neffen oder Nichten zufallen wird. Mit diesem Schlage treffen Sie Pierrette und Gouraud empfindlich, und Sie werden schon sehen, was für eine Miene er machen wird."

„Sie haben recht," schrie die alte Jungfer erfreut, „damit habe ich sie gefangen. Sie wird in ein Geschäft gehen und kriegt nichts. Sie hat keinen Sou, sie muß es machen wie wir und arbeiten!"

Vinet ging, als er sicher war, daß sein Plan sich in Sylvias Hirn festgesetzt hatte. Ihr Eigensinn war ihm bekannt. Das alte Mädchen sollte so weit gebracht werden, zu glauben, daß der Plan von ihm ausgehe. Vinet fand den Hauptmann rauchend auf dem Platz, er hatte ihn erwartet.

„Halt," sagte Gouraud, „Sie haben mir das Genick gebrochen, aber Sie sollen dabei auch schon zu Fall kommen."

„Hauptmann!"

„Es gibt keinen Hauptmann mehr für Sie... Sie sollen mich auch noch kennenlernen. Erstens werden Sie nie Abgeordneter werden..."

„Hauptmann!"

„Ich verfüge über zehn Stimmen, und die Wahl hängt ab von..."

„Hauptmann, so hören Sie doch! Gibt es nur die alte Sylvia auf der Welt? Ich habe versucht, Sie zu rechtfertigen, Sylvia ist überzeugt, daß Sie in heimlichem Briefwechsel mit Pierrette stehen: sie hat Sie um Mitternacht vor Pierrettes Fenster gesehen..."

„Gut erfunden!"

„Sie wird ihren Bruder mit Bathilde verheiraten und ihr Vermögen deren Kindern hinterlassen."

„Wird Rogron denn Kinder haben?"

„Sicher", sagte Vinet. „Aber ich verspreche Ihnen, für Sie eine junge und angenehme Frau mit einem Vermögen von hundertfünfzigtausend Franken zu finden. Sind Sie denn verrückt? Können wir uns denn verfeinden? Gegen meinen Willen haben sich die Dinge gegen Sie gekehrt, aber Sie kennen mich nicht."

„Gut, man muß sich kennenlernen", antwortete der Hauptmann. „Verschaffen Sie mir vor den Wahlen eine Frau mit fünfzigtausend Talern; sonst gehorsamer Diener. Für schlechte Bettgenossen habe ich nichts übrig, und Sie haben die ganze Decke zu sich herübergezogen. Guten Abend."

„Sie werden sehen, daß ich Wort halte", sagte Vinet und drückte dem Hauptmann herzlich die Hand.

Um ein Uhr nachts schrie ein Käuzchen laut und deutlich dreimal auf dem Platz. In ihrem fieberhaften Schlaf hörte Pierrette den Schrei, sie stand auf, öffnete ihr Fenster, sah Brigaut und warf ihm einen Knäuel Seide zu, an dem er seinen Brief befestigte. Sylvia, der die Ereignisse des Abends und ihre Unentschlossenheit im Kopf herumrumorten, schlief nicht. Sie hörte den Schrei und glaubte an das Käuzchen.

„Das ist von böser Vorbedeutung. Aber halt, Pierrette steht auf. Was ist mit ihr los?"

Als Sylvia hörte, daß das Mansardenfenster geöffnet wurde, trat sie schnell an ihr Fenster und hörte das Knistern des Briefes, der an der Mauer entlang glitt. Sie band ihre Nachtjacke fester und ging leise zu Pierrette hinauf, die sie dabei überraschte, wie sie die Seide aufwickelte und den Brief losband.

„Nun habe ich dich ertappt", schrie die Alte, stürzte zum Fenster und sah Brigaut, der Hals über Kopf davonlief. „Zeig mir diesen Brief."

„Nein", sagte Pierrette, die sich mit der Kraft der Jugend zum Widerstand ermannte, den die Verzweiflung eingibt.

„Du willst nicht?" ... schrie Sylvia und stürzte sich mit haßverzerrtem, wütendem Gesicht auf Pierrette.

Pierrette wich einen Schritt zurück, um den Brief in ihrer Hand zu verbergen. Sie hielt ihn mit übermenschlicher Kraft fest. Als Sylvia dies sah, packte sie mit ihren roten Krebsscheren Pierrettes zarte weiße Hand und versuchte sie gewaltsam zu öffnen. Es war ein furchtbarer Kampf, ein gemeiner Kampf, wie alles, was die Freiheit des Gedankens antastet, den einzigen Schatz, der jenseits irdischer Gewalt steht und den Gott als heiliges Band zwischen die Unglücklichen und sich gespannt hat. Die beiden Frauen, die eine, die im Sterben lag, und die andere, die voller Kraft war, sahen sich in die Augen. Pierrette sah ihre Henkerin an mit dem Blick des Tempelritters, der den tödlichen Streich in Philipps des Schönen Gegenwart empfing: der Herzog vermochte diesem furchtbaren Blick nicht stand zu halten und verließ den Platz zerschmettert. Sylvia, die eine Frau war und eifersüchtig dazu, reagierte in verhängnisvoller Weise auf diesen magnetischen Blick. Eine unheilverkündende Stille beherrschte den Raum. Die zusammengepreßten Finger der Bretonin waren Sylvias Versuchen gegenüber spröde wie Stahl. Sylvia mißhandelte Pierrettes Arm, sie versuchte ihre Finger zu öffnen, und da sie nichts erreichte, grub sie ihr ihre Nägel ins Fleisch. Ihr Zorn stieg von Minute zu Minute, sie führte Pierrettes Faust an ihre Zähne und versuchte sie in die Finger zu beißen, um Pierrette durch den Schmerz zu besiegen. In ihrer Wut wußte sie nicht mehr, was sie tat; sie nahm Pierrettes Arm und klopfte ihre Faust gegen den marmornen Kamin, wie man eine Nuß aufknackt, um die Frucht zu gewinnen.

„Hilfe! Hilfe!“ schrie Pierette, „man tötet mich!“

„Du schreist, und ich überrasche dich mit deinem Geliebten mitten in der Nacht?“ ...

Sie schlug ohne Erbarmen.

„Hilfe! Hilfe!“ schrie Pierrette, deren Faust blutete.

In diesem Augenblick wurde heftig gegen die Tür geklopft. Die beiden Kusinen setzten einen Augenblick aus, beide waren ermattet.

Rogron hatte der Lärm aufgeweckt. Unruhig, ohne zu begreifen, was vorging, stand er auf und ging in das Zimmer seiner Schwester, er fand sie nicht; er wurde ängstlich, ging zur Haustür, öffnete und wurde von Brigaut, dem ein gespenstisches Wesen folgte, beinahe umgerissen. In diesem Augenblick fielen Sylvias Augen auf Pierrettes Schnürleibchen, sie erinnerte sich, daß sie Briefe darin gespürt hatte, sie stürzte sich darauf wie ein Tiger auf seine Beute, hob das Leibchen hoch und wies es Pierrette lächelnd, wie ein Irokese seinem Feind zulächelt, ehe er ihn skalpiert.

„Ich sterbe“ ... sagte Pierrette, und fiel auf ihre Knie. „Wer wird mich retten?“

„Ich!“ schrie eine alte Frau mit schneeweißem Haar, in deren pergamentfarbnem Gesicht zwei graue Augen blitzten.

„Großmutter, du kommst zu spät!“ rief das arme Kind und brach in Tränen aus.

Pierrette brach auf ihrem Bett zusammen, ihre Kräfte hatten sie verlassen; dem furchtbaren Kampf folgte eine Ohnmacht. Das große hagere Gespenst nahm Pierrette in seine Arme, wie eine Kinderfrau ein Baby aufhebt, und ging, von Brigaut gefolgt, aus dem Zimmer. Sie sagte kein Wort und warf Sylvia nur einen vernichtenden

Blick zu. Die Erscheinung dieser seltsamen Alten in ihrem bretonischen Kostüm, in ihrer Kappe und dem schwarzen faltigen Tuchmantel, der die ganze Gestalt einhüllt, entsetzte Sylvia: sie glaubte den Tod leibhaftig gesehen zu haben. Sie ging die Treppe hinunter, hörte, wie die Haustür ins Schloß fiel, und stand plötzlich ihrem Bruder gegenüber. Der sah sie groß an und sagte:

„Sie haben dich also nicht umgebracht?"

„Geh zu Bett", sagte Sylvia. „Morgen früh werden wir sehen, was wir zu tun haben."

Sie ging zu Bett, trennte das Schnürleibchen auf und las Brigauts Briefe, die sie aufs äußerste überraschten. Sie schlief mit sehr gemischten Empfindungen ein, ohne zu ahnen, welch furchtbare Folgen ihre Handlungsweise haben sollte.

Als Brigauts Brief kam, schwamm die alte Frau Lorrain in einem Meer von Seligkeit, dem freilich der Brief ein jähes Ende bereitete. Diese arme Siebzigjährige verging vor Sehnsucht nach Pierrette; ihr einziger Trost bestand im Glauben, daß diese Trennung um Pierrettes willen notwendig gewesen sei. Sie hatte ein junges Herz, das sich aus dem Opfer seine Kraft holt. Ihr alter Mann, dessen einzige Freude die Enkelin gewesen war, hatte sich sehr nach dem Kinde gesehnt: jeden Tag hatte er nach ihm verlangt. Es war der Schmerz eines Greises; aus solchen Erlebnissen holen sich Greise ihre Lebenskraft und sterben zuletzt daran. Kann man sich eine Vorstellung von dem Glück machen, das diese arme, alte, in ein Stift verbannte Frau empfand, als eines jener seltenen Ereignisse eintraf, das einen Umschwung in ihre Verhältnisse brachte? François-Joseph Collinet, der

Inhaber des Hauses Collinet, war, nachdem er sein Geld verloren hatte, mit seinen Kindern nach Amerika gegangen. Er hatte nicht den Mut, ruiniert, ohne Kredit, in Nantes zu bleiben und Zeuge all der Katastrophen zu sein, die sein Fall nach sich gezogen hatte. Von 1814 bis 1824 war dieser tapfere Kaufmann, dem seine Kinder beistanden so gut wie sein Kassierer, der sich nicht von ihm getrennt und ihm seine bescheidenen Mittel zur Verfügung gestellt hatte, darauf bedacht, sich aufs neue eine Existenz zu gründen. Seine Arbeit hatte zuletzt Erfolg. Nach elf Jahren kam er nach Nantes zurück, um seinen Namen wieder ehrlich zu machen. Sein ältester Sohn blieb an der Spitze seines amerikanischen Hauses. Er fand Frau Lorrain aus Pen-Hoël in Saint-Jacques und war Zeuge der Resignation, mit der das unglücklichste seiner Opfer sein Elend trug.

„Möge Gott Ihnen verzeihen!" sagte die alte Frau zu ihm, „weil Sie mir am Rande des Grabes noch die Mittel zur Verfügung stellen, um die Zukunft meiner Enkelin sicherzustellen. Aber das Ansehen meines armen Mannes kann ich nicht wieder herstellen."

Collinet hatte der alten Frau einen Betrag von ungefähr zweiundvierzigtausend Franken überwiesen, so hoch war das Kapital mit Zinsen angewachsen. Seine übrigen Gläubiger, wohlhabende, tätige, intelligente Kaufleute, hatten sich zu halten vermocht, während das Unglück, das Lorrains betroffen hatte, nicht wieder gutzumachen war. Er versprach der Witwe, den Namen ihres Mannes zu rehabilitieren, was mit weiteren vierzigtausend Franken zu machen war. Als die Börse in Nantes von Collinets großmütiger Absicht, seine Schuld zu sühnen, erfuhr, wollte sie den Kaufmann vor dem Urteilsspruch des obersten Gerichtshofes in Rennes wieder zur Börse zulassen, aber er wollte diese Ehre nicht annehmen und unterwarf sich der Strenge des Gesetzes. Einen Tag, bevor Brigauts Brief kam, hatte Frau Lorrain zweiundvierzigtausend Franken erhalten. Als sie quittierte, war ihr erstes Wort: „Ich werde mit meiner Pierrette zusammen leben können und sie mit Brigaut verheiraten, der mit meinem Geld sein Glück machen wird!“ Sie konnte ihre Ungeduld nicht länger beherrschen und wollte auf der Stelle nach Provins fahren. Als sie die Unglücksbriefe gelesen hatte, stürzte sie wie eine Wahnsinnige in die Stadt und erkundigte sich, wie sie auf schnellstem Wege nach Provins gelangen könne. Sie nahm die Post als schnellstes Beförderungsmittel. In Paris stieg sie in den Wagen nach Troyes um und kam um halb zwölf Uhr nachts bei Frappier an. Als Brigaut die dumpfe Verzweiflung der alten Bretonin sah, versprach er ihr, ihre Enkelin auf der Stelle zu holen, nachdem er ihr mit wenigen Worten Pierrettes Zustand geschildert hatte. Diese wenigen Worte erschreckten die alte Frau in einem solchen Maße, daß sie ihre Ungeduld nicht länger beherrschen konnte; sie lief auf den Platz. Pierrettes Schrei um Hilfe fand seinen Widerhall in Brigauts Herzen so gut wie in dem der alten Bretonin. Sie hätten ohne Frage zu zweit die gesamte Nachbarschaft aufgeweckt, wenn der erschrockene Rogron nicht vorgezogen hätte, ihnen sofort zu öffnen. Der Schrei des jungen Mädchens in seinem Todeskampf gab plötzlich der alten Großmutter ungeahnte Kräfte: sie nahm Pierrette in ihre Arme und trug sie bis zu Frappier, dessen Frau in aller Eile Brigauts Stübchen für Pierrettes Großmutter hergerichtet hatte. In diesem kleinen Loch wurde die arme Kranke auf ein notdürftig überzogenes Bett niedergelegt. Sie wurde ohnmächtig, und hielt ihre blutige, mißhandelte Faust noch geballt, die Nägel hatten sich tief ins Fleisch gegraben. Frappier, seine Frau und die alte Frau Lorrain standen schweigend vor Pierrettes Lager; keiner von ihnen konnte begreifen, was er sah.

„Warum ist ihre Hand blutüberströmt?“ war das erste Wort der Großmutter.

Pierrette, vom Schlaf überwältigt, der auf eine so große Verausgabung aller Kräfte zu folgen pflegt, fühlte sich jetzt geborgen und öffnete ihre Hand. Als Antwort entfiel ihr Brigauts Brief.

„Man hat ihr meinen Brief fortnehmen wollen“, sagte Brigaut. Er kniete vor dem Bett nieder und hob den Brief auf, den er seiner kleinen Freundin geschrieben hatte, um ihr zu sagen, daß sie das Rogronsche Haus ganz leise verlassen solle. Demütig küßte er die Hand der armen Märtyrerin.

Der Tischler und seine Frau erzitterten beim Anblick, der sich ihnen jetzt bot: die alte Frau Lorrain, dieses erhabene Gespenst, am Krankenlager ihres Enkelkindes. Die vielen Runzeln, die ihre Haut, die wie aus gelblichem Elfenbein wirkte, überzogen, glänzten vor Entsetzen und vor Verlangen nach Rache. Die Stirn mit ihren wirren grauen Haarsträhnen drückte göttlichen Zorn aus. Mit jener Kraft der Intuition, die Greisen, die dem Grabe nahe sind, eignet, las sie Pierrettes ganzes Leben aus ihrem elenden Gesichtchen ab. Sie hatte während der ganzen Reise an nichts anderes gedacht. Sie erriet die Krankheit, die das Leben ihres teuren Kindes bedrohte. Mühsam entrangen sich zwei Tränen ihren großen grauen Augen, die Kummer und Not von Brauen und Wimpern entblößt hatte, zwei Perlen des Schmerzes entstanden, verliehen den Augen eine erschreckende Frische, wuchsen und rollten über die vertrockneten Wangen, ohne sie zu benetzen.

„Sie haben mir das Kind getötet!" schrie sie und rang die Hände.

Sie kniete nieder, ihre Knie klopften hart auf den Boden auf, sie hatte sicherlich der heiligen Anna von Auray, der einflußreichsten unter den Schutzheiligen der Bretagne, etwas gelobt.

„Einen Arzt aus Paris", sagte sie zu Brigaut. „Geh, Brigaut, lauf."

Sie packte den jungen Handwerker an der Schulter und schüttelte ihn mit einer despotischen Gebärde.

„Ich war im Begriffe herzukommen, Brigaut, ich bin reich geworden, sieh her!" rief sie ihm zu. Sie zog ein kleines Säckchen, das sie auf ihrer Brust trug, heraus, öffnete es und wies die zweiundvierzigtausend Franken, die sie in Scheinen bei sich trug. – „Nimm alles, was du brauchst! Und bring mir den berühmtesten Pariser Arzt."

„Behalten Sie nur", sagte Frappier. „Um diese Stunde kann er keinen Schein wechseln; ich habe Geld, die Post fährt hier vorbei, er muß mit, aber wäre es nicht besser, wir konsultierten erst Dr. Martener, der uns einen Arzt in Paris empfehlen wird? Die Post fährt erst in einer Stunde, wir haben noch Zeit."

Brigaut weckte Dr. Martener. Er brachte den Arzt, der nicht wenig überrascht war, Pierrette Lorrain bei Frappier zu finden. Brigaut versuchte, ihm die Szene zu schildern, die sich soeben bei Rogrons abgespielt hatte. Die Worte des verzweifelten Jungen warfen ein grelles Schlaglicht auf dieses häusliche Drama, dessen Umfang und Furchtbarkeit Martener ja noch nicht im entferntesten ahnte. Martener gab Brigaut die Adresse des berühmten Horace Bianchon, dann stürzte der junge Handwerker zur Post, deren Rollen er in der Ferne hörte. Martener untersuchte erst die Wunden an der Hand, die über der Bettkante hing.

„Sie hat sich diese Verwundungen nicht selbst zugefügt", sagte er.

„Nein, die furchtbare Person, der ich sie unglücklicherweise anvertraut habe, hat sie mißhandelt", sagte die Großmutter. „Meine arme Pierrette schrie: ‚Zu Hilfe! ich sterbe!', daß es selbst einen Henker hätte rühren müssen."

„Aber warum?" fragte der Arzt und fühlte Pierrettes Puls. „Sie ist sehr krank", sagte er und besah sie beim Schein einer Kerze. „Ach, es wird schwer halten, sie zu retten", sagte er, nachdem er ihr Gesicht gesehen hatte. „Sie hat furchtbar gelitten, und es ist unbegreiflich, daß man nichts für sie getan hat."

„Ich habe die Absicht," sagte die Großmutter, „mich ans Gericht zu wenden. Haben denn Menschen, die mir meine Enkelin brieflich abgefordert haben und die behaupteten, eine Rente von zwölftausend Franken zu besitzen, das Recht, sie zu ihrer Köchin zu machen und Dienste von ihr zu fordern, die weit über ihre Kräfte gingen?"

„Sie haben die sichtbarste der Krankheiten, an denen junge Mädchen zuweilen leiden, und die sorgsamste Pflege erfordert, nicht sehen wollen", rief Dr. Martener empört.

Das Licht, das Frau Frappier hielt, um Pierrettes Gesicht zu beleuchten, und die furchtbaren Schmerzen, die die seelische Reaktion nach dem Kampfe erzeugte, weckten das Mädchen.

„Ach, Doktor Martener, ich bin sehr krank", sagte sie mit ihrer melodischen Stimme.

„Wo haben Sie Schmerzen, liebes Kind?" fragte der Arzt.

„Da", sagte sie und wies auf eine Stelle an ihrem Kopf über dem linken Ohr.

„Hier ist ein Geschwür!" sagte der Arzt, nachdem er den Kopf lange betastet und Pierrette nach ihren Schmerzen gefragt hatte. „Sie müssen uns alles sagen, liebes Kind, damit wir Sie gesund machen. Warum ist Ihre Hand in einem so furchtbaren Zustand? Derartige Verletzungen haben Sie sich doch unmöglich selbst zufügen können."

Kindlich schilderte Pierrette den Kampf mit Sylvia.

„Lassen Sie sie nur sprechen," sagte der Arzt zur Großmutter, „es ist besser für sie, und auf diese Weise erfahren Sie alles. Ich werde den Pariser Arzt abwarten, und dann wollen wir den Chefarzt des hiesigen Krankenhauses hinzuziehen: all das scheint mir sehr ernst. Ich schicke Ihnen ein Beruhigungsmittel, geben Sie es Fräulein Pierrette, sie hat Schlaf sehr nötig."

Als die alte Bretonin mit ihrer Enkelin allein war, ließ sie sich die Qual der letzten Jahre genau schildern, sie spielte all ihre Trümpfe aus, erzählte, sie habe nun Geld genug für sie alle, und Brigaut würde sich nicht wieder von ihnen trennen. Das arme Kind schilderte sein Martyrium, ohne zu ahnen, welcher Prozeß sich daraus entwickeln würde. Die Grausamkeiten dieser beiden lieblosen Menschen, die nichts von Familienbanden ahnten, eröffneten der alten Frau eine Welt von Leiden, die ihrer Art so fern lagen wie etwa die Lebensgewohnheiten der Indianer den ersten Reisenden waren, die in die amerikanische Wildnis drangen. Die Ankunft der Großmutter, die Gewißheit, in Zukunft frei von jeder Sorge bei ihr zu bleiben, beruhigten Pierrettes Seele ebensosehr wie das Schlafmittel ihren Körper. Die alte Bretonin wachte bei ihrer Enkelin, sie küßte ihr Stirn, Haar und Hände, so haben die Marien Christus geküßt, ehe sie ihn ins Grab gebettet haben.

Um neun Uhr morgens ging Martener zum Präsidenten. Er berichtete ihm, was sich nachts zwischen Sylvia und Pierrette zugetragen hatte, erzählte von den physischen und seelischen Torturen, den Mißhandlungen aller Art, die Pierrette im Hause ihres Vormunds erlitten hatte, und von der ihr Leben bedrohenden Krankheit, die sich infolge der schlechten Behandlung entwickelt hatte. Der Präsident ließ den Notar Auffray holen, Pierrettes Verwandten mütterlicherseits.

Der Kampf zwischen der Partei Vinet und der Partei Tiphaine hatte seinen Höhepunkt erreicht. Die Gerüchte, die Rogrons und ihre Anhänger in Provins verbreiteten über die bekannte Liaison von Frau Roguin mit dem Bankier du Tillet, sowie über den Bankerott des Vaters von Frau Tiphaine, eines angeblichen Fälschers, berührten die

Partei Tiphaine um so stärker, als es maßlose Verleumdungen waren, denen nur ein Körnchen Wahrheit zugrunde lag. Diese Nadelstiche griffen tief ins Herz und verletzten die Interessen der Lebenden empfindlich. Diese Reden, die Tiphaines Parteigängern von den gleichen Menschen wiedergesagt wurden, die Rogrons die Witze, die die schöne Frau Tiphaine und ihre Freundinnen über sie machten, brühwarm berichteten, nährten den Haß, der sich aufs innigste mit politischen Interessen verquickte. Die Erregung, die der Parteigeist in Frankreich hervorruft, ging überall in Provins mit bedrohten Interessen zusammen. Beleidigte, streitsüchtige Menschen traten in den Vordergrund. Mit Leidenschaft stürzte sich jede Partei auf die Gerüchte, die dem Gegner schaden konnten. Für die Parteileidenschaft, so gut wie für die verletzte Eigenliebe war die geringfügigste Kleinigkeit willkommen, sie wurde aufgebauscht, es gab kein Halten mehr. Eine ganze Stadt ereiferte sich über Klatschgeschichten und legte ihnen die Bedeutung politischer Argumente bei. So sah der Präsident im Fall Pierrette-Rogron ein Mittel, um die Menschen zu erniedrigen, ja zu vernichten, in deren Salon Pläne gegen die Monarchie ausgeheckt und die oppositionelle Zeitung begründet worden war. Der Staatsanwalt wurde geholt. Lesourd, Auffray, der Notar, Pierrettes Mitvormund, und der Präsident berieten in tiefstem Geheimnis mit Dr. Martener die einzuschlagende Marschroute. Martener übernahm es, Pierrettes Großmutter zu melden, daß sie ihre Klage beim Mitvormund vorbringen solle. Auffray sollte den Familienrat einberufen und in erster Reihe, gestützt auf das Gutachten dreier Ärzte, die Absetzung des Vormunds fordern. Der ganze Fall wäre für das Gericht reif, es wäre dann Lesourds Sache, den Strafantrag zu stellen. Gegen Mittag sprach man in Provins von nichts anderem als von den seltsamen Dingen, die sich nachts bei Rogrons abgespielt hatten. Pierrettes Hilferufe waren auf dem Platz undeutlich gehört worden, sie waren so schnell verklungen, daß niemand aufgestanden war, aber jeder fragte: „Haben Sie den Lärm heute gegen ein Uhr nachts gehört? Was war denn los?“ Durch Mutmaßungen und Kommentare war das grausige Drama in einem solchen Maße ausgeschmückt worden, daß Menschen sich vor Frappiers Werkstatt zusammenrotteten und Auskunft verlangten. Der gute Tischlermeister schilderte, wie Pierrette in sein Haus gebracht worden war, mit blutender Faust und zerbrochenen Fingern. Gegen ein Uhr mittags hielt der Wagen des Dr. Bianchon vor dem Frappierschen Haus; ihm entstiegen der berühmte Arzt und Brigaut. Frau Frappier lief ins Spital, um Martener und den Chefarzt zu benachrichtigen. So bekamen die Gerüchte, die in der Stadt schwirrten, eine neue Bestätigung. Rogrons wurden beschuldigt, ihre Kusine so mißhandelt zu haben, daß ihr Leben bedroht war. Vinet erfuhr dies Gerücht im Justizpalast; er ließ alles stehen und liegen und stürzte zu Rogrons. Rogron und seine Schwester saßen beim Frühstück. Sylvia weigerte sich, über die nächtlichen Ereignisse zu sprechen, sie ließ sich mit Fragen bedrängen und antwortete darauf nur: „Das ist nicht deine Sache.“ Sie kam und ging zwischen Speisezimmer und Küche, um einer Diskussion zu entgehen. Sie war allein in der Stube, als Vinet kam.

„Sie wissen wohl nicht, was vorgeht?“ fragte der Advokat.

„Nein“, sagte Sylvia.

„Sie kriegen einen Kriminalprozeß auf den Hals, so wie die Sache mit Pierrette läuft.“

„Einen Kriminalprozeß?“ sagte Rogron, der in der Tür erschien. „Warum? wieso?“

„Vor allen Dingen“, schrie der Advokat und sah Sylvia an, „berichten Sie mir ohne Umschweife, was heute nacht geschehen ist. Aber sprechen Sie die Wahrheit, als wenn Sie vor Gott ständen. Es heißt, daß man Pierrette die rechte Hand wird amputieren müssen.“

Sylvia wurde schneeweiß und begann zu zittern.

„Also was ist passiert?“ fragte Vinet.

Sylvia schilderte die Vorgänge und versuchte sich zu rechtfertigen. Von Fragen bedrängt, gestand sie die belastenden Tatsachen dieses furchtbaren Kampfes.

„Wenn Sie ihr die Finger zerbrochen haben, so kommen Sie nur vors Strafgericht; wenn man ihr aber die Hand amputieren muß, so kommen Sie vor ein Geschworenengericht. Tiphaines werden alles tun, um es dazu zu bringen.“

Mehr tot als lebendig gestand Sylvia ihre Eifersucht, und was für sie noch grausamer war, wie sehr sie mit ihrem Verdacht auf falscher Fährte war.

„Das wird ein Prozeß werden!“ sagte Vinet. „Sie und Ihr Bruder können Kopf und Kragen dabei verlieren! Selbst wenn Sie ihn gewinnen, werden Sie von einer ganzen Reihe von Menschen im

Stich gelassen werden. Wenn Sie ihn aber verlieren, so müssen Sie Provins verlassen.“
„Oh, mein lieber Vinet,“ schrie Rogron entsetzt, „Sie müssen uns raten und helfen.“
Der geschickte Vinet jagte die beiden Narren in eine wahnsinnige Angst hinein und erklärte aufs bestimmteste, daß Frau und Fräulein von Chargeboeuf sich weigern würden, ihr Haus zu betreten. Das wäre ein furchtbares Verdammungsurteil. Die Unterredung währte eine volle Stunde; Vinet hatte Rogrons zuletzt so weit, daß sie einsahen, er müsse in den Augen der ganzen Stadt einen triftigen Grund haben, um sich in dem Maße zu ihrem Verteidiger aufzuwerfen. Am Abend müßte Rogrons Verlobung mit Fräulein von Chargeboeuf eine vollzogene Tatsache sein. Das Aufgebot würde am Sonntag erfolgen. Der Ehekontrakt sollte sofort bei Cournant aufgesetzt werden; Fräulein Rogron müßte mit Rücksicht auf die bevorstehende Ehe ihres Bruders durch eine Schenkungsurkunde auf ihr Hab und Gut nach ihrem Tode zugunsten ihres Bruders verzichten. Vinet hatte Rogrons bewiesen, daß es notwendig sei, einen Ehekontrakt, der um einige Tage zurückliege, zu besitzen, um auf diese Weise Frau und Fräulein von Chargeboeuf in den Augen der Welt zu kompromittieren und sie zu zwingen, weiter im Rogronschen Haus zu verkehren.
„Unterschreiben Sie den Kontrakt und ich übernehme die Verpflichtung, Sie aus der Patsche zu ziehen“, sagte der Advokat. „Es wird einen heißen Kampf geben, aber ich will mich ganz einsetzen, und Sie können es mir zeitlebens danken.“
„Sicher“, sagte Rogron.

Um halb zwölf hatte der Advokat Generalvollmacht für den Kontrakt so gut wie für die Führung des Prozesses. Um zwölf Uhr wurde der Präsident überrascht mit Vinets Strafantrag gegen Brigaut und die Witwe Lorrain wegen Entführung der minderjährigen Pierrette Lorrain aus dem Hause ihres Vormunds. Der kühne Vinet nahm all die Vorteile wahr, die dem angreifenden Teil zur Verfügung stehen, und Rogron stand als unbescholtener Mann da. In diesem Sinne sprach Vinet vor Gericht. Die Vernehmung der Parteien verschob der Präsident auf vier Uhr. Bis zu welchem Grade die kleine Stadt Provins durch diese Ereignisse von unterst zu oberst gekehrt wurde, braucht wohl nicht erst erwähnt zu werden. Der Präsident wußte, daß die Konsultation der Ärzte um drei Uhr zu Ende wäre; er wollte, daß der Mitvormund, der für die Großmutter eintreten würde, mit diesem Schriftstück bewaffnet, erscheine. Die Nachricht, daß Rogron die schöne Bathilde von Chargeboeuf heiraten würde und daß Sylvia beim Abschluß des Kontraktes sich zu namhaften Opfern entschlossen habe, hatte Rogron plötzlich zwei Anhänger entfremdet: Céleste Habert und den Hauptmann, deren Hoffnungen vernichtet waren. Sie blieben Rogrons ostentativ treu, aber nur, um sie um so sicherer zu vernichten. Als Martener das Geschwür am Kopf des armen Opfers des einstigen Kurzwarenhändlers erwähnte, sprachen Céleste und der Hauptmann davon, daß Pierrette sich an jenem Abend, als Sylvia sie gezwungen hatte, den Salon zu verlassen, an der Tür gestoßen habe, sie erinnerten an Fräulein Rogrons grausame und barbarische

Äußerungen. Sie berichteten, wie gleichgültig das alte Mädchen sich gegen ihre leidende Pflegebefohlene verhalten habe. So verbreiteten die Freunde des Hauses Sylvias Missetaten, während sie angeblich Sylvia und ihren Bruder verteidigten. Vinet hatte diesen Sturm wohl vorausgesehen; aber das Rogronsche Vermögen würde Fräulein von Chargeboeuf zufallen, darin lag ein Ausgleich. Er war überzeugt, in wenigen Wochen würde sie das große Haus auf dem Platz beziehen und er würde mit ihr Provins beherrschen; in seinem Ehrgeiz träumte er bereits von einer Verbindung mit Bréautys. Von zwölf bis um vier Uhr ließen sich alle Damen der Partei Tiphaine: Frau Garceland, Frau Guépin, Frau Julliard, Frau Galardon, Frau Guénée und die Unterpräfektin nach Pierrettes Befinden erkundigen. Pierrette ahnte nichts von der Aufregung, die sie in der Stadt hervorgerufen hatte. Trotz ihrer Schmerzen war sie unbeschreiblich glücklich über das Zusammensein mit ihrer Großmutter und mit Brigaut, an denen sie mit ihrem ganzen Herzen hing. Brigaut standen die Augen voller Tränen, und die Großmutter streichelte ihre kleine Enkelin. Natürlich vorenthielt die alte Frau den drei Männern der Wissenschaft keines der Details, das sie über Pierrettes furchtbares Leben im Rogronschen Haus erfahren hatte. Horace Bianchon machte seiner Empörung nachdrücklichst Luft. Entsetzt über diese Vorkommnisse, forderte er, daß auch die übrigen Ärzte der Stadt berufen würden, so daß auch Néraud als Freund von Rogrons zugegen war und aufgefordert wurde, sich eventuell gegen das furchtbare Ergebnis der Konsultation auszusprechen. Zu Rogrons Schaden wurde der Bericht jedoch einstimmig abgefaßt. Néraud, von dem es hieß, daß er den Tod von Pierrettes Großmutter mütterlicherseits verschuldet habe, war in einer peinlichen Lage. Der geschickte Martener wußte sie auszunützen, froh, Rogrons etwas am Zeuge zu flicken und Néraud, seinen Rivalen, zu kompromittieren. Den Text des Berichtes, der gleichfalls zu den Beweisstücken des Prozesses gehörte, hier anzuführen, erübrigt sich. Wenn die Ausdrucksweise der Medizin zu Molières Zeiten barbarisch war, so hat die moderne Medizin den Vorzug, so klar zu sein, daß die Erklärung von Pierrettes Krankheit, wenn sie auch natürlich und leider viel verbreitet ist, entsetzen mußte. Der Bericht war übrigens ausschlaggebend, da er von einem so gewichtigen Namen wie Horace Bianchon gedeckt wurde. Nach der Gerichtssitzung blieb der Präsident auf seinem Platze, als er Pierrettes Großmutter sah, die in Auffrays und Brigauts Begleitung gekommen war. Hinter ihr staute sich eine große Menge. Vinet war allein. Dieser Gegensatz machte Eindruck, um so mehr, als der Zustrom der Neugierigen groß war. Vinet, der seine Toga behalten hatte, sah den Präsidenten kühl an und rückte die Brille fest über seine grünen Augen, dann setzte er mit seiner scharfen, durchdringenden Stimme auseinander, Fremde hätten sich Nachts bei Herrn und Fräulein Rogron eingeschlichen und die minderjährige Lorrain entführt. Dem Vormund bliebe nichts anderes übrig, als sein Mündel mit Hilfe des Gesetzes zurückzufordern. Auffray stand als Mitvormund auf und bat ums Wort.

„Wenn der Herr Präsident," sagte er, „von diesem Bericht Kenntnis nehmen will, der unter Mitwirkung eines der berühmtesten Pariser Ärzte und aller Ärzte und Chirurgen von Provins entstanden ist, so wird er erkennen, wie töricht die Reklamation des Herrn Rogron ist, und welch wichtige Gründe die Großmutter der Minderjährigen veranlaßt haben, das Opfer seinen Henkern auf der Stelle zu entführen. Ich will die Tatsachen kurz zusammenfassen. Ein Bericht, der einstimmig von einer Pariser Autorität, die in aller Eile berufen wurde, und von sämtlichen Ärzten von Provins abgefaßt wurde, führt den lebensgefährlichen Zustand der Minderjährigen auf die schlechte Behandlung zurück, die sie von Herrn und Fräulein Rogron erfahren hat. Der Familienrat muß innerhalb kürzester Zeit berufen werden und sich zur Frage äußern, ob der Vormund abgesetzt werden soll. Wir fordern, daß die Minderjährige nicht in das Haus ihres Vormundes zurückkehre, sondern dem Familienmitglied anvertraut werde, das der Herr Präsident als hierfür geeignet bezeichnen wird."
Vinet erklärte, der Bericht müsse ihm übergeben werden, damit er in der Lage sei, sich dazu zu äußern.
„Der Partei Vinet keinesfalls," antwortete der Präsident streng, „aber vielleicht dem Herrn Staatsanwalt. Die Sache ist bereits beschlossen."
Der Präsident schrieb an den Rand des Gesuches:
„Da aus einem einstimmig von sämtlichen Ärzten dieser Stadt und dem Doktor Bianchon von der Medizinischen Fakultät in Paris abgefaßten Bericht hervorgeht, daß die Gesundheit der minder-

jährigen Lorrain, die von ihrem Vormund Rogron zurückgefordert wird, in einem sehr bedrohten Zustand ist, der auf die schlechte Behandlung und die Mißhandlungen zurückzuführen ist, die sie im Hause des Vormunds durch ihn und seine Schwester erlitten hat,

„beschließen Wir, Präsident des Gerichtes der ersten Instanz zu Provins,

„daß bis zur Entscheidung des Familienrates, der entsprechend der Erklärung des Mitvormundes einberufen werden wird, die Minderjährige nicht in das Haus ihres Vormunds zurückkehren soll, sondern im Hause ihres Mitvormunds untergebracht werden wird.

„Für den Notfall beauftragen wir, angesichts des Zustandes, in dem sich die Minderjährige befindet, und der Spuren körperlicher Mißhandlungen, die nach dem Bericht der Ärzte sichtbar sind, den Chefarzt und den Chefchirurgen des Spitals von Provins, sie zu behandeln. Für den Fall, daß die Mißhandlungen dauernde Beeinträchtigungen verursacht haben sollten, behalten wir es uns vor, uns an die Staatsanwaltschaft zu wenden, und zwar unbeschadet der Zivilklage, die der Mitvormund Auffray anstrebt."

Diese furchtbare Verordnung wurde vom Präsidenten Tiphaine laut und vernehmlich verlesen.

„Warum nicht sofortige Verurteilung zur Galeere?" fragte Vinet impertinent. „Und dies alles um eines kleinen Mädchens willen, das eine geheime Liebschaft mit einem Tischlergesellen angezettelt hat! Wenn die Sache auf diese Tonart gestimmt ist," rief er in unverschämtem Ton, „so werden wir wegen vorliegender, deut-

lich erwiesener Befangenheit andere Richter verlangen."
Vinet verließ das Gerichtsgebäude und ging zu den hervorragendsten Mitgliedern seiner Partei, um ihnen Rogrons Lage auseinanderzusetzen. Nach seiner Aussage hatte Rogron Pierrette nie auch nur einen Nasenstüber gegeben; das Gericht sehe in ihm weniger den Vormund des kleinen Mädchens als den gefürchteten Kandidaten der Liberalen von Provins.
Wenn man ihn hörte, machten Tiphaines aus einer Mücke einen Elefanten. Der kreisende Berg würde eine Maus gebären. Sylvia, dieses kluge und fromme Mädchen, hatte eine Liebesgeschichte zwischen dem Mündel ihres Bruders und einem kleinen Tischlergesellen, einem Bretonen Brigaut, entdeckt. Dieser Tunichtgut wußte genau, daß Pierrette ein Vermögen von ihrer Großmutter erben würde, und wollte sie verführen. Vinet wagte es, von Verführung zu sprechen! Fräulein Rogron, die Briefe hatte, aus denen die Verdorbenheit des jungen Mädchens klar hervorging, war nicht ganz so schuldig, wie Tiphaines es hinstellten. Aber selbst wenn sie heftig geworden wäre, um sich einen Brief zu verschaffen und Gewißheit zu haben, was übrigens die Folge des bretonischen Eigensinns wäre, auf den Sylvia gestoßen ist, inwiefern wäre dann Rogron für die Sache verantwortlich?
Der Advokat machte aus dem Prozeß eine Parteisache und verstand es, ihn ins politische Fahrwasser zu spielen. Infolgedessen gab es von diesem Abend an geteilte Ansichten in der Öffentlichkeit.
„Eines Mannes Rede ist keines Mannes Rede",

sagten die Vernünftigen. „Haben Sie Vinet gehört? Da haben die Dinge ein ganz anderes Aussehen."

In Frappiers Haus konnte Pierrette nicht bleiben, da das Geräusch von Säge und Hammer ihr unerträgliche Kopfschmerzen verursachte. Vom ärztlichen wie vom juristischen Standpunkt war die Überführung der Kranken in das Haus des neuen Vormunds notwendig. Bei dieser Überführung wurden ungewöhnliche Vorsichtsmaßregeln beobachtet; man ging darauf aus, Eindruck auf die Bevölkerung zu machen. Pierrette wurde auf eine mit Matratzen ausgelegte Tragbahre gelegt und von zwei Männern getragen, neben ihr schritt eine Krankenschwester, die eine Flasche mit Äther in der Hand hielt, ihre Großmutter, Brigaut, Frau Auffray und ihre Kammerzofe folgten. Als der Zug durch die Straßen ging, waren alle Fenster dicht besetzt, alle Vorübergehenden blieben stehen. Pierrettes Zustand, ihre Totenblässe, das alles war für Rogron verhängnisvoll. Auffrays war es darum zu tun, der ganzen Stadt zu beweisen, daß der Präsident seine Verfügung mit vollstem Recht erlassen hatte. Pierrette und ihre Großmutter wurden im zweiten Stock des Auffrayschen Hauses untergebracht. Der Notar und seine Frau übten in weitestem Maße Gastfreundschaft, sie setzten ihre Ehre darein, Pierrette wie eine kranke Prinzessin zu behandeln. Pierrettes Großmutter übernahm die Pflege, Dr. Martener und der Chirurg kamen noch am gleichen Abend, um nach der Kranken zu sehen.

Von diesem Abend an wurde auf beiden Seiten mit maßlosen Übertreibungen gearbeitet. Der Rogronsche Salon war voll. Vinet hatte die liberale Partei bearbeitet. Frau von Chargeboeuf und ihre Tochter waren bei Rogrons zu Tisch, der Kontrakt sollte am Abend unterschrieben werden. Am Vormittag hatte Vinet das Aufgebot im Bürgermeisteramt anschlagen lassen. Den Fall Pierrette behandelte er sehr von oben herab. Eine Dummheit, die nicht der Rede wert war. Wenn das Gericht von Provins Partei nahm, so würde das Pariser Tribunal die Tatsachen schon nach ihrem wahren Wert abzuschätzen wissen, Auffrays würden es sich gründlich überlegen, ehe sie es auf einen Prozeß ankommen ließen. Rogrons Verbindung mit Chargeboeufs trug außerdem dazu bei, ihm ein ungeheures Übergewicht zu geben. In den Augen vieler Menschen waren Rogrons weiß wie Schnee und Pierrette ein kleines verdorbenes Mädchen, eine Schlange, die sie an ihrem Busen genährt hatten. In Frau Tiphaines Salon rächte man sich für die Verleumdungen, die die Vinetsche Partei seit zwei Jahren verbreitet hatte: Rogrons waren Ungeheuer, der Vormund würde vors Geschworenengericht kommen. Nach den Aussagen auf dem Platze ging es Pierrette glänzend, in der oberen Stadt war ihr Tod eine Frage der Zeit; bei Rogrons hieß es, sie habe eine Kratzwunde am Knöchel, bei Frau Tiphaine sprach man von zerbrochenen Fingern, von denen der eine abgenommen werden müßte. Am nächsten Tage brachte der „Courrier de Provins" einen ungewöhnlich geschickten Artikel, es war ein Meisterstück der Verleumdung voll juristischer Betrachtungen, Rogron stand bereits außerhalb der ganzen Sache. Die „Ruche", die erst zwei Tage später erschien, konnte nicht darauf antworten, ohne den Artikel als Verleumdung zu brandmarken, es wurde gesagt, daß es bei derartigen Fällen am ratsamsten sei, der Gerechtigkeit ihren Lauf zu lassen.

Der Familienrat wurde zusammengesetzt aus dem Friedensrichter von Provins, dem gegebenen Vorsitzenden, aus Rogron und den beiden Herren Auffray, als Pierrettes nächsten Angehörigen; ferner trat ihm noch Ciprey bei, ein Neffe von Pierrettes Großmutter mütterlicherseits. Habert wurde als Pierrettes Beichtvater zugezogen, ebenso Gouraud, der sich stets als Kameraden des Hauptmanns Lorrain ausgegeben hatte. Die Unparteilichkeit des Friedensrichters wurde allgemein gerühmt, weil er Habert und Gouraud, die in Provins als Rogrons intime Freunde galten, zum Familienrat zugezogen hatte. Infolge der ernsten Lage, in der Rogron sich befand, verlangte er, daß Vinet gleichfalls zum Familienrat gehöre. Durch diesen Trick, der sicherlich auf Vinets Rat zurückging, erreichte Rogron, daß der Familienrat erst Ende Dezember zusammentrat. Um diese Zeit befanden sich der Präsident und seine Frau in Paris bei Frau Roguin, da die Kammer bereits einberufen war. So war die Regierungspartei ohne Oberhaupt. Vinet hatte Desfondrilles, den Untersuchungsrichter, bereits heimlich bearbeitet, für den Fall, daß die ganze Sache vors Straf- oder Schwurgericht kommen sollte, eine Wendung, die der Präsident anstrebte. Vinet setzte die Sache drei volle Stunden vor dem Familienrat auseinander: er phantasierte eine Intrige zwischen Pierrette und Brigaut zusammen, um Sylvia Rogrons Strenge zu erklären; er bewies, der Vormund habe durchaus korrekt gehandelt, wenn er sein Mündel einer Frau anvertraut habe; er legte Gewicht darauf, daß sein Klient an der Erziehung, die Sylvia Pierrette hatte angedeihen lassen, in keiner Weise beteiligt war. Trotz Vinets Anstrengungen war der Familienrat einstimmig der Ansicht, Rogron müsse als Vormund abgesetzt werden. Auffray wurde zum Vormund ernannt und Ciprey zum Mitvormund. Der Familienrat vernahm das Dienstmädchen Adele, das sehr belastend gegen ihre frühere Herrschaft aussagte, ferner Céleste Habert, die Sylvia Rogrons grausame Worte wiederholte, als Pierrette sich am Abend gestoßen hatte; sie schilderte auch ihre Gleichgültigkeit bei Frau von Chargeboeufs Bemühungen um Pierrettes Gesundheit. Brigaut legte Pierrettes Brief vor, der die Unschuld ihrer Beziehungen völlig bewies. Es wurde darauf hingewiesen, daß die Minderjährige nur infolge der völligen Sorglosigkeit des Vormundes, der für alles, was sein Mündel betraf, verantwortlich war, in einen so grausamen Zustand geraten war. Pierrettes krankhaftes Aussehen war selbst Menschen, die Rogrons ganz fernstanden, aufgefallen. Die Anklage wegen Mißhandlung wurde gegen Rogron aufrechterhalten. Der öffentliche Skandal war unvermeidlich.

Auf Vinets Rat erhob Rogron Einspruch gegen den vom Gericht bestätigten Beschluß des Familienrates. Das Gericht griff ein, angesichts der wachsenden Gefahr von Pierrette Lorrains Zustand. Der Prozeß wurde jedoch durch geschickte Manipulationen der angeklagten Partei bis zum März 1828 verschleppt.

Rogron hatte Bathilde von Chargeboeuf bereits geheiratet. Sylvia hatte den zweiten Stock bezogen, der für sie und Frau von Chargeboeuf ausgebaut worden war, der erste Stock wurde von der jungen Frau Rogron ganz und gar mit Beschlag belegt. Die schöne Frau Rogron wurde die Nachfolgerin der schönen Frau Tiphaine. Die Heirat war für Rogrons Stellung von außerordentlicher Bedeutung. Man kam nicht mehr in Fräulein Sylvias Salon, sondern man verkehrte bei der schönen Frau Rogron.

Dank der Unterstützung seiner Schwiegermutter und der royalistischen Bankiers du Tillet und Nucingen hatte der Präsident Tiphaine der Regierung wesentliche Dienste erwiesen; er wurde einer der geschätztesten Zentrumsredner, wurde Richter beim Reichsgericht der Seine und ließ seinen Neffen Lesourd zum Gerichtspräsidenten von Provins ernennen. Diese Ernennung verletzte den Untersuchungsrichter Desfondrilles aufs äußerste, der sich mehr denn je als Stellvertreter fühlte und seinen archäologischen Neigungen lebte. Der Justizminister schickte einen seiner Schützlinge an Lesourds Stelle. So hatte Tiphaines Avancement nur geringfügige Veränderungen beim Gerichtshof von Provins zur Folge gehabt. Vinet verstand diesen Umstand sehr geschickt zu nützen. Er hatte in Provins immer erklärt, daß Tiphaines Anhänger der schlauen Frau des Präsidenten nur als Sprungbrett für ihre kommende Größe dienten. Der Präsident hatte seine Freunde nur zum besten gehabt. Frau Tiphaine hatte nichts als Verachtung für Provins und würde nie wieder ihren Fuß in diese Stadt setzen. Tiphaines Vater war gestorben; der Sohn erbte das Landgut du Fay und verkaufte sein schönes Haus in der oberen Stadt an Julliard. Dieser Verkauf bewies, wie wenig er daran dachte, nach Provins zurückzukommen. Vinet hatte recht, Vinet war der Prophet. Auf den Verlauf von Rogrons Prozeß waren die Ereignisse von großem Einfluß.

Das furchtbare Martyrium, das Pierrette durch die Schuld ihrer dummen Tyrannen erlitten hatte und das Dr. Martener mit Bianchons Zustimmung bestimmte, zum gefährlichen Mittel einer Schädeltrepanation zu greifen, dieses entsetzliche Drama versank, auf juristische Proportionen gebracht, in den Abgrund, den man bei Gericht „die Form" nennt. Der Prozeß schleppte sich im unentwirrbaren Netz des rechtlichen Verfahrens hin, wurde durch die Verzögerungen des schlauen Advokaten hingehalten, während die verleumdete Pierrette hinsiechte und die grausamsten Schmerzen litt, die ein Mensch ertragen kann. Es war notwendig, diesen seltsamen Umschwung in der öffentlichen Meinung und den langsamen Gang des Gerichtes zu begreifen, ehe man das Zimmer betritt, in dem Pierrette lebte und starb.

Martener und Auffray waren schon in den ersten Tagen von Pierrettes Wesen bezaubert, nicht weniger von der alten Bretonin, über deren Empfindungen und Gedanken sowie über ihrer Art, sich zu geben, ein Hauch antiker Größe lag. Diese Matrone aus dem Marais glich einer Frau aus Plutarch. Martener wollte dem Tode seine Beute abringen, denn vom ersten Tage an hatten sowohl Bianchon als die Ärzte von Provins Pierrette aufgegeben. Zwischen der Krankheit und dem Arzt, dessen einzige Stütze Pierrettes Jugend war, wurde einer jener

Kämpfe ausgefochten, den die Ärzte allein kennen, und deren Belohnung, wenn der Kampf zum Siege führt, sich weder mit Gold noch mit Liebe seitens des Kranken aufwiegen läßt. Der Lohn liegt allein in der inneren Befriedigung, in jener unsichtbaren idealen Palme, die wahren Künstlern das Bewußtsein einträgt, etwas Wertvolles geschaffen zu haben. Das Ziel des Arztes ist das Gute, das Ziel des Künstlers das Schöne, der Antrieb für das Tun beider ist jenes rätselhafte Gefühl, das wir Tugend nennen. In diesem Kampf, den Martener jeden Tag aufs neue aufnehmen mußte, hatte der Provinzarzt all den kleinlichen Ärger und die Nadelstiche, die sich die Partei Vinet und die Partei Tiphaine gegenseitig zufügten, ganz übersehen. So geht es allen Menschen, wenn der Kampf den Einsatz des ganzen Ichs fordert.
Martener hatte sich ursprünglich in Paris niederlassen wollen, aber das gewaltig pulsierende Leben dieser Stadt, die Gleichgültigkeit, zu der die dortigen Ärzte bei der erschreckenden Zahl von Krankheiten und schweren Fällen abstumpfen, hatten seine zarte Seele, die für das Leben in der Provinz geschaffen war, entsetzt. Außerdem stand er unter dem Zauber seiner schönen Heimat. So kam er nach Provins zurück, er ließ sich dort nieder, heiratete und pflegte liebevoll und hingebend eine Bevölkerung, die er gewissermaßen als eine große Familie betrachten konnte. Ängstlich vermied er es, über Pierrettes Krankheit zu sprechen. Seine Abneigung, die Fragen, die ihm nach dem Befinden des armen Kindes gestellt wurden, zu beantworten, war so offensichtlich, daß man ihn zuletzt mit Fragen verschonte. Pierrette wurde für

ihn zu einer tiefen geheimnisvollen, schmerzensreichen Dichtung; im verantwortungsreichen Leben eines Arztes tritt dieser Fall häufiger ein, als man im allgemeinen glaubt. Für das zarte junge Mädchen empfand er eine so scheue Bewunderung, daß er keinem Menschen in das Geheimnis dieses Empfindens Einblick gewähren wollte.
Das Gefühl des Arztes für seine Kranke hatte sich, wie alle wahren Gefühle, auf Auffrays übertragen, deren Haus, solange Pierrette darin lebte, still und sanft wurde. Die Kinder, die früher Pierrettes Spielgenossen waren, setzten ihre Ehre darein, weder laut noch zudringlich zu sein. Sie waren artig und gehorsam, weil Pierrette krank war. Das Auffraysche Haus liegt in der oberen Stadt, unterhalb der Ruinen des Schlosses, es ist in eine der Breschen hineingebaut, die durch die Niederlegung der alten Stadtwälle entstanden sind. Aus dem kleinen, mit dicken Mauern versehenen Obstgarten sehen die Bewohner ins Tal. Die Dächer der übrigen Häuser stoßen an die äußere Ecke der Mauer, gegen die der Garten lehnt. Die Terrasse wird von einer Allee begrenzt, die bis zum Fenster von Auffrays Arbeitskabinett reicht. Am anderen Ende ist ein Laubengang aus Wein angelegt; unter dem Feigenbaum steht ein runder Tisch, eine Bank und grün gestrichene Stühle. Pierrettes Zimmer lag über dem Arbeitszimmer ihres neuen Vormunds. Frau Lorrain schlief auf einem Feldbett neben ihrer Enkelin. Von ihrem Fenster aus konnte Pierrette das herrliche Tal von Provins sehen, das sie kaum kannte: sie durfte das Unglückshaus von Rogrons so selten verlassen! Bei

gutem Wetter schleppte sie sich am Arm ihrer Großmutter bis zum Laubengang. Brigaut, der nichts mehr tat, besuchte seine kleine Freundin dreimal täglich; in ihm tobte ein Schmerz, der ihn dem Alltag gegenüber unempfindlich machte. Mit der Witterung eines Jagdhundes lauerte er Dr. Martener auf, er begleitete ihn stets und ging mit ihm fort. Man kann sich schwer vorstellen, wieviel für die arme kleine Kranke getan wurde. Die Großmutter verbarg ihre Verzweiflung, für Pierrette hatte sie stets ihr heiteres Lächeln aus Pen-Hoël. In ihrem Verlangen, Pierrette und sich über die drohende Gefahr hinwegzutäuschen, machte sie ihr das bretonische Häubchen wieder zurecht, in dem Pierrette nach Provins gekommen war. Die junge Kranke schien ihr so sich selber ähnlicher. Sie sah bezaubernd aus, ihr Köpfchen war von einer Batistaureole mit einer steif gestärkten Spitze umgeben. Ihr Teint, der von durchsichtiger Blässe war, ihre Stirn, der das Leiden seine Spuren aufgeprägt hatte, die reinen Linien ihres Gesichtes, das infolge der Krankheit schmal geworden war, ihr schwermütiger, zuweilen starrer Blick – all dies gab ihr einen wehmütigen melancholischen Zauber. Das Kind wurde mit Hingabe, ja, Fanatismus gepflegt. Sie war so sanft, so zärtlich und liebevoll! Frau Martener hatte ihr Klavier zu ihrer Schwester, Frau Auffray, geschickt, mit der Absicht, Pierrette zu erfreuen; die Musik bereitete ihr ein namenloses Entzücken. Ihr zuzusehen, wenn sie der Musik von Weber, Beethoven oder Herold lauschte, den Blick nach oben gerichtet, von Sehnsucht nach dem Leben erfüllt, das sie schwinden fühlte, war

tief ergreifend. Die Pfarrer Péroux und Habert, ihre beiden religiösen Tröster, bewunderten ihre fromme Resignation. Ist die engelgleiche Vollkommenheit junger Menschen, die der Tod gezeichnet hat, so wie junge Bäume, die gefällt werden sollen, im Walde gezeichnet werden, nicht ein Anblick, der Philosophen und Gleichgültige in gleichem Maße rühren sollte? Wer solch einem erhabenen Sterben zugesehen hat, kann nicht ungläubig bleiben oder werden. Diese Menschen verbreiten etwas wie einen himmlischen Duft, ihre Blicke sprechen von Gott; selbst bei den gleichgültigsten Dingen hat ihre Stimme einen überzeugenden Klang, und zuweilen hat sie einen göttlichen Ton, als wenn sie die Geheimnisse der Zukunft entschleiern würden. Wenn Martener Pierrette lobte, weil sie eine schwierige Vorschrift befolgt hatte, sagte dieses engelgleiche Wesen in Gegenwart aller ruhig mit sanftem Blick:
„Ich möchte leben, lieber Herr Martener, weniger um meinetwillen als um Großmutters und Brigauts willen, ja, um eurer aller willen, die mein Tod traurig machen würde."
Als sie zum erstenmal im November an einem schönen Sonnentag, von der ganzen Familie begleitet, durch den Garten ging, und Frau Auffray sie fragte, ob sie müde sei, antwortete sie:
„Jetzt, wo ich nur noch die Leiden zu erdulden habe, die Gott mir schickt, fühle ich mich dem Leben gewachsen. Das Glück, geliebt zu werden, gibt mir die Kraft, meine Leiden zu tragen."
Das war das einzige Mal, daß sie das furchtbare Martyrium, das sie bei Rogrons erlitten hatte, andeutete. Sie sprach nie von ihnen, und die Erinne-

rung schien für sie so qualvoll zu sein, daß niemand ihren Namen in Pierrettes Gegenwart erwähnte.

„Liebe Frau Auffray," sagte sie eines Tages, als sie mittags auf der Terrasse lag, zu ihren Füßen das in Sonne gebadete, in den leuchtenden Farben des Herbstes schimmernde Tal, „während meines Todeskampfes bei Ihnen bin ich viel glücklicher als in den letzten drei Jahren."

Frau Auffray sah Frau Martener an und flüsterte ihr zu:

„Wie hätte sie geliebt!"

Pierrettes Blick und Tonfall verstärkte den Eindruck ihrer Worte.

Martener stand in dauerndem Briefwechsel mit Bianchon und unternahm nichts Wesentliches ohne dessen Zustimmung. Er hoffte erst, dem von der Natur bestimmten Verlauf folgen zu können, wollte dann dem Geschwür im Kopf durch das Ohr einen Ablauf schaffen. Je stärker Pierrettes Schmerzen waren, desto mehr wiegte er sich in Hoffnungen. Zuerst erzielte er einen kleinen Erfolg, dies wurde als großer Triumph angesehen. Während einiger Tage war Pierrettes Appetit wiedergekommen, sie aß sogar kräftigere Dinge, für die sie infolge ihrer Krankheit bisher einen bezeichnenden Widerwillen hatte; sie bekam bessere Farben, aber der Kopf war in einem furchtbaren Zustand. Martener flehte seinen berühmten Kollegen und Ratgeber an, er möge kommen. Bianchon kam, blieb zwei Tage in Provins und entschied sich für eine Operation. All die Sorgen und Ängste des armen Martener trug Bianchon mit, er fuhr selbst nach Paris, um den berühmten Desplein zu holen. Die Operation wurde vom größten Chirurgen seiner Zeit ausgeführt, aber dieser grausame Prophet sagte zu Martener, als er mit Bianchon, seinem Lieblingsschüler, fortfuhr:

„Nur ein Wunder kann Pierrette Lorrain retten. Der Knochenfraß hat bereits begonnen. In diesem Alter sind die Knochen so zart!"

Im März 1828 wurde Pierrette operiert. Während dieses Monats war Martener, entsetzt über die furchtbaren Schmerzen, die Pierrette litt, wiederholt nach Paris gereist. Er konsultierte Desplein und Bianchon und war sogar soweit, ihnen eine Operation in der Art einer Lithotritie vorzuschlagen, die darin bestand, ein hohles Instrument in den Kopf einzuführen, um auf diese Weise den Fortschritt des Knochenfraßes aufzuhalten. Der kühne Desplein wagte diesen chirurgischen Handstreich nicht, den die Verzweiflung Martener eingegeben hatte. Als der Arzt von seiner letzten Reise aus Paris wiederkam, war er traurig und niedergeschlagen. An einem unglückseligen Abend mußte er der Familie Auffray, Frau Lorrain, dem Beichtvater und Brigaut, die versammelt waren, mitteilen, die Wissenschaft sei Pierrette gegenüber machtlos, Rettung läge nur in Gottes Hand. Die allgemeine Bestürzung war groß. Die Großmutter tat ein Gelübde und bat den Geistlichen jeden Morgen, ehe Pierrette aufstand, eine Messe zu lesen, der sie und Brigaut beiwohnten.

Der Prozeß ging seinen Gang. Während Rogrons Opfer mit dem Tode rang, wurde es von Vinet vor Gericht verleumdet. Das Gericht bestätigte den Beschluß des Familienrats, und der Advokat legte auf der Stelle Berufung ein. Der neue Staatsanwalt brachte einen schriftlichen Antrag ein, Rogron und seine Schwester waren gezwungen, eine Kaution zu stellen, um nicht in Untersuchungshaft zu kommen. Das Gericht beschloß Pierrettes Vernehmung. Als Desfondrilles zu Auffrays kam, lag Pierrette im Sterben; neben ihr war ihr Beichtvater, sie sollte das Abendmahl nehmen. In diesem Augenblick bat sie die versammelte Familie, Rogrons zu verzeihen, wie sie selbst es tat; sie sagte, es stehe Gott allein zu, ein Urteil zu fällen.

„Großmutter," sagte sie, „du mußt alles, was du besitzest, Brigaut vermachen." (Brigaut begann bitterlich zu weinen.) „Und", fuhr Pierrette fort, „gib der guten Adele tausend Franken; insgeheim hat sie oft eine Wärmflasche in mein Bett getan. Wäre sie bei Rogrons geblieben, so würde ich weiter leben..."

Um drei Uhr am Osterdienstag, an einem schönen sonnigen Tag, hatte der kleine Engel ausgelitten. Ihre heroische Großmutter wollte nachts mit dem Geistlichen an ihrem Bett wachen und sie mit ihren alten steifen Fingern in ihr Leichentuch einnähen. Am Abend verließ Brigaut das Auffraysche Haus und ging zu Frappier.

„Armer Junge, ich brauche dich nicht erst zu fragen, wie es steht", sagte der Tischler.

„Ja, Vater Frappier, für sie ist es zu Ende, aber nicht für mich."

Brigaut sah das Holz, das auf dem Lager aufgestapelt war, traurig an.

„Ich verstehe dich, Brigaut", sagte Frappier. „Hier hast du, was du brauchst."

Er zeigte ihm zwei Zoll dicke Eichenbretter.

„Helfen Sie mir bitte nicht, Herr Frappier", sagte der Bretone. „Ich will alles selbst tun."
Brigaut verbrachte die Nacht damit, Pierrettes Sarg zu zimmern, und mehr als einmal hobelte er Holzstücke ab, die von seinen Tränen feucht waren. Frappier saß stumm neben ihm und zog an seiner Pfeife. Als sein erster Arbeiter die vier Wände zusammengeklopft hatte, sagte er nur:
„Mach einen Schiebedeckel, damit die arme Großmutter nicht hört, wie der Sarg zugenagelt wird."
Bei Tagesanbruch holte Brigaut das Blei, um den Sarg zu füttern. Ein seltsamer Zufall wollte es, daß die Bleiplatten denselben Betrag kosteten, den er Pierrette für ihre Reise von Nantes nach Provins gegeben hatte. Der tapfere Bretone, der sich in seinem Schmerz so zusammennahm, daß er den Sarg seiner teuren Jugendfreundin selbst zimmern konnte und die Bretter mit seinen Erinnerungen gepolstert hatte, war diesem Zusammentreffen nicht gewachsen: er fiel um und vermochte die Bleiplatten nicht selbst zu tragen. Der Bleigießer begleitete ihn und erbot sich, mit ihm zu gehen, um die vierte Platte zu löten, sobald Pierrette in den Sarg gelegt wäre. Der Bretone verbrannte den Hobel und alle Werkzeuge, die er benützt hatte. Er rechnete mit Frappier ab und nahm von ihm Abschied. Der Heroismus, mit dem der arme Junge und die Großmutter die letzten Pflichten für Pierrette erfüllten, sollte noch auf eine harte Probe gestellt werden. Alles, was Rogrons an Pierrette gesündigt hatten, wurde durch ihr Verhalten im letzten Augenblick überboten.
Brigaut und der Bleigießer kamen im richtigen Augenblick zu Auffrays, um durch brutale Ge-

walt einer empörenden gerichtlichen Prozedur ein Ende zu machen. Das Sterbezimmer, das voller Menschen war, bot beiden Arbeitern einen seltsamen Anblick. Rogrons wollten ihr Opfer selbst noch im Tode quälen. Die Leiche des armen Kindes lag auf dem Feldbett der Großmutter. Pierrettes Augen waren geschlossen, ihr Haar war geflochten und der Körper in ein grobes Leintuch eingenäht.

Vor diesem Bett schrie die alte Frau Lorrain, die mit zerrauftem Haar, brennendem Gesicht und ausgestreckten Händen auf den Knien lag:

„Nein, nein, das wird nicht geschehen!“

Am Fußende des Bettes standen Auffray, Péroux und Habert. Die Kerzen brannten.

Neben der Großmutter standen der Chirurg des Spitals, Dr. Néraud, und Vinet mit gräßlich süßlicher Miene. Selbst ein Gerichtsdiener fehlte nicht. Der Chirurg hatte seine Operationsschürze vorgebunden. Einer seiner Gehilfen hatte die Tasche geöffnet und ihr ein Seziermesser entnommen.

Diese Szene unterbrachen Brigaut und der Bleigießer, die den Sarg entsetzt auf den Boden stellten. Beim Anblick der weinenden alten Frau geriet Brigaut außer sich.

„Was geht hier vor?“ fragte er, stellte sich neben die Großmutter und preßte den Meißel, den er mitgebracht hatte, krampfhaft an sich.

„Was hier vorgeht,“ schrie die alte Frau, „was hier vorgeht, willst du wissen? Sie wollen den Körper meines Kindes öffnen, ihm den Kopf spalten, ihm das Herz brechen nach seinem Tode wie während seines Lebens.“

„Wer?“ fragte Brigaut mit einer Stimme, bei

der das Trommelfell der Gerichtspersonen platzen konnte.

„Rogrons."

„Beim lebendigen Gott! ..."

„Einen Augenblick, Brigaut", sagte Auffray, als er sah, wie der Bretone seinen Meißel schwang.

„Herr Auffray," sagte Brigaut, der nicht weniger bleich war als die Tote, „ich höre auf Sie, weil Sie es sind, aber in diesem Augenblick würde ich nicht einmal ..."

„Das Gericht!" sagte Auffray.

„Gibt es ein Gericht?" schrie der Bretone. „Das ist das Gericht!" rief er und bedrohte den Advokaten, den Chirurgen und den Gerichtsdiener mit seinem Meißel, der in der Sonne glänzte.

„Mein Freund," sagte der Pfarrer, „Herrn Rogrons Advokat hat sich an das Gericht gewandt. Sie wissen, daß Herr Rogron unter schwerer Anklage steht, es ist unmöglich, einem Angeklagten die Mittel zu verweigern, sich zu rechtfertigen. Gemäß der Aussage von Herrn Vinet könnte, falls sich erweist, daß das arme Kind an den Folgen des Geschwüres im Kopf gestorben ist, der einstige Vormund nicht zur Verantwortung gezogen werden, denn Pierrette hat die Verletzung, die sie sich zugezogen hat, lange verheimlicht ..."

„Genug!" unterbrach Brigaut.

„Mein Klient ...", sagte Vinet.

„Dein Klient", schrie Brigaut, „wird in die Hölle gehen und ich aufs Schafott; denn wenn einer von Euch wagt, das Mädchen anzurühren, das dein Klient getötet hat, und der Barbiergehilfe sein Messer nicht wegsteckt, so töte ich ihn auf der Stelle."

„Hier herrscht offener Aufruhr," sagte Vinet, „wir wollen uns beim Richter beschweren."
Die fünf Fremden zogen sich zurück.
„Oh, mein Sohn!" rief die Alte, richtete sich auf und warf sich Brigaut um den Hals, „wir wollen sie schnell begraben. Die Bande wird wiederkommen!"
„Wenn der Sarg zugelötet ist," meinte der Bleigießer, „so werden sie es wohl nicht mehr wagen."
Auffray lief zu Lesourd, seinem Schwager, um zu versuchen, die Sache beizulegen. Vinet wollte nichts anderes. Da Pierrette tot war, würde der Prozeß, in dem noch kein Urteil gefällt war, erlöschen, ohne daß irgend jemand etwas für oder gegen Rogrons daraus folgern könnte. Die Angelegenheit blieb in der Schwebe. Der geschickte Vinet hatte die Wirkung seines Vorgehens ohne weiteres vorausgesehen.
Gegen zwölf Uhr machte Desfondrilles seinen Bericht bei Gericht bezüglich der von Rogron angestrebten und nicht erreichten Autopsie. Das Gericht fällte ein durchaus begründetes Urteil, der Sachbefund habe nicht festgestellt werden können.
Rogron wagte es nicht, sich bei Pierrettes Begräbnis zu zeigen, an dem die ganze Stadt teilnahm. Vinet hätte ihn gern hingeschleppt, aber der ehemalige Kurzwarenhändler hatte Angst, öffentliches Ärgernis zu erregen.
Als sich das Grab über Pierrettes Sarg geschlossen hatte, verließ Brigaut Provins auf der Stelle, er ging nach Paris. Er reichte ein Gesuch ein: mit Rücksicht auf die Verdienste seines Vaters wolle er in die königliche Garde aufgenommen werden. Seine Bitte wurde sofort erfüllt. Als die Expe-

dition nach Algier stattfand, reichte er ein zweites Gesuch ein und bat, daran teilnehmen zu dürfen. Er hatte den Rang eines Feldwebels, in der Linie ließ ihn Marschall Bourmont zum Unteroffizier ernennen. Der Sohn des Majors benahm sich wie ein Mann, der den Tod suchte. Bis jetzt hat der Tod Jacques Brigaut verschont; er hat sich in allen Kämpfen ausgezeichnet, war stets an der gefährlichsten Stelle zu finden, ohne von einer Kugel auch nur gestreift zu werden. Heute ist er Bataillonschef in der Linie. Es gibt keinen tüchtigeren, aber auch keinen schweigsameren Offizier. Außerhalb des Dienstes ist er stumm, er hat sich an keinen seiner Kameraden angeschlossen und lebt ganz einsam und zurückgezogen. Jeder errät und respektiert einen unbekannten Schmerz. Er hat ein Vermögen von sechsunddreißigtausend Franken, das ihm die alte Frau Lorrain, die 1829 in Paris gestorben ist, vermacht hat.

Aus den Wahlen von 1830 ging Vinet als Abgeordneter hervor. Die Dienste, die er der neuen Regierung erwiesen hat, haben ihm die Würde eines Oberstaatsanwalts eingetragen. Sein Einfluß ist so groß, daß er stets wiedergewählt werden wird. Rogron ist dank Vinets Einfluß Obereinnehmer, und infolge eines überraschenden Zufalls ist Tiphaine erster Präsident des Reichsgerichts am gleichen Ort, denn dieser Pfleger der Gerechtigkeit hat sich ohne Schwanken der Julidynastie angeschlossen. Frau Tiphaine lebt in bestem Einvernehmen mit der neuen Anwärterin auf den Schönheitspreis, der schönen Frau Rogron. Vinet und der Präsident Tiphaine stehen vorzüglich miteinander.

Der dumme Rogron pflegt zu sagen: „Louis Philippe wird dann erst im wahren Sinne König sein, wenn er einen neuen Adel geschaffen haben wird." Natürlich ist dieses Wort nicht von ihm geprägt worden. Seine angegriffene Gesundheit läßt Frau Rogron hoffen, daß sie sehr bald den Marquis und General von Montriveau wird heiraten können. Er ist Pair von Frankreich, beherrscht das Departement und hat ihr wertvolle Dienste erwiesen. Vinet verlangt mit sehr viel Gelassenheit, daß Köpfe fallen; niemals glaubt er an die Unschuld eines Angeklagten. Dieser geborene Oberstaatsanwalt gilt als einer der liebenswürdigsten Beamten; in Paris hat er nicht weniger Erfolg als bei der Kammer; bei Hofe weiß er sich ungewöhnlich geschickt zu benehmen.
Vinets Versprechen gemäß hat Baron Gouraud, der als General bestätigt wurde, er, der zu den Vertretern der glorreichen Armee gehört, ein Fräulein Matifat geheiratet. Sie ist die Tochter eines Drogisten aus der Rue des Lombards, ist fünfundzwanzig Jahre alt und hat eine Mitgift von fünfzigtausend Talern. Er beherrscht, wie Vinet prophezeit hatte, ein Departement in der Nähe von Paris. Er ist zum Pair von Frankreich ernannt worden infolge seines Verhaltens bei den Aufständen unter dem Ministerium Casimir Périer. Baron Gouraud war einer der Generäle, die die Kirche Saint-Merry entsetzt haben, froh, „der Bande eins auswischen zu können", die sie fünfzehn Jahre gepiesackt hatte. Sein Eifer wurde durch das Großkreuz der Ehrenlegion belohnt.
Keiner von all denen, die an Pierrettes Tod Schuld tragen, hat je die leisesten Gewissensbisse emp-

funden. Desfondrilles betreibt nach wie vor archäologische Studien, aber im Interesse seiner eignen Wahl hat Vinet dafür gesorgt, daß er zum Gerichtspräsidenten ernannt wurde. Sylvia hat einen kleinen Hof und verwaltet den Landbesitz ihres Bruders. Sie leiht Geld gegen hohe Zinsen aus und verbraucht nicht einmal zwölfhundert Franken jährlich.

Gelegentlich, wenn ein Bewohner von Provins aus Paris zurückkommt, um sich wieder in der Heimat anzusiedeln und Sylvia Rogrons Haus verläßt, sagt ein einstiger Anhänger der Tiphaineschen Partei: „Rogrons hatten seiner Zeit eine dumme Sache wegen ihres Mündels ..."

„Das war nichts als eine Parteisache", antwortet Desfondrilles. „Man hat Ungeheuerlichkeiten vorgebracht. Aus reiner Güte hatten sie sich dieser Pierrette angenommen; es war ein ganz nettes Kind ohne einen Pfennig. Als sie größer wurde, hatte sie eine Liebesgeschichte mit einem Tischlergesellen. Sie kam barfuß ans Fenster, um mit dem Jungen zu plaudern, der auf dem Platz stand. Sie schrieben sich Briefe, die an einem Strick heraufgezogen wurden. Sie begreifen, daß im Oktober und November solche Extravaganzen für ein bleichsüchtiges Mädchen gerade genügen. Rogrons haben sich hervorragend benommen: sie haben nicht einmal ihren Anteil am Erbe dieses kleinen Mädchens gefordert, sondern alles der Großmutter überlassen. Die Moral von der Geschichte ist, daß uns der Teufel für all unsere Wohltaten am Wickel hat."

„Ach, das ist seltsam! Der alte Frappier hat mir die Geschichte ganz anders erzählt."

„Der alte Frappier weiß in seinem Weinkeller besser Bescheid als in der Vergangenheit", sagte ein Stammgast aus Sylvia Rogrons Salon.

„Aber der alte Habert..."

„Oh, der! Ja, kennen Sie denn seine Geschichte nicht?"

„Nein."

„Nun, er wollte seine Schwester an Rogron, den Obereinnehmer, verkuppeln."

Zwei Menschen denken täglich an Pierrette: Doktor Martener und Jacques Brigaut, sie allein kennen die grauenhafte Wahrheit.

Um Pierrettes Geschichte große Dimensionen zu geben, darf man daran erinnern, daß, wenn man die Szene in die Renaissance und nach Rom versetzt, ein junges Mädchen, Beatrice Cenci, aus ähnlichen Gründen und Intrigen wie die, die Pierrettes Tod bewirkt haben, zu Tode gefoltert wurde. Beatrice Cenci hatte nur einen Künstler, einen Maler, zum Verteidiger. Heute verurteilen die Geschichte und die Lebenden, allein dem Bildnis von Guido Reni vertrauend, den Papst und betrachten Beatrice als eines der rührendsten Opfer ruchloser Leidenschaften und empörenden Parteihaders.

Alle sozialen Betrügereien könnten immer aufs herrlichste durch die Gesetze gutgeheißen werden, nur ein Übelstand ist dabei: daß Gott immer noch existiert.

☆

☆

IM HERBST DES JAHRES 1826 WURDE DER Abbé Birotteau, der Held dieser Geschichte, von einem Platzregen überrascht, als er am Abend nach Hause ging. So schnell es seine Körperfülle gestattete, ging er über den einsamen kleinen Platz, der das Cloître genannt wurde und hinter dem Chor von Saint-Gatien in Tours liegt.

Der Abbé Birotteau, ein kleiner gedrungener Mann von etwa sechzig Jahren, zu Schlaganfällen neigend, hatte die Gicht bereits mehrfach gehabt. Eine der größten Peinlichkeiten unter den kleinen Nöten des menschlichen Lebens war für ihn, wenn seine Schuhe mit den breiten Silberschnallen plötzlich naß wurden und die Feuchtigkeit durch die Sohlen drang. Trotz der Flanell-Einlegesohlen, die er stets trug, da er wie viele Geistlichen auf sein liebes Ich sehr bedacht war, bekam er in solchen Fällen stets nasse Füße, und am nächsten Tage gab ihm die Gicht einen unfehlbaren Beweis ihrer Hartnäckigkeit. Da das Pflaster des Cloître stets trocken ist und Abbé Birotteau drei Franken und zehn Sous beim Whist bei Frau von Listomère gewonnen hatte, ertrug er den Regen mit Gelassenheit. Schon, als er mitten auf dem Platz vor dem erzbischöflichen Palast war, hatte es überreich zu gießen begonnen. In diesem Augenblick hing Birotteau übrigens seinem Lieblingsplan nach, einem Wunsch, der schon zwölf Jahre alt war, einem richtigen Priesterwunsch! Einem Wunsch, der jeden Abend in ihm aufstieg, und der nun unmittelbar vor seiner Erfüllung zu stehen schien. Er hüllte sich in Gedanken völlig in den Chorpelz eines Domherrn, um sich gegen die Unbill der Witterung zu schützen: am Abend hatten ihm die Stammgäste der Frau von Listomère seine Ernennung zum Kanonikus beim erzbischöflichen Kapitel von Saint-Gatien beinahe garantiert. Die Stelle war frei geworden; sie bewiesen ihm, daß niemand sie mehr verdiene als er, dessen lange Zeit verkanntes Anrecht unbestreitbar war. Wenn der gute Abbé im Spiel verloren oder erfahren hätte, daß Abbé Poirel, sein Nebenbuhler, zum Kanonikus ernannt worden sei, so wäre ihm der Regen ohne Frage sehr kalt erschienen. Vielleicht hätte er mit dem Himmel gerechtet. Aber er befand sich in einem jener seltenen Augenblicke im Leben, wo glückliche Träume einem über alles hinweghelfen. Mechanisch ging er schneller, aber die Wahrheit, die in einer Sittengeschichte so wesentlich ist, zwingt zum Bekenntnis, daß er in diesem Augenblick weder an den Regen noch an die Gicht dachte.

Einst standen in jenem Teil des Cloître, das an die Grand'Rue stößt, mehrere Häuser, die zur Kathedrale gehörten und von Domherren bewohnt wurden. Seit der Einziehung der Kirchengüter hat die Stadt den Durchgang zwischen diesen Häusern zu einer Straße erweitert. Durch diese Rue de la Psalette kommt man aus dem Cloître in die Grand' Rue. Der Namen der Straße verrät, daß hier früher der Organist wohnte; neben seiner Wohnung war seine Schule. Hier wohnten auch all jene, die zum Chor gehörten. Auf der linken Seite dieser Straße steht ein Haus, durch dessen Mauern die Strebepfeiler von Saint-Gatien durchgehen, so daß es zweifelhaft bleibt, ob die Kathedrale älter oder jünger ist als dieses alte Haus. Wenn man die Ornamentik, die Form der Fenster und den Türbogen dieses wettergebräunten Hauses prüft, so erkennt man, daß es stets ein Teil des herrlichen Gebäudes war, mit dem es verbunden ist. Ein Kunstgelehrter, wenn es deren in Tours, einer der ungeistigsten Städte Frankreichs gäbe, könnte sogar beim Durchgang ins Cloître einige Spuren der Bogenwölbung erkennen, die einst das Portal der Wohnungen der Domherren gebildet und sich dem Gesamtcharakter des Gebäudes angepaßt hat. Nördlich von Saint-Gatien gelegen, steht das Haus im Schatten der Kathedrale; die Zeit hat ihr einen schwarzen Mantel übergeworfen und ihre Oberfläche mit Runzeln, Schimmel, Moos und Grasnarbe überzogen. Das Haus ist stets in tiefes Schweigen gehüllt, es wird nur durch den Klang der Glocken, den Gesang während des Gottesdienstes, oder das Geschrei der Dohlen, die in den Glockenstuben nisten, unterbrochen. Der ganze Winkel ist eine Steinwüste, über der ein Schweigen besonderer Art liegt. Er kann nur von Menschen bewohnt werden, deren Individualität auf einen Nullpunkt reduziert ist oder deren Seelenkraft weit über das gewöhnliche Maß hinausgeht. Das Haus, von dem die Rede ist, war stets von Abbés bewohnt worden, es gehörte Fräulein Gamard, einer alten Jungfer. Obgleich das Haus während der Schreckenstage der Revolution von Fräulein Gamard erworben worden war, nahm niemand während der Restauration Anstoß daran, daß eine fromme Betschwester Kirchengut zurückhielt, da das alte Mädchen seit zwanzig Jahren an Geistliche vermietete. Vielleicht nahmen Kirchengläubige an, daß sie die Absicht habe, das Haus dem Kapitel zu vermachen; für die Kinder der Welt hatte eine tatsächliche Änderung in der Bestimmung des Hauses überhaupt nicht stattgefunden.

Der Abbé Birotteau schritt diesem Hause zu, in dem er seit zwei Jahren wohnte. Diese Wohnung war, wie jetzt das Kanonikat, volle zwölf Jahre das Ziel seiner Wünsche gewesen. In Fräulein Gamards Pension leben und Kanonikus werden, das waren die beiden großen Wünsche seines Lebens; vielleicht genügen sie tatsächlich dem Ehrgeiz eines Priesters, der, auf dem Wege zur Ewigkeit begriffen, auf Erden nichts mehr zu wünschen braucht als ein gutes Unterkommen, gutes Essen, saubere Kleider, Schuhe mit Silberschnallen, Dinge, die von den Bedürfnissen des Tieres im Menschen diktiert werden, und ein Kanonikat, um seine Eigenliebe zu befriedigen, dieses merkwürdige Gefühl, das uns vermutlich bis zu Gott begleiten wird, da sogar die Heiligen durch Stufen unterschieden sind. Aber die Begierde nach der Wohnung, die damals der Abbé Chapeloud innehatte, dieses in den Augen der Kinder der Welt geringfügige Verlangen, war für ihn eine Leidenschaft gewesen, eine Leidenschaft, der sich Hindernisse entgegensetzten, und die wie die verbrecherischsten Leidenschaften voller Hoffnungen, Freuden und Gewissensbisse war.

Die innere Einrichtung und die geringe Größe des Hauses hatten es Fräulein Gamard nicht möglich gemacht, mehr als zwei Pensionäre unterzubringen. Etwa zwölf Jahre, ehe Birotteau ihr Pensionär wurde, hatte sie es übernommen, für das leibliche Wohl des Abbé Chapeloud und des Abbé Troubert zu sorgen. Troubert lebte noch. Chapeloud war gestorben, und Birotteau war sein unmittelbarer Nachfolger geworden.

Der verstorbene Abbé Chapeloud, der einstige Kanonikus von Saint-Gatien, war Birotteaus intimer Freund gewesen. So oft der Vikar den Kanonikus besucht hatte, hatte er dessen Wohnung, ihre innere Einrichtung und die Bibliothek bewundert. Aus dieser Bewunderung war allmählich das Verlangen entstanden, diese schönen Dinge zu besitzen. Es war Birotteau unmöglich, diesen Wunsch zu unterdrücken, zuweilen litt er furchtbar darunter, wenn ihm zum Bewußtsein kam, daß allein der Tod seines besten Freundes diese geheime, stets wachsende Gier befriedigen könnte. Weder Chapeloud noch Birotteau waren von Haus aus reich. Sie waren Bauernsöhne und hatten nur das bescheidene Einkommen eines Priesters. Ihre geringfügigen Ersparnisse hatten sie in den unglücklichen Revolutionstagen aufgebraucht. Als Napoleon den Katholizismus wieder einsetzte, wurde Chapeloud Kanonikus von Saint-Gatien und Birotteau Vikar der Kathedrale. Chapeloud zog in Fräulein Gamards Pension. Als Birotteau den Kanonikus in seiner neuen Wohnung besuchte, gefiel ihm die Anordnung der Zimmer sehr gut, das war aber auch alles. Der Beginn seines Begehrens glich dem Anfang einer wahren Leidenschaft, die bei einem jungen Menschen zuweilen mit einer kühlen Bewunderung der Frau beginnt, die er zeitlebens lieben wird.

Die Wohnung, zu der eine Steintreppe führte, lag im südlichen Flügel des Hauses. Troubert bewohnte das Parterre und Fräulein Gamard den ersten Stock des Hauptgebäudes, das auf die Straße ging. Als Chapeloud seine Wohnung bezog, waren die Zimmer kahl und die Decken verräuchert und schwarz. Die Gesimse der schlecht geschnitzten Steinkamine waren nie gestrichen worden. Die gesamte Einrichtung bestand zuerst aus einem Bett, einem Tisch, einigen Stühlen und den wenigen Büchern, die der arme Kanonikus besaß. Die Wohnung glich einer schönen, in Fetzen gekleideten Frau. Aber zwei oder drei Jahre später, als eine alte Dame Chapeloud zweitausend Franken testamentarisch vermacht hatte, benützte er diesen Betrag, um einen Bücherschrank aus Eiche zu erstehen, der aus einem Schloß, das die Schwarze Bande zerstört hatte, stammte und mit Schnitzereien von bemerkenswerter Schönheit versehen war. Der Abbé erwarb den Schrank weniger wegen des ungewöhnlich vorteilhaften Angebots, als wegen der ungewöhnlichen Übereinstimmung, die zwischen den Größenverhältnissen des Bücherschrankes und des Saales, in dem er stehen sollte, bestand. Seine Ersparnisse benützte er, um den Saal, der bis jetzt in einem völlig verwahrlosten Zustand gewesen war, wieder herzustellen. Das Parkett wurde sorgsam erneuert und gebohnert, die Decke geweißt und das Getäfel mit einem Farbanstrich versehen, so daß es gleichfalls wie aus Eiche wirkte. Ein Marmorkamin trat an Stelle des bisherigen. Der Kanonikus hatte Geschmack genug, um alte Lehnstühle aus geschnitztem Nußbaum ausfindig zu machen. Ein großer Ebenholztisch und zwei Boulle-Möbel trugen dazu bei, den vornehmen Charakter des Saales zu erhöhen. Im Verlaufe von zwei Jahren füllten die Großmut verschiedener frommer Stifter, sowie die Hinterlassenschaften bußfertiger Sünderinnen die Regale des Bücherschranks, die zu Beginn beängstigend leer gewesen waren. Chapelouds Onkel, ein einstiger Priester, vermachte ihm seine Ausgabe der Kirchenväter in Großfolio-Format und mehrere andere für einen Priester wertvolle Bücher. Birotteau, der die Verwandlungen dieses einst kahlen Saales miterlebte, wurde immer neidischer. Der Wunsch wurde in ihm rege, diesen Saal zu bewohnen, der mit der Strenge geistlicher Sitten so gut im Einklang stand. Diese Leidenschaft wuchs mit jedem Tage. Da der Vikar Tage hindurch in diesem Raum arbeitete, lernte er seinen Frieden und seine Stille schätzen, nachdem er zuerst seine glückliche Anordnung bewundert hatte. In den folgenden Jahren baute Chapeloud die Zelle zum Oratorium aus, und seine frommen Freundinnen wetteiferten darin, zur Verschönerung des Raumes beizutragen. Eine Dame schenkte dem Kanonikus für sein Zimmer ein gesticktes Sofa, an dem sie lange im Beisein dieses liebenswürdigen Mannes gearbeitet hatte, ohne daß er auch nur im entferntesten die Bestimmung dieses Möbels geahnt hätte. Es ging mit dem Schlafzimmer wie mit dem Saal, es blendete den Vikar. Drei Jahre vor seinem Tode hatte Chapeloud seine Wohnung noch viel wohnlicher gestaltet, da er auch den Salon in Angriff nahm. Obgleich die Möbel mit schlichtem roten Utrechter Samt bezogen waren, imponierten sie Birotteau namenlos. Von dem Tage an, an dem der Kollege des Kanonikus die Vorhänge aus rotem ostindischen Seidenzeug, die Mahagonimöbel und den Aubussonteppich in diesem großen, neugemalten Raum gesehen hatte, wurde Chapelouds Wohnung für ihn der Gegenstand einer geheimen Monomanie. Hier wohnen, in dem Bett mit großen, seidenen Vorhängen schlafen, in dem der Kanonikus schlief, von zartester Aufmerksamkeit wie Chapeloud umgeben sein, das erschien ihm als der Gipfel aller irdischen Glückseligkeit. Für ihn ging nichts darüber hinaus. Neid und Ehrgeiz, den die Güter der Welt in den Herzen anderer Menschen auslösen, verdichteten sich bei Birotteau zu dem geheimen und tiefen Verlangen nach einem Interieur in der Art, wie Chapeloud es sich geschaffen hatte. Wenn sein Freund krank war, so kam er gewiß von ehrlicher Sympathie getrieben zu ihm, aber wenn er vom Unwohlsein des Kanonikus erfuhr oder wenn er ihm Gesellschaft leistete, so wurde, auch wenn er noch so sehr dagegen kämpfte, ein Heer von Wünschen in ihm lebendig, die immer wieder in der Folgerung gipfelten: „Wenn Chapeloud stürbe, so könnte ich seine Wohnung haben.“ Da Birotteau aber von Natur gutmütig, eng von Begriffen und von beschränkter Intelligenz war, ging er nicht so weit, auf Mittel zu sinnen, um sich die Einrichtung und die Bibliothek seines Freundes vermachen zu lassen.

Chapeloud, der ein liebenswürdiger und nachsichtiger Egoist war, erriet die Passion seines Freundes, was nicht schwierig war, aber er verzieh sie ihm, was einem Priester schon schwerer fällt. Der Vikar, dessen Freundschaft unwandelbar war, ging nach wie vor jeden Tag mit seinem Freunde in der gleichen Allee des Parks von Tours spazieren, ohne ihm auch jemals für all die Zeit, die er diesem Spaziergang seit zwanzig Jahren gewidmet hatte, zu grollen. Birotteau, der seine geheimen Wünsche als Sünde betrachtete, wäre aus Zerknirschung bereit gewesen, für Chapeloud die größten Opfer zu bringen. Aber Chapeloud bezahlte seine Schuld für diese kindlich aufrichtige Brüderlichkeit. Einige Tage vor seinem Tode sagte er zum Vikar, der ihm aus der „Quotidienne“ vorlas: „Diesmal sollst du die Wohnung haben. Ich fühle, daß es mit mir zu Ende geht.“

Chapeloud hatte wirklich Birotteau in seinem Testament die Einrichtung und die Bibliothek vermacht. Der Besitz dieser so heiß begehrten Dinge und die Aussicht, Fräulein Gamards Pension zu beziehen, milderten Birotteaus Schmerz über den Verlust seines Freundes bedeutend: vielleicht hätte er ihn nicht von den Toten wieder erweckt, aber er beweinte ihn aufrichtig. Einige Tage erging es ihm wie Gargantua, dessen Frau bei Pantagruels Geburt gestorben war, er wußte nicht recht, ob er sich über die Geburt seines Sohnes freuen oder über den Verlust seiner guten Badbec betrüben sollte, zuletzt verwechselte er die Dinge, freute sich über den Tod seiner Frau und beweinte Pantagruels Geburt. Birotteau verbrachte die ersten Trauertage damit, die Bücher *seiner* Bibliothek festzustellen, *seine* Möbel zu benützen, leise über sie hinzustreichen, dabei sagte er in einem Ton, der sich leider nicht festhalten ließ: „Armer Chapeloud!" Kurz, sein Schmerz und seine Freude beschäftigten ihn in einem solchen Maße, daß er mit Leichtigkeit darüber hinwegkam, daß ein anderer zum Kanonikus gewählt worden war, trotzdem der verstorbene Chapeloud seinen Nachfolger in Birotteau gesehen hatte. Fräulein Gamard hatte den Vikar gern in ihre Pension aufgenommen, und nun durfte er an all den Genüssen des materiellen Lebens teilnehmen, die ihm der verstorbene Kanonikus so häufig gerühmt hatte.

Unberechenbare Vorzüge! Nach der Ansicht des verstorbenen Chapeloud war keiner der Geistlichen von Tours, nicht einmal der Erzbischof, der Mittelpunkt so zarter Aufmerksamkeit und Fürsorge, wie sie Fräulein Gamard ihren Pensionären angedeihen ließ. Die ersten Worte, die der Kanonikus an seinen Freund richtete, wenn sie ihren üblichen Spaziergang machten, bezogen sich fast immer auf das opulente Diner, das er soeben eingenommen hatte, und während der sieben Spaziergänge in der Woche sagte er mindestens vierzehnmal: „Der Beruf dieser ausgezeichneten Person ist sicherlich, Liebesdienste an geistlichen Personen zu üben."

„Stellen Sie sich vor," sagte Chapeloud zu Birotteau, „während voller zwölf Jahre habe ich mich nie um saubere Wäsche, Chorhemden oder Bäffchen zu kümmern gehabt. Ich finde stets alles in genügender Zahl, nach Iris duftend, auf seinem Platz. Meine Möbel sind stets abgerieben und werden so gut gehalten, daß ich nie ein Stäubchen finde. Haben Sie je ein Atom Staub bei mir gesehen? Es wird stets für das richtige Holz zur

Feuerung gesorgt, auch die kleinsten Dinge sind immer in Ordnung, kurz, es hat den Anschein, als wenn Fräulein Gamard immer ein Auge auf meine Wohnung hätte. Ich erinnere mich nicht, im Laufe von zehn Jahren je zweimal geläutet zu haben, wenn ich irgend etwas gebraucht habe. Das heißt leben! Man braucht nichts zu suchen, nicht einmal seine Hausschuhe. Man findet stets sein warmes Zimmer und sein gutes Essen. Eines Tages war mein Blasebalg nicht in Ordnung, er zog nicht mehr so recht. Meinen Sie, daß ich mich zweimal zu beklagen hatte? Am nächsten Tage schon fand ich einen neuen reizenden Blasebalg vor und die Feuerzange, mit der Sie mich hier herumstochern sehen."

Statt jeder Antwort sagte Birotteau im stillen: „Nach Iris duftend." Das machte ihm immer wieder Eindruck. Die Schilderung des Kanonikus erschien dem armen Vikar geradezu phantastisch. Ihm stand zuweilen der Verstand still wegen seiner Chorhemden und Bäffchen, denn er hielt keine Ordnung und vergaß oft genug, sein Mittagessen zu bestellen. Wenn er die Messe las und Fräulein Gamard in Saint-Gatien sah, warf er ihr stets einen schmachtenden, wohlwollenden Blick zu, er sah sie an, wie etwa die heilige Therese in den Himmel sieht.

Obgleich das Wohlbehagen, nach dem jedes Lebewesen verlangt, und von dem er so oft geträumt hatte, ihm nun wirklich zugefallen war, wünschte sich Birotteau, da seine heißesten Sehnsüchte gestillt waren und es für jeden Menschen, selbst für einen Priester, schwierig ist, ohne Steckenpferd zu leben, leidenschaftlich, Kanonikus zu werden. Der

Titel Kanonikus erschien ihm so erstrebenswert, wie einem plebejischen Minister der eines Pairs von Frankreich. Infolgedessen waren ihm die Wahrscheinlichkeit seiner Ernennung und die Hoffnungen, die man ihm bei Frau von Listomère gemacht hatte, so zu Kopfe gestiegen, daß ihm erst, als er vor seiner Tür stand, zum Bewußtsein kam, daß er seinen Regenschirm vergessen habe. Ohne den strömenden Regen hätte er dies Mißgeschick vermutlich gar nicht bemerkt, so erfüllt war er davon, immer wieder durchzukauen, was ihm angesichts seiner bevorstehenden Ernennung bei Frau von Listomère gesagt worden war. Bei dieser alten Dame war er ständiger Mittwochgast. Der Vikar läutete laut, um dem Dienstmädchen zu verstehen zu geben, daß es ihn nicht warten lassen solle. Dann drückte er sich in die Türecke, um sich soviel wie möglich vor dem Regen zu schützen; aber das Wasser, das vom Dach hinunterlief, erreichte gerade noch seine Stiefelspitze, und der Wind überschüttete ihn in gewissen Abständen mit Regenschauern, die einer Dusche verzweifelt ähnlich waren. Nachdem er die Zeit berechnet hatte, die erforderlich war, um von der Küche zur Haustür zu gelangen, läutete er noch einmal sehr nachdrücklich. – „Sie können doch unmöglich ausgegangen sein“, sagte er sich, als sich im Haus immer noch nichts rührte. Er läutete zum drittenmal, die Glocke klang so schrill durchs Haus, wurde vom Echo der Kathedrale so stark wiederholt, daß es unmöglich war, diesen Lärm zu überhören. Er hätte Tote aus dem Grabe wecken können. Nach einigen Augenblicken hörte er denn auch, und in seine Freude mischte sich nicht wenig

Ärger, die Holzschuhe des Dienstmädchens auf den Steinfliesen klappern. Aber er kam nicht so bald ins Trockene, wie er gehofft hatte. Es genügte nicht, wie sonst an der Schnur zu ziehen, Marianne mußte das Schloß umständlich aufschließen und die Riegel öffnen.

„Wie können Sie mich bei solch einem Hundewetter dreimal läuten lassen?“ fragte er Marianne vorwurfsvoll.

„Aber, Sie sehen doch, daß die Tür schon zugeschlossen war. Das ganze Haus schläft längst, es ist nach dreiviertel zehn. Fräulein Gamard hat wohl geglaubt, daß Sie zu Hause seien.“

„Aber Sie selbst sahen mich doch fortgehen. Außerdem weiß Fräulein Gamard sehr genau, daß ich jeden Mittwochabend zu Frau von Listomère gehe.“

„Meiner Treu, ich habe nur Fräulein Gamards Befehle befolgt“, sagte Marianne und schloß die Tür wieder zu.

Diese Worte trafen Birotteau um so empfindlicher, als seine Träume ein Gefühl restlosen Wohlbehagens in ihm ausgelöst hatten. Er verstummte und war im Begriff, Marianne in die Küche zu folgen, mit der Absicht, seinen Leuchter zu holen, der dort seinen ständigen Platz hatte. Aber anstatt in die Küche zu gehen, führte Marianne den Abbé in seine Wohnung. Zu seiner Überraschung sah der Vikar seinen Leuchter auf einem Tisch vor der Tür des roten Salons stehen. Den Treppenabsatz hatte der verstorbene Kanonikus mit einer Glastür versehen und auf diese Weise ein Vorzimmer geschaffen. Stumm vor Überraschung ging Birotteau schnell in sein Zim-

mer; im Kamin rührte sich nichts. Er rief Marianne zurück, sie hatte noch keine Zeit gehabt, die Treppe hinunterzugehen.
„Haben Sie das Feuer nicht angesteckt?“ fragte er.
„Verzeihung, Herr Abbé“, antwortete das Mädchen, „es ist wohl ausgegangen.“
Birotteau warf einen Blick in den Ofen und überzeugte sich, daß das Feuer seit dem Morgen nicht angerührt worden war.
„Ich habe nasse Füße,“ sagte er, „machen Sie, bitte, Feuer.“
Marianne gehorchte mit der Trägheit eines Menschen, der ins Bett wollte. Während der Abbé nach seinen Hausschuhen suchte, die nicht in gewohnter Weise vor seinem Bett standen, fiel ihm an einigen kleinen Anzeichen bei Mariannens Anzug auf, daß sie keineswegs, wie sie behauptet hatte, direkt aus dem Bett kam. Da kam ihm zum Bewußtsein, daß ihm seit etwa vierzehn Tagen all die kleinen Aufmerksamkeiten entzogen waren, die ihm volle achtzehn Monate das Leben so behaglich gemacht hatten. Es liegt in der Natur enger Geister, sich an Kleinigkeiten zu klammern und daraus Schlüsse zu ziehen; blitzartig durchzuckte ihn die Einsicht, daß diese vier Ereignisse, die jedem anderen kaum zum Bewußtsein gekommen wären, für ihn aber Katastrophen waren, in keinem zufälligen Zusammenhang standen. Mit seinem Glück war es vorbei: seine Hausschuhe waren vergessen, Marianne hatte betreffs des Feuers gelogen, sein Leuchter stand ungewohnterweise auf dem Tisch des Vorzimmers und man hatte ihn absichtlich vor dem Hause im Regen warten lassen.
Als das Feuer im Kamin knisterte, als die Nacht-

lampe angesteckt und Marianne gegangen war, ohne in gewohnter Weise zu fragen: „Wünschen der Herr Abbé noch etwas?" ließ sich Birotteau in den schönen bequemen Lehnstuhl seines verstorbenen Freundes fallen, aber er tat es in kläglich hilfloser Weise. Ihn bedrückte das Vorgefühl eines furchtbaren Unglücks. Seine Augen wanderten von der schönen Wanduhr, der Kommode, den Stühlen, den Teppichen, dem Himmelbett, dem Weihwassergefäß, dem Kruzifixe zu einer Madonna von Valentino, einem Christus von Lebrun und umfaßten all die kleinen Dinge, die den Raum so behaglich machten. In seinem Gesicht spiegelte sich der lebhafte Schmerz, den ein Jüngling empfindet, wenn er sich von seiner ersten Geliebten trennt, oder ein Greis, wenn er die von ihm gepflanzten Bäume zum letztenmal betrachtet. Der Vikar hatte, ehrlich gesagt, ein bißchen spät erkannt, daß Fräulein Gamard ihn seit drei Monaten unausgesetzt quälte; einem klügeren Mann als ihm wäre diese Absicht längst zum Bewußtsein gekommen. Haben nicht alle alten Jungfern ein besonderes Talent, alle Worte und Taten, die ihre Bosheit ihnen eingibt, zu unterstreichen? Sie zeigen ihre Krallen wie Katzen. Sie kratzen nicht nur, sondern tun es mit Vergnügen und lassen ihr Opfer gern merken, daß sie es verletzt haben. Während ein Mann von Welt sich auf der Stelle seiner Haut gewehrt hätte, bedurfte es beim guten Birotteau mehrerer Kratzwunden, ehe er die böse Absicht gemerkt hatte.

Mit der umständlichen Weitschweifigkeit eines Priesters, der gewohnt ist, die Gewissen zu leiten und ein Nichts im Beichtstuhl aufzubauschen, begann Birotteau, als wenn es sich um einen theologischen Streit handeln würde, folgende Schlüsse zu ziehen: Gesetzt den Fall, daß Fräulein Gamard nicht mehr an den Abend bei Frau von Listomère gedacht hat, daß Marianne mein Feuer anzustecken vergessen hat, daß sie geglaubt hatten, ich sei zu Hause, obgleich ich selbst meinen Leuchter hinuntergebracht habe, so ist es doch unmöglich, daß Fräulein Gamard, als sie ihn in ihrem Salon sah, geglaubt hat, ich sei zu Bett gegangen. Ergo, wollte Fräulein Gamard mich im Regen warten lassen, und dadurch, daß sie meinen Leuchter in mein Zimmer gesetzt hat, hat sie mich auch noch nachdrücklich merken lassen ... „Was?" fragte er laut, von der Bedeutung der Umstände betroffen, während er aufstand, um seine nassen Kleider mit dem Schlafrock zu vertauschen und sich für die Nacht zurechtzumachen. Dann ging er, lebhaft gestikulierend, von seinem Bett zum Kamin, brachte in aufgeregtestem Tone die folgenden Sätze vor, die alle in Falsetton umschlugen, als wenn er auf diese Weise die Ausrufungs- und Fragezeichen andeuten wollte.

„Was habe ich ihr denn getan zum Kuckuck? Was trägt sie mir denn nach? Marianne hat mein Feuer sicher nicht vergessen! Fräulein Gamard wird ihr gesagt haben, es nicht anzustecken! Jedes Kind würde am Ton und an der Art, die sie mir gegenüber angenommen hat, merken, daß ich das Unglück hatte, ihr zu mißfallen. Chapeloud ist nie etwas Ähnliches passiert! Es wird mir unmöglich sein, hier unter diesen Quälereien weiter zu leben ... In meinem Alter ..."

Er ging zu Bett in der Hoffnung, am nächsten

Morgen den Grund zu finden, der das Glück, das er solange ersehnt und beinahe zwei Jahre genossen hatte, für immer zu vernichten im Begriffe war. Ach, die geheimen Gründe für die Empfindungen, die Fräulein Gamard ihm entgegenbrachte, sollten ihm ewig verborgen bleiben, nicht, weil sie etwa schwer zu enträtseln wären, sondern weil es dem armen Mann an jenem Sinn gebrach, mit dem große Seelen und Schelme sich selbst zu beurteilen imstande sind. Nur bedeutende Menschen oder Intriganten sind sich über das von ihnen begangene Unrecht klar. Die einzig gewissenhaften und scharfsinnigen Ratgeber sind der eigene Vorteil oder eine große Begabung. Birotteau, dessen Güte an Dummheit grenzte, dessen Bildung durch Arbeit aufgepfropft war, der keinerlei Weltkenntnis und Welterfahrung hatte, der zwischen Messe und Beichtstuhl lebte und die leichtesten Gewissensfälle, als Beichtvater einiger Mädchenpensionate und einiger frommer Seelen, die ihn schätzten, schwer nahm, Birotteau war ein großes Kind, das vom Leben und seinen Praktiken nichts ahnte. Aber der Egoismus, der allen menschlichen Wesen eignet, zu dem bei ihm noch der besondere Egoismus des Priesters kam, verstärkt durch das enge Leben, das man in der Provinz führt, hatte bei ihm einen ganz großen Umfang angenommen, ohne daß er es ahnte. Wenn jemand Interesse genug am Vikar genommen hätte, um ihm zu bebeweisen, daß ihm in den vielen Kleinlichkeiten des Alltags und in den geringfügigen Pflichten seines Privatlebens durchaus jene Entsagungs- und Opferfähigkeit fehlte, von der er überzeugt war, daß sie ihm von Berufs wegen eignete, so hätte er sich ehrlich kasteit und Buße getan. Aber jenen, die wir unbewußt beleidigen, ist es um unsere Gutgläubigkeit gar nicht zu tun, sie wollen und können sich rächen. Birotteau mußte bei all seiner Schwäche die Wirkungen der geheimen Gerechtigkeit erfahren, die unweigerlich die Welt zwingt, ihren Urteilsspruch zu vollziehen. Narren pflegen dies Unglück im Leben zu nennen.

Zwischen dem verstorbenen Chapeloud und dem Vikar bestand der Unterschied, daß der eine ein geschickter und kluger, der andere ein ehrlicher und plumper Egoist war. Als Chapeloud Fräulein Gamards Pension bezog, durchschaute er den Charakter seiner Wirtin gründlichst und auf der Stelle. Aus dem Beichtstuhl wußte er, wieviel Bitterkeit das Bewußtsein, außerhalb der Gesellschaft zu stehen, im Herzen eines alten Mädchens erzeugt, weise richtete er sein Verhalten bei Fräulein Gamard dementsprechend ein. Da sie damals achtunddreißig Jahre alt war, machte sie noch gewisse Ansprüche, die bei diskreten Menschen allmählich die Form eines ausgesprochenen Selbstbewußtseins annehmen. Der Kanonikus begriff, daß er Fräulein Gamard, um gut mit ihr zu stehen, stets die gleiche Höflichkeit entgegenbringen und unfehlbarer als der Papst sein müsse. Um dies durchzuführen, hielt er strenge darauf, daß zwischen ihnen nur jene Beziehungen bestanden, die zwischen Menschen, die unter dem gleichen Dache leben, unvermeidlich sind, wenn man nicht mit der Höflichkeit in Konflikt geraten will. Obgleich Troubert und er regelmäßig drei Mahlzeiten im Hause einnahmen, hatte er von vornherein darauf verzichtet, beim gemeinsamen Frühstück zu erscheinen, und Fräulein Gamard daran gewöhnt, ihm seinen Morgenkaffee auf sein Zimmer zu schicken. Dann war er der Langeweile des Abendbrots aus dem Wege gegangen, indem er den Tee stets in den Häusern einnahm, wo er den Abend zu verbringen pflegte. Auf diese Weise sah er seine Wirtin kaum zu einer anderen Zeit als beim Mittag, aber er versäumte nie, einige Minuten vor der festgesetzten Stunde zu erscheinen. Während dieses Höflichkeitsbesuches hatte er in den zwölf Jahren, die er unter ihrem Dach lebte, stets die gleichen Fragen an sie gerichtet und unweigerlich die gleichen Antworten bekommen. Das Gespräch erschöpfte sich in Fragen, wie Fräulein Gamard geschlafen habe, wie ihr das Frühstück bekommen sei, wie sie aussehe und sich befinde; man ging zu kleinen häuslichen Ereignissen über, sprach über das Wetter, die Dauer des Gottesdienstes, die Begebenheiten während der Messe, das Wohlbefinden des einen oder anderen Priesters. Bei Tische ließ er es nie an indirekten Schmeicheleien fehlen, von der Güte eines Fisches, der geschickten Zusammenstellung des Menus, den Qualitäten einer Soße fand er den Übergang zu Fräulein Gamards Qualitäten und rühmte ihre hausfraulichen Talente. Er war überzeugt, der Eitelkeit des alten Mädchens zu schmeicheln, wenn er die Kunst rühmte, mit der ihre eingemachten Früchte, ihre Pfeffergurken, ihre Konserven, ihre Kuchen oder andere gastronomische Köstlichkeiten bereitet waren. Nie verließ der schlaue Kanonikus den gelben Salon seiner Wirtin, ohne zu sagen, daß man in keinem Hause in Tours einen so vorzüglichen Kaffee tränke wie der war, den er soeben genossen hatte. Dank dieser vollendeten Einfühlung in Fräulein Gamards Charakter und dieser Lebenskunst, die während voller zwölf Jahre vom Kanonikus geübt wurde, gab es nie den geringsten Zusammenstoß zwischen ihnen. Chapeloud hatte von Anfang an die Ecken, Härten und Kanten der alten Jungfer erkannt und die unvermeidlichen Reibungsflächen so geschickt zu umgehen gewußt, daß alle Bedingungen, die für die Ruhe und Zufriedenheit seines täglichen Lebens notwendig waren, ohne weiteres erfüllt wurden. Fräulein Gamard wurde nicht müde, zu konstatieren, daß Chapeloud ein liebenswürdiger, geistreicher Mann sei, mit dem man vorzüglich auskommen könne. Über Troubert dagegen sprach Fräulein Gamard überhaupt nicht. Troubert war so vollständig in ihr Leben eingereiht wie ein Satellit in die Bahn seines Planeten, er war für sie eine Art Zwischengeschöpf geworden, zwischen den Individuen der menschlichen Gattung und den Hunden. In ihrem Herzen stand er unmittelbar vor dem Platze, den sie ihren Freunden eingeräumt hatte, und jenem, den eine dicke kleine Bulldogge einnahm, die sie zärtlich liebte. Sie beherrschte Troubert ganz und gar, ihre Interessen glichen einander in einem solchen Maße, daß eine ganze Reihe von Menschen aus Fräulein Gamards Bekanntenkreis annahm, daß Troubert Absichten auf das Vermögen der alten Jungfer habe und es verstanden habe, sie mit einem großen Aufgebot von Geduld an sich zu fesseln. Er beherrschte sie um so sicherer, als er sich den Anschein gab, sich ihr zu fügen, ohne je den leisesten Wunsch durchblicken zu lassen, sie zu leiten. Nach Chapelouds Tod dachte das alte Mädchen, dem es um einen fügsamen Pensionär zu tun war, selbstverständlich an den Vikar. Das Testament des Kanonikus war noch unbekannt, und Fräulein Gamard hatte die Absicht, die Wohnung des Verstorbenen ihrem lieben Abbé Troubert einzuräumen, der im Parterre nicht gut untergebracht war. Aber als Birotteau kam, um schriftlich mit ihr die Bedingungen festzusetzen, ehe er ihr Pensionär wurde, fand sie ihn in einem solchen Maße in Chapelouds Wohnung verliebt, da er sich jetzt zur Heftigkeit seines Verlangens bekennen durfte, daß sie nicht den Mut hatte, ihm einen Wechsel vorzuschlagen. Ihre Vorliebe für Troubert mußte hinter nackten Geschäftsinteressen zurücktreten. Um den verhätschelten Abbé einigermaßen zu trösten, ließ sie die großen Backsteine aus Château-Renaud, aus denen der Fußboden der Wohnung bestand, durch einen Parkettfußboden ersetzen und einen rauchenden Kamin in Ordnung bringen.

Zwölf Jahre hatte Birotteau mit seinem Freund Chapeloud verkehrt, ohne sich je die Frage zu stellen, worauf denn die ungewöhnliche Harmonie seiner Beziehungen zu Fräulein Gamard zurückzuführen sei. Als er bei diesem frommen Mädchen einzog, war er wie ein Liebhaber, der das Ziel seiner Wünsche erreicht hat. Wäre er nicht bereits an sich von nur sehr geringer Beobachtungsgabe und Intelligenz gewesen, so hätte das ihm bevorstehende Glück ihn viel zu sehr geblendet, als daß es ihm möglich gewesen wäre, Fräulein Gamard zu beurteilen und darüber nachzudenken, auf welche Weise ihre täglichen Beziehungen sich am besten regeln würden. Aus der

Ferne und durch das Prisma materieller Seligkeiten gesehen, die der Vikar in ihrem Hause zu finden hoffte, erschien ihm Fräulein Gamard als vollendetes Wesen, als vollkommene Christin, als ungewöhnlich gütig; sie war die Frau des Evangeliums, eine der klugen Jungfrauen im Vollbesitz der demütigen und bescheidenen Tugenden, die himmlischen Duft über das Leben breiten. Mit dem Enthusiasmus eines Mannes, der ein lang ersehntes Ziel erreicht, mit der Unschuld eines Kindes und der törichten Unbesonnenheit eines Greises ohne Lebenskenntnis, trat er in Fräulein Gamards Leben ein, wie eine Fliege, die in das Netz einer Spinne gerät. Am ersten Tage, an dem er bei ihr einzog und bei ihr aß, blieb er in ihrem Salon, vom Verlangen getrieben, sie kennenzulernen; außerdem stand er im Bann jener merkwürdigen Verlegenheit, die schüchterne Menschen oft daran hindert, ein begonnenes Gespräch abzubrechen, aus Furcht, unhöflich zu erscheinen. So blieb er den ganzen Abend. Fräulein Salomon von Villenoix, ein altes Fräulein, das mit Birotteau befreundet war, kam gleichfalls am Abend. Fräulein Gamard hatte die Freude, eine Partie Boston bei sich arrangieren zu können. Als der Vikar zu Bett ging, fand er, daß er einen sehr hübschen Abend verlebt habe. Da er Fräulein Gamard und Troubert nur sehr wenig kannte, merkte er nur die Oberfläche ihrer Charaktere. Nur wenig Menschen zeigen gleich von Anbeginn an ihre Fehler ganz nackt. Im allgemeinen strebt jeder danach, einen guten Eindruck zu machen. Birotteau kam auf den entzückenden Einfall, seine Abende Fräulein Gamard zu widmen, anstatt sie außer dem

Hause zu verbringen. Die Hausfrau hatte seit einigen Jahren einen Wunsch, der mit jedem Tage heftiger wurde. Dieser Wunsch, den alte Leute und selbst hübsche Frauen haben, war bei ihr so ungestüm geworden wie Birotteaus Verlangen nach Chapelouds Wohnung; Hochmut, Egoismus, Neid und Eitelkeit, die bei den Kindern der Welt überwiegen, waren an diesem Wunsch in gleichem Maße beteiligt. Diese Dinge sind so alt wie die Welt; man braucht den engen Kreis menschlicher Beziehungen nur etwas zu erweitern, um Ereignisse, die sich in den verschiedensten Gesellschaftsschichten abspielen, auf den gleichen Nenner zurückführen zu können. Fräulein Gamard verbrachte ihre Abende abwechselnd in sechs bis acht verschiedenen Häusern. Ob sie nun bedauerte, stets die Gesellschaft anderer aufsuchen zu müssen, oder glaubte, ihrem Alter nach das Recht zu haben, auch gewisse Rücksichten zu beanspruchen, ob ihre Selbstliebe verletzt war, weil sie nicht ihren eigenen Kreis bei sich hatte, oder ihre Eitelkeit nach den Aufmerksamkeiten und Liebenswürdigkeiten verlangte, die ihre Freundinnen genossen, kurz, ihr Ehrgeiz war, ihren Salon zu einem Mittelpunkt zu machen, in den eine größere Zahl von Menschen jeden Abend g e r n käme. Nachdem Birotteau und seine Freundin Fräulein Salomon einige Abende bei ihr verbracht hatten, in Gesellschaft des treuen und geduldigen Troubert, sagte Fräulein Gamard eines Abends, Saint-Gatien verlassend, zu ihren Freundinnen, als deren Sklavin sie sich bisher betrachtet hatte, daß die Menschen, die sie sehen wollten, ebensogut einmal wöchentlich am Abend zu ihr kommen könnten. Eine genügende Zahl von Freunden für eine Bostonpartie wäre stets bei ihr zu treffen; sie könne ihren neuen Pensionär, den Abbé Birotteau, nicht allein lassen, Fräulein Salomon habe auch noch keinen einzigen Abend in der Woche gefehlt; sie gehöre zu ihren Freunden, und im übrigen und außerdem. – Ihre Worte waren von um so demütigerem Stolz und um so größerer Süßlichkeit, als Fräulein Salomon von Villenoix zur vornehmsten Gesellschaft von Tours gehörte. Obgleich Fräulein Salomon ausschließlich um des Vikars willen kam, triumphierte Fräulein Gamard, weil sie in ihrem Salon verkehrte. Dank Birotteau glaubte sie jetzt so weit zu sein, daß sie ihren großen Plan verwirklichen könnte und in ihrem Salon einen Mittelpunkt für einen Kreis bilden würde, der sich an Bedeutung mit dem von Frau von Listomère, Fräulein Merlin de la Blottière und einigen anderen Damen, bei denen die fromme Gesellschaft von Tours verkehrte, messen könnte. Aber Birotteau machte leider alle Hoffnungen von Fräulein Gamard zunichte. Wenn all jene, in deren Leben ein lang gehegter Wunsch verwirklicht wurde, die Freude nachfühlen können, die der Vikar empfand, als er sich in Chapelouds Bett legte, so müssen sie sich auch eine Vorstellung von Fräulein Gamards Kummer machen, als ihr Lieblingsplan hoffnungslos zusammenbrach. Nachdem Birotteau sein Glück sechs Monate hindurch ganz geduldig getragen hatte, wurde er Fräulein Gamards Salon untreu. Selbstverständlich folgte ihm Fräulein Salomon. Trotz ihrer unerhörten Anstrengungen hatte die ehrgeizige Gamard kaum fünf bis sechs Menschen zusammengetrommelt, deren Eifer und Zuverlässigkeit sehr problematisch waren. Es bedurfte aber zum mindesten vier treuer Stammgäste, um eine Partie Boston zu spielen. Sie war also gezwungen, Buße zu tun und ihre früheren Freundinnen wieder aufzusuchen; denn alte Jungfern sind in zu schlechter Gesellschaft, wenn sie nur auf sich angewiesen sind, und daher gezwungen, die zweifelhaften Freuden der Geselligkeit mitzumachen. Der Grund von Birotteaus Flucht ist leicht zu begreifen. Obgleich der Vikar zu jenen gehörte, die einst ins Paradies kommen werden, nach den Worten der Schrift: „Selig sind, die da geistlich arm sind; denn das Himmelreich ist ihr", konnte er doch, wie so viele Dumme, die Langweile, die ihm andere Dumme bereiteten, nicht aushalten. Geistlose Menschen gleichen dem Unkraut, das sich am liebsten in gutem Boden einnistet, je langweiliger sie sind, desto gieriger sind sie darauf, unterhalten zu werden. Die Verkörperung der Langweile, deren Opfer sie sind, und die Notwendigkeit, die sie gleichzeitig empfinden, von sich loszukommen, erzeugt diese Leidenschaft für Wechsel und Bewegung, das Verlangen, dort zu sein, wo sie nicht sind. Sie sind jedes Zartgefühls bar, es geht ihnen wie den Menschen, die ein verfehltes Leben führen oder die durch eigene Schuld leiden. Ohne die Leere von Fräulein Gamard allzu tief zu ergründen oder sich die Enge ihrer Anschauungen zu erklären, erkannte der arme Birotteau, unglücklicherweise zu spät, die Fehler, die sie mit allen alten Jungfern teilte, sowie jene, die ihr noch besonders eigneten. Die schlechten Eigenschaften anderer pflegen uns so schnell in die Augen zu stechen, daß wir sie sehen, lange, ehe wir unter ihnen leiden. Dieses moralische Phänomen könnte bis zu einem gewissen Grade die Neigung rechtfertigen, die uns alle mehr oder weniger dazu bringt, über die unangenehmen Seiten unserer Mitmenschen zu sprechen. Es ist so naheliegend, die Unvollkommenheiten anderer zu verspotten, daß wir die boshaften Anmerkungen, zu denen unsere Schwächen soviel Anlaß bieten, verzeihen und uns nur an offenkundiger Verleumdung stoßen sollten. Aber die Augen des guten Vikars waren nie auf jenen Punkt eingestellt, der den Kindern der Welt hilft, die Härten ihres Nachbars zu übersehen und zu vermeiden. Um die Fehler seiner Wirtin zu erkennen, bedurfte es jenes Hinweises, den die Natur all ihren Geschöpfen gibt: des tatsächlichen Schmerzes! Alte Mädchen, die nicht gewohnt sind, ihren Charakter und ihr Leben anderen Charakteren und einem anderen Leben anzupassen, wie es die Bestimmung der Frau fordert, haben zumeist das Verlangen, sich alles unterzuordnen. Bei Fräulein Gamard war dies Gefühl zu Despotismus ausgeartet; aber dieser Despotismus konnte sich nur an Kleinigkeiten klammern. So sollte zum Beispiel der Korb mit Spielmarken, der auf dem Kartentisch zurechtgestellt war, unbedingt auf dem Platz bleiben, auf den sie ihn gesetzt hatte, und Birotteau kränkte sie sehr, wenn er den Korb auf einen anderen Platz rückte. Dies aber geschah fast jeden Abend. Woher rührt diese Empfindlichkeit, die sich auf die geringfügigsten Kleinigkeiten erstreckt, und welches Ziel hat sie? Das kann niemand ergründen, auch Fräulein Ga-

mard wäre die Antwort schuldig geblieben. Obgleich der neue Pensionär ungewöhnlich sanft veranlagt war, wollte er so wenig wie die Schafe den Stecken zu häufig spüren, und am wenigsten, wenn er mit Spitzen versehen war. Ohne sich Trouberts ungewöhnliche Geduld zu erklären, wollte Birotteau sich dem Glück, das Fräulein Gamard ihm auf ihre Weise zu bereiten behauptete, entziehen; denn sie glaubte, es sei mit dem Glück nicht viel anders als mit eingemachten Früchten. Aber infolge der Harmlosigkeit seines Charakters stellte sich der Unglückliche sehr ungeschickt dabei an. Die Trennung wurde von zahlreichen Spitzen und Stichen begleitet; Birotteau bemühte sich, sie mit Gleichmut zu ertragen.
Als das erste Jahr unter Fräulein Gamards Dach abgelaufen war, hatte der Vikar seine alten Gewohnheiten wieder angenommen. Zwei Abende wöchentlich verbrachte er bei Frau von Listomère, drei bei Fräulein Salomon und die beiden, die noch übrig waren, bei Fräulein Merlin de la Blottière. Diese Damen gehörten zur aristokratischen Gesellschaft von Tours, zu der Fräulein Gamard keinen Zutritt hatte. Die Wirtin war sehr verletzt, als Birotteau sie im Stich ließ und ihr damit ihren geringen Wert zu verstehen gab. Jede Wahl schließt eine gewisse Verachtung für die verworfenen Gegenstände ein.
„Herr Birotteau hat uns nicht liebenswürdig genug gefunden“, sagte Troubert zu Fräulein Gamards Freunden, als sie gezwungen war, ihre Abendgesellschaften wieder aufzugeben. „Das ist ein Mann von Geist, ein Feinschmecker! Ihn verlangt nach einem eleganten äußeren Rahmen, ja

nach Luxus, nach sprühenden Gesprächen und den geistreichen Verleumdungen der Stadt."

Diese Worte veranlaßten Fräulein Gamard stets, ihren Charakter auf Birotteaus Kosten herauszustreichen.

„Es ist nicht so weit her mit seinem Geist", sagte sie. „Ohne den Abbé Chapeloud wäre er nie bei Frau von Listomère empfangen worden. Oh, ich habe durch Chapelouds Tod sehr viel verloren. Welch liebenswürdiger Mensch und wie bezaubernd im Umgang. Während voller zwölf Jahre habe ich nie die geringste Schwierigkeit mit ihm gehabt."

Fräulein Gamard entwarf ein so wenig schmeichelhaftes Bild von Birotteau, daß der unschuldige Pensionär in den Augen dieser bürgerlichen Gesellschaft, die der aristokratischen insgeheim feindlich gesinnt war, als ein schwieriger Herr galt, mit dem nicht gut Kirschen essen war. Dann hatte das alte Mädchen einige Wochen hindurch die Freude, sich von ihren Freundinnen bedauern zu lassen, die, ohne auch nur ein Wort von dem zu glauben, was sie sagten, ihr wiederholt versicherten: „Wie konnten Sie, die so sanft und gütig sind, auf so wenig Sympathie stoßen ..." Oder: „Trösten Sie sich, bestes Fräulein Gamard, man kennt Sie genug, um zu wissen, daß ..."

Aber alle segneten insgeheim den Vikar und waren beglückt, daß sie nicht mehr einmal wöchentlich ins Cloître gehen mußten, da es der einsamste, dunkelste und dem Zentrum am fernsten liegende Platz in Tours war.

Bei Menschen, die unter einem Dach leben, sind Liebe oder Haß in fortwährendem Steigen begriffen, es gibt eine Unzahl von Gründen, um sich immer mehr zu lieben oder zu hassen. Birotteau wurde Fräulein Gamard auf die Dauer unerträglich. Achtzehn Monate, nachdem er bei ihr eingezogen war, im Augenblick, wo der gute Mann das Schweigen des Hasses als stillschweigenden Frieden betrachtete und sich beglückwünschte, daß er das alte Mädchen so gut zu nehmen verstanden habe, war er für sie das Objekt dumpfer Verfolgung und kühl berechneter Rache. Diese vier gewichtigen Anzeichen: die verschlossene Haustür, die vergessenen Hausschuhe, das nicht angesteckte Feuer und der nach oben gebrachte Leuchter konnten ihm allein ihren Haß verraten, dessen letzte Konsequenzen ihn erst in dem Augenblick treffen sollten, wo sie nicht wieder gutzumachen waren. Im Begriff einzuschlafen, zerbrach sich der gute Vikar unnützerweise den Kopf, ohne den Grund von Fräulein Gamards merkwürdig unhöflichem Benehmen zu erraten. Da er, den eingeborenen Gesetzen seines Egoismus entsprechend, durchaus logisch gehandelt hatte, war es ihm unmöglich einzusehen, daß er seiner Wirtin gegenüber im Unrecht war. Wenn die großen Dinge einfach zu erfassen und leicht zu erklären sind, so erfordern die Kleinigkeiten im Leben viele Details. Die Ereignisse, die bis zu einem gewissen Grade die Vorgeschichte dieses bürgerlichen Dramas bilden, das von ebenso heftigen Leidenschaften bewegt wird, als wenn große Interessen im Spiele wären, haben diese lange Einleitung erfordert. Es wäre einem exakten Historiker schwer gefallen, die Entwicklung kürzer darzustellen.

BIROTTEAU DACHTE AM NÄCHSTEN MORgen beim Erwachen so intensiv an sein Kanonikat, daß die vier Anzeichen, die ihm am Abend zuvor die nächste Zukunft in düsterstem Licht erscheinen ließen, seinem Gedächtnis völlig entschwunden waren. Der Vikar gehörte nicht zu jenen, die aufstanden, ehe das Feuer angemacht war. Er läutete, um Marianne zu melden, daß er wach und es für sie Zeit sei, hinaufzukommen. Dann überließ er sich, seiner Gewohnheit gemäß, Wachträumen, aus denen ihn das Dienstmädchen völlig aufrüttelte, wenn sie das Feuer im Kamin ansteckte, im Zimmer hin und her ging und Fragen an ihn richtete. All diese Geräusche waren ihm sehr sympathisch. Eine halbe Stunde verging, ohne daß Marianne erschienen wäre. Der Vikar, der sich halb als Kanonikus fühlte, war im Begriffe, aufs neue zu läuten, als er einen männlichen Schritt auf der Treppe hörte. Troubert, der leise angeklopft hatte, trat auf Birotteaus „Herein" ins Zimmer. Dieser Besuch, den sich die beiden Abbés regelmäßig einmal im Monat machten, überraschte den Vikar keineswegs. Der Kanonikus wunderte sich, daß Marianne das Feuer bei seinem Quasi-Kollegen noch nicht angesteckt habe. Er machte das Fenster auf, rief Marianne in befehlshaberischem Tone, zu Birotteau zu kommen, und wandte sich an den Vikar:

„Wenn Fräulein Gamard wüßte, daß bei Ihnen noch nicht eingeheizt ist, so würde sie Marianne ausschelten."

Nach diesen Worten erkundigte er sich nach Birotteaus Gesundheit und fragte ihn mit zärtlicher Stimme, ob er Aussichten habe, bald Kanonikus

zu werden. Der Vikar berichtete ihm über die von ihm gemachten Schritte und erzählte ihm in seiner Naivität, bei wem Frau von Listomère sich für ihn verwende, ohne zu ahnen, daß Troubert es dieser Dame nicht verziehen hatte, daß sie ihn nicht in ihrem Salon empfing, ihn, den Abbé Troubert, der bereits zweimal zum Generalvikar des Kirchspiels vorgeschlagen war.
Zwei größere Gegensätze als diese beiden Abbés könnte man kaum finden. Der lange hagere Troubert hatte eine gelbliche, gallige Gesichtsfarbe, während der Vikar wohlbeleibt war und sein rundes, rotes Gesicht eine Gutmütigkeit verriet, die nicht von Gedanken beschwert war, Trouberts langes, von tiefen Runzeln durchfurchtes Gesicht hatte dagegen in gewissen Augenblicken einen Ausdruck von Verachtung oder Ironie, und doch galt es, das Gesicht aufmerksam zu prüfen, um diese Empfindungen zu entdecken. Der Kanonikus war im allgemeinen ungewöhnlich ruhig; seine Lider waren fast stets über seine bernsteinfarbenen Augen gesenkt, deren Blick zuweilen ganz hell und durchdringend werden konnte. Rote Haare vervollständigten seine düstere Physiognomie; man merkte es ihm an, daß er schwere Gedanken in seinem Gehirn wälzte. Manche Leute hatten geglaubt, daß er von leidenschaftlichem Ehrgeiz verzehrt sei, aber jene, die behaupteten, ihn besser zu kennen, hatten diese Ansicht zerstört. Sie waren der Überzeugung, daß Fräulein Gamards Despotismus ihn stumpfsinnig gemacht und zu langes Fasten seinen Organismus angegriffen habe. Er sprach wenig und lachte nie. Wenn es ihm passierte, angenehm erregt zu sein, so er-

glänzte ein schwaches Lächeln über seinen Zügen, das sich aber bald in den Falten seines Gesichtes verlor. Birotteau war im Gegenteil ganz Überschwang, ganz Aufrichtigkeit, er aß gern gut und amüsierte sich über die harmlosesten Dinge mit der Einfalt eines Menschen ohne Galle und Bosheit. Troubert löste auf den ersten Blick ein unwillkürliches Angstgefühl aus, während der Vikar ein sanftes Lächeln entlockte. Wenn der Kanonikus durch die Bogengänge und Seitenschiffe von Saint-Gatien mit feierlichem Schritt, geneigter Stirn und strengem Blick einherschritt, so flößte er Respekt ein. Seine schlanke Figur entsprach den Wölbungen der Kathedrale, die Falten seines Priesterrockes hatten etwas Monumentales, das eines Bildhauers nicht unwürdig wäre. Aber der gute Vikar bewegte sich ohne Feierlichkeit in der Kirche, er ging mit trippelnden Schritten hin und her und schien um sich selbst zu rollen. Und doch hatten die beiden Männer bei aller Verschiedenheit etwas Gemeinsames. In demselben Maße wie Trouberts ehrgeizige Art, die gewisse Angstgefühle auslöste, dazu beigetragen haben mochte, ihn zur unbedeutenden Rolle eines einfachen Kanonikus zu verdammen, schienen Birotteaus Haltung und Charakter ihn zum lebenslänglichen Vikar zu verurteilen. Mit fünfzig Jahren hatte Troubert es verstanden, durch sein diskretes Verhalten, seinen scheinbar völligen Mangel an Ehrgeiz und durch seine tadellose Lebensführung die Sorgen zu zerstreuen, die seine verborgenen Fähigkeiten und sein unheimliches Äußeres seinen Vorgesetzten eingeflößt hatten. Da auch seine Gesundheit seit einem Jahre sehr gelitten hatte, schien seine Ernennung zum Generalvikar des Erzbistums wahrscheinlich. Selbst seine Mitbewerber wünschten seine Ernennung, um in der kurzen Zeit, die ihm infolge einer chronischen Krankheit vergönnt war, die ihre um so besser vorbereiten zu können. Birotteau war weit davon entfernt, die gleichen Hoffnungen zu erwecken, sein dreifaches Kinn war vielmehr für seine Konkurrenten, die ihm sein Kanonikat strittig machten, das Symptom seiner blühenden Gesundheit, selbst seine Gicht war ihnen, dem Sprichwort gemäß, ein Beweis für seine Langlebigkeit. Chapeloud, ein ungewöhnlich kluger Mensch, der infolge seiner Liebenswürdigkeit bei der guten Gesellschaft und der hohen Geistlichkeit sehr gern gesehen war, hatte stets heimlich mit sehr viel Klugheit gegen die Beförderung von Troubert gearbeitet, ja er hatte ihm sogar sehr geschickt den Zugang zu den ersten Salons von Tours zu versperren gewußt, trotzdem Troubert ihn zeitlebens mit sehr viel Respekt behandelt und ihm bei jeder Gelegenheit seine Ehrfurcht bewiesen hatte. Diese angelegentlichst zur Schau getragene Unterwürfigkeit hatte die Ansicht des verstorbenen Kanonikus nicht verändert; noch auf seinem letzten Spaziergang hatte er zu Birotteau gesagt: „Nehmen Sie sich vor dem hageren Troubert in acht! Das ist Sixtus V., auf die Proportionen eines Bistums reduziert.“ So war der Freund und Tischgenosse von Fräulein Gamard, der unmittelbar, nachdem sie dem armen Birotteau gewissermaßen den Krieg erklärt hatte, bei ihm erschien, um ihm einen Beweis seiner Freundschaft zu geben.

„Sie müssen Marianne entschuldigen“, sagte der

Kanonikus, als das Mädchen ins Zimmer trat. „Sie hat vermutlich bei mir angefangen. Meine Zimmer sind sehr feucht, und ich habe die ganze Nacht gehustet. – Ihre Wohnung ist trocken und gesund“, fügte er hinzu und warf einen Blick auf das Karnies.

„Oh, ich bin wie ein Kanonikus untergebracht“, antwortete Birotteau lächelnd.

„Und ich wie ein Vikar“, sagte der Priester demütig.

„Ja, aber Sie werden bald im Erzbistum wohnen“, tröstete Birotteau gutmütig; er wollte, daß alle Menschen zufrieden seien.

„Oder auf dem Friedhof. Aber der Wille des Herrn geschehe!“ Und Troubert blickte resigniert nach oben. „Ich komme,“ fügte er hinzu, „um Sie zu bitten, mir das Grundbuch für die Bischöfe zu leihen. Sie allein in Tours besitzen dieses Werk.“

„Nehmen Sie es aus meiner Bibliothek“, sagte Birotteau, den die letzten Worte des Kanonikus an alle Freuden und Sehnsüchte seines Lebens erinnerten.

Der Kanonikus ging in die Bibliothek und blieb dort, während der Vikar sich anzog. Die Frühstücksglocke erklang bald darauf; der rheumatische Birotteau dachte, daß er ohne Trouberts Besuch sich im kalten Zimmer hätte anziehen müssen, und kam zum Schluß: „Er ist doch ein guter Mensch!“

Die beiden Priester gingen zusammen die Treppe hinunter, jeder mit einem gewaltigen Folioband unter dem Arm, die sie im Speisezimmer auf den Beisetztisch niederlegten.

„Was bedeutet das?" fragte Fräulein Gamard scharf und wandte sich an Birotteau. „Ich hoffe, Sie haben nicht die Absicht, mein Speisezimmer mit Ihren Büchern vollzustopfen."
„Ich brauche die Bücher," antwortete Troubert, „der Herr Vikar hatte die Freundlichkeit, sie mir zu leihen."
„Das hätte ich mir gleich sagen müssen", sagte sie, während ein verächtliches Lächeln um ihre Lippen spielte. „Herr Birotteau benützt diese umfangreichen Bücher nicht gerade häufig."
„Wie geht es Ihnen, Fräulein Gamard?" fragte Birotteau mit Flötenstimme.
„Nicht eben gut", sagte sie in trockenem Ton. „Durch Ihre Schuld wurde ich gestern aus meinem ersten Schlaf geweckt, und habe dies die ganze Nacht gemerkt." Fräulein Gamard setzte sich und fügte hinzu: „Meine Herren, die Milch wird kalt."
Überrascht, von der Hausfrau so unliebenswürdig empfangen zu werden, während er ihre Entschuldigungen erwartete, aber wie alle schüchternen Menschen vor der Aussicht auf eine Diskussion, namentlich wenn sie selbst im Mittelpunkt stehen, zurückschreckend, setzte sich der arme Vikar schweigend zu Tisch. Fräulein Gamard war ihre schlechte Laune deutlich anzumerken; Birotteau war im Zwiespalt, sein Verstand bäumte sich gegen diesen Mangel an Rücksicht bei seiner Wirtin auf, andererseits veranlaßte ihn sein friedliebender Charakter, einem Streit möglichst aus dem Wege zu gehen. In diesem inneren Kampf besah Birotteau die großen grünen Schraffierungen auf dem Wachstuch, das Fräulein Gamard nach uraltem

Brauch während des Frühstücks auf dem Tisch liegen ließ; sie setzte sich großzügig über den abgegriffenen Rand und die vielen Wunden dieser Decke hinweg. Die beiden Pensionäre saßen jeder in seinem Rohrlehnstuhl einander gegenüber an den beiden Enden des stattlichen viereckigen Tisches. In der Mitte thronte die Wirtin auf ihrem hohen mit Kissen bedeckten Stuhl, der gegen den Ofen stand. Das Speisezimmer und der gemeinsame Salon lagen im Parterre, unterhalb des Schlafzimmers und des Salons von Birotteau. Als der Vikar seine Tasse von Fräulein Gamard entgegennahm, erstarrte er über die tiefe Stille, in der sich das sonst so gemütliche Frühstück abspielen sollte. Er wagte weder Trouberts strenges Gesicht noch das bewölkte, gewitterschwangere Antlitz des alten Mädchens anzusehen; um Haltung zu wahren, wandte er sich der dicken kleinen Bulldogge zu, die auf einem Kissen neben dem Ofen lag und sich nie von diesem Platz rührte, denn zu ihrer Linken stand stets ein Schüsselchen mit Futter und zu ihrer Rechten Trinkwasser.
„Nun, mein Liebling," sagte er, „du wartest auf deinen Kaffee."
Der Hund, der zu den wichtigsten Bewohnern des Hauses gehörte, aber in keiner Weise störend wirkte, da er nicht bellte und es seiner Herrin überließ, das große Wort zu führen, sah Birotteau mit seinen kleinen Augen an, die von den Fettschichten seiner Stirn überwuchert wurden. Dann schloß er seine Augen heimtückisch. Um die Qualen des armen Vikars zu begreifen, muß man hinzufügen, daß er von Natur schwatzhaft und der Überzeugung war, ohne den Ärzten allerdings

auch nur den leisesten Grund für seine Behauptung angeben zu können, daß ein Gespräch bei Tische die Verdauung befördere. Fräulein Gamard, die sich gleichfalls zu diesem hygienischen Prinzip bekannte, hatte trotz der zwischen ihnen bestehenden Spannung noch nie versäumt, sich bei Tisch mit ihm zu unterhalten. Aber nun hatte seit einer Reihe von Tagen der Vikar vergebens seine Intelligenz angestrengt, um seiner Wirtin durch belanglose Fragen die Zunge zu lösen. Wenn der enge Rahmen, in dem sich die Geschichte abspielt, es zuließe, auch nur eines der Gespräche wiederzugeben, die fast immer ein bitteres und sardonisches Lächeln beim Abbé Troubert auslösten, so wäre dies ein vollendetes Gemälde des böotischen Lebens der Provinz. Birotteaus und Fräulein Gamards persönliche Meinungen über Politik, Religion und Literatur entbehrten einer grotesken Komik nicht. Beide waren um ernsthafte Gründe nicht verlegen, um 1826 an Napoleons Tod zu zweifeln, sie waren auch fest davon überzeugt, daß Ludwig XVII. noch am Leben und in einem leeren Faß gerettet worden sei. Sie behaupteten mit unfehlbarer Sicherheit, daß der König von Frankreich in höchsteigener Person über alle Steuern verfüge, daß die Kammern nur zusammengetreten seien, um den Klerus zu vernichten, daß mehr als dreizehnhunderttausend Menschen während der Revolution auf dem Schafott hingerichtet worden seien. Sie sprachen über die Presse, ohne die Zahl der Zeitungen zu kennen, ja, ohne die geringste Vorstellung zu haben, was diese moderne Waffe tatsächlich bedeute. Birotteau hörte Fräulein Gamard mit größter Aufmerksamkeit zu, wenn sie erzählte, daß ein Mensch, der jeden Morgen ein Ei äße, unfehlbar vor Ende des Jahres sterben müsse; Fälle dieser Art ließen sich nachweisen; daß ein weiches Brötchen, das einige Tage hintereinander trocken, ohne dazu zu trinken, gegessen wird, ein unfehlbares Mittel sei, um Hüftweh zu heilen; daß alle Arbeiter, die an der Zerstörung der Abtei Saint-Martin gearbeitet hätten, im Laufe von sechs Monaten gestorben seien; daß ein Präfekt unter Bonaparte sein möglichstes getan hätte, um die Türme von Saint-Gatien zu zerstören, und ähnlichen Unsinn.

Aber in diesem Augenblick war Birotteaus Zunge gelähmt. Er beschloß zu essen, ohne ein Gespräch anzuknüpfen. Bald aber schien ihm dies Schweigen seine Verdauung zu gefährden, und so entschloß er sich kühn, zu sagen: „Der Kaffee ist vorzüglich!" Dieser Mut war ganz überflüssig. Nachdem er zum Fenster hinausgesehen und sich durch den Anblick des Stückchen Himmels getröstet hatte, das zwischen der Gartenmauer und den beiden dunklen Strebepfeilern von Saint-Gatien sichtbar war, hatte er noch den Mut hinzuzufügen: „Wir haben heute einen schöneren Tag als gestern . . ."

Bei dieser Bemerkung begnügte sich Fräulein Gamard damit, Troubert mit bezauberndem Augenaufschlag anzuschmachten, um dann Birotteau mit strengem Blick zu messen. Glücklicherweise hatte er die Lider gesenkt.

Kein weibliches Geschöpf auf Erden ist eine würdigere Repräsentantin des Typus der alten Jungfer als Sophie Gamard. Aber um ein Wesen zu schildern, dessen Charakter die Ereignisse dieses

Dramas bedingt, ist es notwendig, sich darüber klar zu sein, daß das tägliche Leben unsere Seele modelt und die Seele unseren Gesichtsausdruck bestimmt. Wenn alles in der Gesellschaft wie in der Welt einem Ziele zustrebt, so gibt es sicherlich auf Erden einige Existenzen, deren Ziel und deren Nützlichkeit unbegreiflich sind. Aus sittlichen wie aus nationalökonomischen Gründen erscheint uns ein Individuum, das konsumiert, ohne zu produzieren, das einen Platz auf Erden einnimmt, ohne Gutes oder Böses zu tun, gleich verwerflich; denn das Böse ist sicherlich eine besondere Abart des Guten, dessen Resultate sich nicht unmittelbar äußern. Es geschieht selten, daß alte Jungfern sich nicht von selbst in die Klasse der unproduktiven Wesen einreihen. Wenn das Bewußtsein, seinen Platz auszufüllen, dem handelnden Wesen ein Gefühl der Befriedigung gibt, das ihm hilft, das Leben zu tragen, so muß die Gewißheit, ein nutzloses Sein zu führen, die entgegengesetzte Wirkung haben und im untätigen Menschen selbst das Gefühl der Verachtung erwecken, das er bei anderen auslöst. Dieser harte Tadel der Gesellschaft ist einer der Gründe, der, den alten Jungfern unbewußt, dazu beiträgt, in ihre Seelen den Kummer zu senken, den ihre Gesichter ausdrücken. Ein Vorurteil, in dem vielleicht ein Körnchen Wahrheit ist, verdammt überall, und in Frankreich mehr als in jedem anderen Lande, die Frau, mit der niemand die Freuden und Leiden des Lebens teilen wollte. Für unverheiratete Frauen kommt ein gewisses Alter, in dem die Welt sie mit Recht oder Unrecht wegen der Verachtung verurteilt, deren Opfer sie sind.

Sind sie häßlich, so hätten ihre sittlichen Eigenschaften die Unvollkommenheiten der Natur ausgleichen sollen; sind sie dagegen hübsch, so wird ihre Einsamkeit noch viel schärfer verurteilt. Man weiß nicht, welcher Typus der verwerflichere ist. Wenn alte Jungfern Ehelosigkeit aus einem Verlangen nach Unabhängigkeit angestrebt haben, so verzeihen ihnen weder die Männer noch die Mütter, daß sie die Bestimmung der Frau verleugnet haben, weil sie sich gegen Gefühle verschlossen haben, die ihr Geschlecht so anziehend machen. Schmerzen nicht ertragen wollen, heißt auch auf deren Schönheit verzichten und kein Recht auf Trost haben, auf den Mütter stets unbestrittenen Anspruch erheben. Außerdem entwickeln sich die besten Eigenschaften der Frau, ihre Selbstlosigkeit und ihre Fähigkeit der Hingabe nur durch stete Übung. Wenn ein dem weiblichen Geschlecht angehöriges Geschöpf unverheiratet bleibt, so entbehrt sein Leben des Sinnes, eine kalte egoistische Frau erweckt nur Abneigung. Dieser unerbittliche Urteilsspruch ist unglücklicherweise zu gerecht, als daß seine Gründe alten Jungfern unbekannt wären. Gedanken dieser Art können sie sich so wenig erwehren, wie sie es zu hindern vermögen, daß das Stigma ihres traurigen Lebens sich ihren Zügen aufprägt. Sie verwelken, denn sie haben Glück und Hingabe, unter deren Einwirkung das Gesicht der Frauen aufblüht, nie gekannt. Sie werden scharf und bitter, denn ein Mensch, der seine Bestimmung verfehlt hat, ist unglücklich. Er leidet, und aus seinem Leiden entwickelt sich seine Bosheit. Lange, ehe alte Mädchen die Schuld für ihre Einsamkeit in sich suchen, machen sie die Welt dafür verantwortlich. Von diesem Vorwurf bis zum Verlangen nach Rache ist nur ein Schritt. Die schlechte Laune, mit der sie sich und andere quälen, ist auch nur die selbstverständliche Konsequenz ihres Lebens. Da sie nie den Wunsch gehabt haben zu gefallen, sind ihnen Eleganz und Geschmack fremd. Sie sehen nur sich. Dieses Gefühl bringt sie dazu, die Dinge zu wählen, die ihnen bequem sind, auf Kosten jener, die anderen angenehm sein könnten. Ohne sich über den zwischen ihnen und anderen Frauen herrschenden Unterschied Rechenschaft zu geben, empfinden sie ihn schließlich und leiden darunter. Eifersucht ist ein dem weiblichen Herzen tief eingewurzeltes Gefühl. Alte Mädchen sind an sich eifersüchtig, ohne besonderen Grund, sie kennen nur die Leiden der Eifersucht, der einzigen Leidenschaft, die Männer dem schönen Geschlecht verzeihen, weil sie ihnen schmeichelt. In all ihren Wünschen unbefriedigt und gepeinigt, gezwungen die Entwicklung ihrer Natur zu unterbinden, empfinden alte Mädchen stets ein inneres Unbehagen. Es ist immer hart, und besonders für eine Frau, auf allen Gesichtern ein Gefühl der Abneigung zu lesen, während es doch ihre Bestimmung ist, in allen Herzen zärtliche Empfindungen zu erwecken. Ein altes Mädchen hat stets einen unfreien Blick, sie senkt ihre Lider, weniger aus Bescheidenheit als aus Angst und Scham. Diese Geschöpfe verzeihen der Gesellschaft ihre falsche Stellung nicht, weil sie sie sich selbst nicht verzeihen. Einem Menschen, der in beständigem Kampf mit sich selbst begriffen ist und im Widerspruch zum Leben steht, ist es unmöglich, die andern in Frieden zu lassen und ihnen ihr Glück neidlos zu gönnen. Solche traurigen Gedanken spiegelten sich in Sophie Gamards grauen, schwermütigen Augen; die großen schwarzen Ränder verrieten die vielen Kämpfe ihres einsamen Lebens. Alle Runzeln ihres Gesichtes verliefen geradlinig. Die Form ihrer Stirn, ihres Kopfes, ihrer Wangen war hart und streng. Sorglos ließ sie die Härchen auf ihrem Kinn wachsen. Ihre schmalen Lippen deckten kaum ihre übermäßig langen Zähne, die weiß geblieben waren. Ihr einst schwarzes Haar war infolge grausamer Kopfschmerzen weiß geworden. Dieser Umstand zwang sie, eine falsche Haartour zu tragen; da sie aber zu ungeschickt war, um ihr Vorhandensein zu verbergen, gab es zuweilen kleine Zwischenräume zwischen dem Rand ihrer Haube und dem schmalen schwarzen Band, mit dem sie diese schlecht sitzende Halbperücke befestigte. Ihr dunkelbraunes Kleid aus Taft im Sommer und aus Wolle im Winter schloß sich ihrem reizlosen Körper und ihren mageren Armen zu knapp an. Ihre stets offene Halskrause ließ einen Hals sehen, dessen rote Haut gestreift war wie ein gegen das Licht gehaltenes Eichenblatt. Ihr Ursprung erklärte ihren unglücklichen Körperbau ohne weiteres. Sie war die Tochter eines Holzhändlers, der sich allmählich aus dem Bauernstand heraufgearbeitet hatte. Mit achtzehn Jahren war sie vielleicht frisch und rundlich, aber von dem einst weißen Teint und den frischen Farben, deren sie sich rühmte, war nichts übrig geblieben. Ihr Fleisch hatte jenen fahlen Ton bekommen, der bei frommen Betschwestern nicht selten ist. Am

deutlichsten von all ihren Zügen verriet ihre Adlernase den Despotismus ihrer Anschauungen, ebenso wie ihr enger Geist in der platten Form ihrer Stirn zutage trat. Ihre Bewegungen waren von einer seltsamen Plötzlichkeit, die jede Grazie ausschloß; wenn man beobachtete, wie sie ihr Taschentuch herauszog, um sich geräuschvoll zu schneuzen, so konnte man sich allein schon daraus ein klares Bild ihres Charakters und ihrer Gewohnheiten machen. Sie war ziemlich groß, hielt sich kerzengerade und rechtfertigte die Beobachtung eines Physiologen, der den Gang aller alten Mädchen physisch dadurch erklärt hat, daß er behauptet, ihre Gelenke verhärten sich und wachsen ineinander. Sie ging, ohne daß der Körper die Bewegungen mitmachte, und doch entstehen nur auf diese Weise die bei Frauen so anziehenden wellenförmigen Bewegungen. Sie ging gewissermaßen aus einem Stück, und schien bei jedem Schritt wie die Statue des Komturs aus dem Boden zu wachsen. Wenn sie guter Laune war, ließ sie wie alle alten Mädchen durchblicken, daß sie Gelegenheit genug gehabt hätte zu heiraten, aber sie habe glücklicherweise rechtzeitig entdeckt, wie wenig zuverlässig ihr Verlobter sei. Ohne es zu ahnen, spielte sie sich zum Anwalt ihres berechnenden Verstandes ihrem Herzen gegenüber auf.
Für diese typische alte Jungfer bildete die groteske Tapete des Speisezimmers einen vorzüglichen Hintergrund. Es waren türkische Landschaften auf stark glänzendem Papier. In diesem Raum, in dem es zwei Wandtische und ein Barometer gab, hielt sich Sophie Gamard mit Vorliebe auf. Auf den Stühlen beider Abbés lagen ge-

stickte Kissen, deren Farben verblichen waren. Der gemeinsame Salon, in dem sie empfing, war ihrer würdig. Er wurde der gelbe Salon genannt: Tapete, Polstermöbel und Vorhänge waren gelb. Über dem Kamin hing ein Spiegel in goldenem Rahmen; Leuchter und eine Stehuhr in gläsernem Gehäuse hatten einen scharfen stechenden Glanz. Der Zutritt in Sophie Gamards Privatraum war strengstens untersagt. Man konnte nur schließen, daß das Zimmer voll war von verschlissenen Stühlen, von überflüssigem, verbrauchtem Trödelkram, von Fetzen, mit denen sich alle alten Mädchen umgeben und an denen sie so hängen.

So war die Frau beschaffen, die bestimmt war, in die letzten Tage des Abbé Birotteau entscheidend einzugreifen.

Da es ihr nicht vergönnt war, die Tätigkeit zu entfalten, die nach den Bestimmungen der Natur der Frau am gemäßesten ist, und da sie gezwungen war, sich irgendwie zu verausgaben, hatte das alte Mädchen sich ganz auf kleinliche Intrigen, auf Provinzklatsch und auf egoistische Kombinationen geworfen, die am Ende die Hauptbeschäftigung aller alten Jungfern werden. Birotteau hatte unglücklicherweise bei Sophie Gamard die einzigen Empfindungen ausgelöst, deren dieses arme Geschöpf fähig war, den Haß. Bisher waren ihre Haßgefühle infolge der Ruhe und Eintönigkeit des engen Provinzlebens latent; jetzt sollten sie um so intensiver werden, als sie sich auf die kleinen Dinge einer engen Sphäre erstreckten. Birotteau gehörte zu jenen Menschen, die zum Leiden bestimmt sind; da sie nichts vorauszusehen imstande sind, können sie auch keinerlei Unannehmlichkeiten entgehen: alles Peinliche passiert ihnen.

„Ja, es wird ein schöner Tag", antwortete der Kanonikus nach einem Augenblick, wie aus einem Traum erwachend, in der Absicht, nicht gegen die Gesetze der Höflichkeit zu verstoßen.

Birotteau erschrak über die Pause zwischen Frage und Antwort. Zum erstenmal in seinem Leben hatte er seinen Kaffee schweigend eingenommen, er verließ das Speisezimmer; sein Herz war wie in einen Schraubstock gepreßt. Die Tasse Kaffee lag ihm schwer im Magen, um seine Verdauung zu fördern, ging er traurig auf den schmalen, mit Buchsbaum eingefaßten, sternförmig im Garten angelegten Wegen auf und ab. Aber als er sich zum erstenmal umwandte, sah er Fräulein Gamard und Troubert, schweigend nebeneinander in der Salontür stehen: er, mit verschränkten Armen, unbeweglich wie eine Grabstatue, sie gegen die Tür gelehnt. Beide schienen ihm nachzusehen und die Zahl seiner Schritte zu zählen. Nichts ist für einen von Natur schüchternen Menschen peinlicher, als sich beobachtet zu fühlen; wenn aber die Augen des Hasses auf ihm ruhen, so wird das Leiden zu einem unerträglichen Martyrium. Birotteau bildete sich ein, daß er Fräulein Gamard und den Kanonikus daran hindere, spazieren zu gehen. Dieser Gedanke, den ihm Angst und Güte eingaben, beherrschte ihn dergestalt, daß er den Garten verließ. Der Despotismus des alten Mädchens bedrückte ihn so, daß er nicht einmal an das bevorstehende Kanonikat dachte. Zufälliger- und für ihn glücklicherweise wartete seiner viel Arbeit in Saint-Gatien: mehrere Begräbnisse, eine Hochzeit und zwei Taufen. Darüber vergaß er seinen Kummer. Als sein Magen zu knurren begann, zog er die Uhr und sah zu seinem Entsetzen, daß es bereits einige Minuten nach vier Uhr war. Er kannte Fräulein Gamards Pünktlichkeit und ging schleunigst nach Haus.

In der Küche sah er, daß der erste Gang bereits abgetragen war. Als er ins Speisezimmer kam, sagte ihm das alte Mädchen in scharfem, vorwurfsvollem Ton, in dem aber gleichzeitig die Freude durchklang, ihren Pensionär mit Recht tadeln zu können: „Es ist halb fünf, Herr Birotteau. Sie wissen, daß wir abgemacht haben, nicht aufeinander zu warten.“

Der Vikar sah auf die Wanduhr im Speisezimmer. Die Art, wie die Gaze darüber gespannt war, um die Uhr vor Staub zu schützen, bewies ihm, daß seine Wirtin die Uhr im Laufe des Tages aufgezogen und sich die Freude gemacht hatte, sie gegen die Turmuhr von Saint-Gatien vorzustellen. Es war nicht möglich, etwas dagegen zu sagen. Wenn der Vikar den leisesten Verdacht geäußert hätte, so wäre eine sehr peinliche Auseinandersetzung gekommen, und Fräulein Gamard hätte wie alle Frauen ihrer Klasse es glänzend verstanden, sich mit ungeheurer Zungenfertigkeit völlig reinzuwaschen. Für die tausend Widerwärtigkeiten, die ein Dienstmädchen ihrem Herrn oder eine Frau ihrem Gatten in den täglichen Bedürfnissen des Lebens bereiten kann, hatte Sophie Gamard einen untrüglichen Instinkt, sie überschüttete ihren Pensionär mit diesem Füllhorn ihrer Gaben. Die Art, mit der sie es fertig brachte, eine Verschwörung gegen das tägliche Behagen des armen Priesters anzuzetteln, bewies eine wahrhaft geniale boshafte Anlage. Dabei verstand sie stets den Schein zu wahren und sich nicht ins Unrecht zu setzen.

☆

ACHT TAGE NACH DEM ZEITPUNKT, AN DEM diese Geschichte beginnt, erriet Birotteau aus den Vorgängen im Hause und aus Fräulein Gamards Benehmen, daß ein Anschlag gegen ihn geplant sei, der bereits sechs Monate alt war. Solange das alte Mädchen seine Rache im stillen geübt hatte, und der Vikar in seiner Harmlosigkeit an ihre bösen Absichten nicht geglaubt hatte, hatte er nur wenig darunter gelitten. Aber seitdem er den Leuchter in seinem Zimmer gefunden hatte und die Uhr mit Absicht vorgerückt worden war, konnte er nicht mehr daran zweifeln, daß er das unglückliche Opfer eines Hasses war, der stets sprungbereit auf ihn lauerte. Er war in Verzweiflung, da er zu jeder Stunde die knochigen hageren Finger von Sophie Gamard im Begriffe sah, nach seinem Herzen zu greifen. Beglückt, von einem Empfinden beherrscht zu sein, das an Aufregungen so ergiebig ist wie das der Rache, gefiel sich das alte Mädchen darin, über dem Vikar zu kreisen wie ein Raubvogel über einer Feldmaus, ehe er sie verschlingt. Sie hatte längst einen Plan gefaßt, den der vor den Kopf gestoßene Priester nicht erraten konnte, sie steuerte nun in nachtwandlerischer Sicherheit ihrem Ziel zu und bewies dabei das Genie, das einsame Menschen in kleinen Dingen aufbringen können, deren Seelen, der Größe wahrer Frömmigkeit unfähig, sich auf kleinliche Andachtsübungen geworfen haben. Noch eine grausame Verschärfung all der Qualen trat hinzu! Die Art seiner Leiden brachte Birotteau, eine mitteilsame Natur, die sich gern bemitleiden ließ, selbst um die unschuldige Freude, sich von seinen Freunden trösten zu lassen. Das geringe Maß von Takt, das er seiner Schüchternheit verdankte, warnte ihn davor, sich lächerlich zu machen und sich über solche Albernheiten zu beklagen. Und doch bestand sein ganzes Leben aus diesen Albernheiten, sein ganzes teures Leben war voll nichtiger Tätigkeit. Er führte ein graues, einförmiges Leben, starke Gefühle galten ihm als Unglück, und das Fehlen jeder Aufregung als Glück. Das Paradies des armen Priesters verwandelte sich plötzlich in eine Hölle. Seine Leiden wurden unerträglich. Die Furcht vor einer Auseinandersetzung mit Fräulein Gamard wuchs mit jedem Tage. Das geheime Unglück, das an ihm fraß, begann selbst auf seine Gesundheit einen schädlichen Einfluß auszuüben. Eines Morgens, als er seine buntgewebten blauen Strümpfe anzog, sah er, daß der Umfang seiner Waden beträchtlich schmäler geworden war. Bestürzt ob dieses so grausam deutlichen Beweises seines schlechten Befindens beschloß er, Troubert zu bitten, zwischen Fräulein Gamard und ihm zu vermitteln.

Als der Vikar sich dem imposanten Kanonikus gegenüberfand, der, um ihn in einem neutralen Raum zu empfangen, schleunigst sein Arbeitszimmer verlassen hatte, das voll von Manuskripten war, und in das niemand eindringen durfte, schämte er sich beinahe, zu jemand, der so ganz in ernsthaftester Arbeit aufging, von Fräulein Gamards unablässigen Nadelstichen zu sprechen. Aber nachdem er alle Qualen innerer Kämpfe durchgemacht hatte, die demütigen, unentschlossenen und schwachen Menschen selbst die geringfügigsten Dinge bereiten, beschloß er, während sein Herz vor Erregung klopfte, Troubert die Schwierigkeiten seiner Lage auseinanderzusetzen. Der Kanonikus hörte mit ernster, kalter Miene zu, er versuchte zuweilen vergebens, ein Lächeln zu unterdrücken; ein intelligenterer Beobachter hätte daraus ersehen, daß Troubert mit dem Verlauf der Dinge nicht eben unzufrieden war. Unter seinen Lidern brannte eine Flamme, als Birotteau ihm mit der Beredsamkeit, die wahre Empfindungen eingeben, die Leiden schilderte, mit denen sein Alltag bis zum Rande vollgefüllt war, aber Troubert bedeckte mit einer Bewegung, die Denkern geläufig ist, seine Augen mit der Hand und wahrte seine Würde. Als der Vikar mit seinen Klagen zu Ende war, wäre er in arge Verlegenheit geraten, wenn er auf Trouberts Gesicht, das noch gelbere Flecken als gewöhnlich aufwies, Spuren von Mitgefühl hätte finden wollen. Nach einem Augenblick des Schweigens gab der Kanonikus eine jener Antworten, deren Worte lange überdacht werden mußten, um ihre ganze Tragweite zu ermessen. Nachdenkliche Menschen konnten später die erstaunliche Kraft seines Geistes daraus erkennen. Seine Antwort war für Birotteau niederschmetternd; er sagte ihm: diese Dinge überraschten ihn um so mehr, als er sie ohne Birotteaus Beichte nie bemerkt hätte. Dieser Mangel an Scharfsicht sei wohl auf seine ernsthaften Arbeiten zurückzuführen, auf die Tyrannei gewisser hochfliegender Gedanken, die ihn daran hinderten, den Kleinkram des Lebens wahrzunehmen. Er bemerkte, wußte aber dabei den Schein zu vermeiden, als wenn er einen Priester, dessen Alter und Erfahrung Ehrfurcht erforderten, tadeln wollte, daß „die Einsiedler in der Thebais früher weder an ihre Nahrung noch an das Dach über ihrem Haupte gedacht, sondern nur heiligen Betrachtungen gelebt hätten, heutzutage könne sich der Priester durch die Kraft der Idee überall eine Thebais schaffen". Dann fügte er, auf Birotteaus Fall eingehend, hinzu: Die Klagen des Vikars seien ihm ganz neu. Während voller zwölf Jahre habe sich nichts Ähnliches zwischen Fräulein Gamard und dem verehrten Abbé Chapeloud ereignet. Sicherlich könne er die Rolle des Schiedsrichters zwischen dem Vikar und ihrer gemeinsamen Wirtin übernehmen, weil seine Freundschaft für Fräulein Gamard die von der Kirche ihren treuen Dienern vorgeschriebenen Grenzen keineswegs überschreite, aber die Gerechtigkeit fordere, daß er auch Fräulein Gamard höre. Er fände sie übrigens in keiner Weise verändert, sie sei ihm stets so erschienen; er hätte sich auch willig einzelnen Sonderbarkeiten gefügt, da diese verehrungswürdige Dame die Güte und Sanftmut selbst sei. Gewisse Launen müsse man ihrem Lungenleiden zugute halten, von dem sie nie spräche, und mit dem sie sich als wahre Christin abgefunden habe... Er schloß mit der salbungsvollen Bemerkung: Wenn Birotteau einige Jahre länger bei Fräulein Gamard wohnen würde, so würde er sie mehr schätzen und ihre hervorragenden Eigenschaften nach ihrem wahren Wert erfassen.

Birotteau verließ den Kanonikus in großer Verlegenheit. In der grausamen Notwendigkeit, in der er sich befand, sich nur bei sich selbst Rat zu holen, beurteilte er Fräulein Gamard nach sich selbst. Der gute Mann glaubte, wenn er für einige Tage fortginge, so würde der Haß des alten Mädchens erlöschen, da er keine Nahrung bekäme. Er beschloß daher, wie früher öfters für einige Tage aufs Land zu Frau von Listomère zu gehen. Der Herbst ist in der Touraine ungewöhnlich mild und schön, und die Dame pflegte im Herbst einige Wochen auf ihrem Gut zu verbringen. Der arme Mann! Mit dieser Reise erfüllte er die geheimen Wünsche seiner grausamen Feindin, deren Pläne nur durch wahre Mönchsgeduld hätten vereitelt werden können. Aber da er nichts voraussah und in seinen eigenen Angelegenheiten nicht bewandert war, sollte er wie ein Lamm beim ersten gegen ihn gerichteten Streich erliegen.

Frau von Listomères Besitz, auf einem Hügel zwischen der Stadt Tours und dem Höhenzug von Saint-Georges nach Süden gelegen, von Felsen umgeben, bot die Annehmlichkeiten eines Landhauses und zugleich die Freuden der Stadt. In zehn Minuten konnte man von der Brücke von Tours die Tür des Hauses, das den Namen „L'Alouette“ trug, erreichen; ein ganz großer Vorzug in einem Lande, in dem man selbst auf ein Vergnügen, wenn es mit Mühe verbunden ist, gern verzichtete. Birotteau war seit etwa zehn Tagen in l'Alouette, als ihm eines Morgens beim Frühstück der Portier meldete, daß Herr Caron ihn zu sprechen wünsche. Caron war ein Advokat, den Fräulein Gamard mit der Führung ihrer Geschäfte betraut hatte. Birotteau erinnerte sich dieses Umstandes nicht, und da er sich mit niemand auf der Welt in Streit wußte, stand er in großer Unruhe vom Tisch auf. Er fand den Advokaten bescheiden gegen die Rampe der Terrasse gelehnt.

„Da Ihre Absicht, Fräulein Gamards Pension zu verlassen, offensichtlich geworden ist ...“ sagte der Jurist.

„Aber was fällt Ihnen ein,“ unterbrach Birotteau, „dieser Gedanke ist mir nie gekommen.“

„Herr Abbé,“ fuhr der Advokat fort, „Sie müssen sich doch mit Fräulein Gamard darüber auseinandergesetzt haben, da sie mich herschickt, um zu erfahren, ob Sie lange auf dem Lande bleiben werden. Da der Fall einer längeren Abwesenheit nicht vorgesehen ist, so könnte er den Anlaß zu einem Rechtsstreit bieten. Da nun Ihre Pension ...“

„Herr Caron,“ sagte Birotteau überrascht und unterbrach den Advokaten abermals, „ich hatte nicht geglaubt, daß es notwendig sei, juristische Mittel zu ergreifen, um ...“

„Fräulein Gamard, die jede Schwierigkeit aus dem Wege räumen will,“ sagte Caron, „hat mich hergeschickt, um mich mit Ihnen auseinanderzusetzen.“

„Vielleicht haben Sie die Freundlichkeit, sich morgen wieder herzubemühen,“ sagte Birotteau, „damit ich auch meinerseits einen Juristen befragen kann.“

„Gewiß“, sagte Caron, zog seinen Hut und ging.

Als der arme Vikar, entsetzt über die Hartnäckigkeit, mit der die Gamard ihn verfolgte, ins Speisezimmer kam, hatte er ein völlig verstörtes Gesicht. Bei seinem Anblick fragte ihn jeder: „Was ist denn los, Herr Birotteau?"

Der verzweifelte Abbé setzte sich stumm auf seinen Platz, so benommen war er von der Vorstellung seines Unglücks. Aber nach dem Frühstück, als die Gesellschaft vor dem knisternden Kaminfeuer saß, erzählte Birotteau naiv alle Details seines Abenteuers. Seine Zuhörer, die allmählich von den Freuden des Landlebens genug hatten, nahmen an dieser Intrige, die so ganz mit dem Provinzleben in Einklang stand, lebhaftesten Anteil. Jeder ergriff die Partei des Abbé gegen die alte Jungfer.

„Begreifen Sie denn nicht," sagte Frau von Listomère, „daß der Abbé Troubert Absichten auf Ihre Wohnung hat?"

Hier hätte der Historiker das vollste Recht, das Porträt dieser Dame zu skizzieren, aber er glaubt, daß selbst jene, denen Sternes System der Kognomologie unbekannt ist, die drei Worte: Frau von Listomère nicht aussprechen können, ohne sie vor sich zu sehen: eine vornehme ältere Dame, die die Strenge der Frömmigkeit durch die Eleganz der königlichen und klassischen Sitten mildert, höfliche Umgangsformen hat, gütig, aber etwas steif ist, leicht durch die Nase spricht, sich den Besuch des Theaters und die Lektüre der „Nouvelle Heloïse" leistet und noch keine Spitzenbarbe auf dem Kopf trägt.

„Es kann doch gar nicht die Rede davon sein, daß der Abbé dieser alten streitsüchtigen Person nachgibt?" rief Herr von Listomère, ein junger

Marineleutnant, der seine Ferien bei seiner Tante verlebte. „Wenn der Vikar Mut hat und mir folgen will, so soll er seinen Frieden bald wieder haben."
Jeder begann Sophie Gamards Handlungsweise zu analysieren, mit dem Scharfsinn, der den Bewohnern der Provinz eignet, denen man es nicht absprechen kann, daß sie die heimlichsten Triebfedern menschlicher Handlungen bloßzulegen verstehen.

„Sie sind auf falscher Fährte", sagte ein alter Gutsbesitzer, der Land und Leute kannte. „Hinter all dem stehen verborgene wichtige Dinge, die ich noch nicht heraus habe. Troubert ist viel zu klug, um so schnell durchschaut zu werden. Unser armer Birotteau steht erst am Beginn seiner Leiden. Ich zweifle daran, daß er, selbst, wenn er Troubert seine Wohnung abtritt, in Frieden gelassen wird. Wenn Caron hergekommen ist, um Ihnen zu melden," fügte er hinzu, indem er sich an den bestürzten Priester wandte, „daß Sie die Absicht haben, Fräulein Gamard zu verlassen, so hat jedenfalls Fräulein Gamard die Absicht, Sie an die Luft zu setzen ... Nun, Sie werden ausziehen müssen, ob Sie wollen oder nicht. Menschen dieser Art riskieren nie irgend etwas, sie spielen nur, wenn sie alle Trümpfe in der Hand haben."

Dieser alte Edelmann, Herr von Bourbonne, verkörperte die Anschauungen der Provinz im gleichen Maße, wie Voltaire den Geist seiner Zeit verkörpert hat. Dieser trockene hagere alte Mann war in seiner Art sich anzuziehen von der Gleichgültigkeit eines Gutsbesitzers, dessen Besitz und Ruf außer jeder Diskussion stehen und festgegründet sind. Sein Gesicht, von der Sonne der Touraine gegerbt, war weniger klug als schlau. Er war gewohnt, seine Worte zu wägen, seine Handlungen zu überlegen, und verbarg ein tief eingewurzeltes Mißtrauen hinter der Maske der Gutmütigkeit und Harmlosigkeit. Es bedurfte keiner besonderen Beobachtungsgabe, um zu erkennen, daß er, wie die Bauern der Normandie, bei allen Geschäftsabschlüssen seinen Vorteil zu wahren wußte. Im Weinbau, der Lieblingswissenschaft der Bewohner der Touraine, war er sehr beschlagen. Er hatte es verstanden, die Wiesen auf einem seiner Güter auf Kosten des angeschwemmten Landes der Loire zu vergrößern, und dabei einen Prozeß mit dem Staat vermieden. Infolge dieses Streichs galt er als ungewöhnliche Begabung. Wenn man irgend jemand in der Touraine nach Herrn Bourbonnes Vorleben befragt hätte, so hätte die Antwort unfehlbar gelautet: Oh, das ist ein alter Schlaumeier! Die Zahl seiner Neider war nicht gering; in der Touraine, wie überall in der Provinz, pflegt man allen Menschen ihre Erfolge nachzurechnen.

Auf Herrn von Bourbonnes Bemerkung folgte tiefes Schweigen. Alle schienen nachzudenken und das Für und Wider abzuwägen. In dieser Pause wurde Fräulein Salomon von Villenoix gemeldet. Sie kam aus Tours in der Absicht, Birotteau nützlich zu sein, und die Nachrichten, die sie brachte, veränderten das Bild gänzlich. Vorher hatten alle, bis auf den Gutsbesitzer, Birotteau geraten, unter dem Schutz der aristokratischen Gesellschaft, die sich seiner annehmen würde, den Kampf mit Troubert und der Gamard aufzunehmen.

„Der Generalvikar, dem die Ernennungen unterstehen,“ berichtete Fräulein Salomon, „ist erkrankt, und der Erzbischof hat seinen Posten dem Abbé Troubert übertragen. Jetzt hängt die Ernennung als Kanonikus ausschließlich von ihm ab. Gestern bei Fräulein de la Blottière hat der Abbé Poirel von den Unannehmlichkeiten gesprochen, die der Abbé Birotteau Fräulein Gamard bereitet, um die Ungnade, die unseren guten Abbé treffen wird, von vornherein zu rechtfertigen: ‚Der Abbé Birotteau ist ein Mann, dem der Abbé Chapeloud sehr notwendig war, und seit dem Tode dieses tugendhaften Kanonikus ist der Beweis erbracht, daß . . .' Dann kamen entstellte Berichte und Verleumdungen. Sie begreifen?"

„Troubert wird Generalvikar", sagte Herr von Bourbonne feierlich.

„Also!" rief Frau von Listomère und sah Birotteau an, „was ziehen Sie vor: wollen Sie Kanonikus werden oder wollen Sie bei der Gamard bleiben?"

„Kanonikus werden!" riefen alle.

„Nun," fuhr Frau von Listomère fort, „man muß Troubert und die Gamard das Spiel gewinnen lassen. Durch Carons Besuch haben sie Ihnen indirekt zu verstehen gegeben, daß Sie Kanonikus werden, wenn Sie bereit sind, das Haus zu verlassen. Wer gibt, der bekommt."

Alle priesen die Klugheit und den Scharfsinn der Frau von Listomère, bis auf ihren Neffen, den jungen Marineleutnant, der zu Herrn von Bourbonne mit komischem Ernst sagte: „Ich hätte den Kampf zwischen der Gamard und Birotteau gewünscht."

Aber zum Unglück des Vikars waren die Kräfte zwischen den Kindern der Welt und dem alten Mädchen, das von Troubert unterstützt wurde,

ungleich verteilt. Der Augenblick kam, wo der Kampf offen geführt wurde und gewaltige Dimensionen annehmen sollte. Auf den Rat der Frau von Listomère und der meisten ihrer Gäste, die sich für diese Intrige, die eine so angenehme Abwechslung in die Öde des Provinzlebens brachte, leidenschaftlich zu interessieren begannen, wurde ein Diener zu Herrn Caron geschickt. Der Jurist kam mit bemerkenswerter Schnelligkeit, die nur Herrn von Bourbonne erschreckte.
„Wir wollen unsere Entscheidung vertagen, bis wir genauer über die Sachlage unterrichtet sind", war die Ansicht dieses Fabius im Schlafrock, der die Kombinationen auf dem Schachbrett von Tours durchschaute.
Er wollte Birotteau über die Gefahr, in der er sich befand, aufklären. Die Klugheit des „alten Schlaumeiers" kam aber der Leidenschaft des Augenblicks nicht entgegen, infolgedessen wurde ihm nur geringe Aufmerksamkeit geschenkt. Die Besprechung zwischen dem Advokaten und Birotteau war nur kurz. Der Vikar kam ganz verstört wieder und sagte: „Er verlangt eine schriftliche Bestätigung meines Verzichts."
„Was ist das für ein grausames Wort?" fragte der Marineleutnant.
„Was bedeutet das?" rief Frau von Listomère.
„Das bedeutet einfach, der Abbé soll schriftlich bestätigen, daß er bereit ist, das Haus der Gamard zu verlassen", antwortete Herr von Bourbonne und nahm gelassen eine Prise.
„Wenn es nur das ist, so unterschreiben Sie!" sagte Frau von Listomère und sah Birotteau an. „Wenn Sie ernsthaft entschlossen sind, auszu-

ziehen, so sehe ich kein Hindernis, Ihren Willen schriftlich zu bekunden …"

Birotteaus Willen!

„Sehr richtig", sagte Herr von Bourbonne und schloß seine Tabakdose mit einer nicht näher zu beschreibenden Geste, die soviel bedeutete wie eine lange Rede. „Aber es ist immer gefährlich zu unterschreiben", fügte er hinzu und setzte seine Tabakdose auf den Kamin mit einer Miene, die dem Vikar Angst einjagte.

Birotteau war durch den Zusammenbruch all seiner Hoffnungen, durch die Schnelligkeit der Ereignisse, die ihn wehrlos überfielen, durch die Leichtigkeit, mit der seine Freunde die wichtigsten Dinge seines einsamen Lebens behandelten, so erschlagen, daß er regungslos dastand, als wenn er sich auf dem Mond befände. Er dachte nichts, sondern versuchte nur den Sinn der Worte zu erfassen, die von allen Seiten auf ihn einstürmten. Er nahm Carons Schriftsatz, las ihn mit scheinbarer Aufmerksamkeit, aber all sein Tun war nur mechanisch. Er unterschrieb das Schriftstück, in dem er sich bereit erklärte, freiwillig darauf zu verzichten, länger bei Fräulein Gamard zu wohnen und zu essen, gemäß den zwischen ihnen getroffenen Bedingungen. Nachdem Birotteau unterschrieben hatte, nahm Caron das Schriftstück an sich und fragte, wohin seine Klientin Birotteau die ihm gehörigen Sachen schicken solle. Birotteau nannte das Haus von Frau von Listomère. Die Dame war bereit, den Abbé einige Tage bei sich aufzunehmen, da sie nicht daran zweifelte, daß er sehr bald Kanonikus werden würde. Der alte Gutsbesitzer wollte Ein-

blick in das Schriftstück haben und Caron übergab es ihm.
„Aber," fragte er den Vikar, nachdem er gelesen hatte, „zwischen Ihnen und Fräulein Gamard existiert ein Kontrakt? Wo ist er? Und welcher Art sind die Bedingungen?"
„Der Kontrakt befindet sich bei mir", antwortete Birotteau.
„Kennen Sie seinen Inhalt?"
„Nein", antwortete Caron und streckte die Hand aus, um das verhängnisvolle Schriftstück wieder an sich zu nehmen.
„Aha!" sagte sich der alte Gutsbesitzer, „du, mein lieber Advokat, kennst den Inhalt des Kontraktes bestimmt, aber du wirst nicht dafür bezahlt, ihn uns mitzuteilen."
Herr von Bourbonne gab Birotteaus Verzicht Caron zurück.
„Wo werde ich meine Möbel unterbringen?" jammerte Birotteau, „meine Bibliothek, meine Bilder, meinen roten Salon, kurz, alles, alles!"
Die Verzweiflung des armen Mannes, der gewissermaßen entwurzelt war, hatte etwas so Naives, sie zeigte die Reinheit seiner Sitten, seine Unkenntnis aller weltlichen Dinge so deutlich, daß Frau von Listomère und Fräulein Salomon in den Ton von Müttern verfielen, wenn sie ihrem Kinde ein Spielzeug versprechen. Um ihn zu trösten, sagten sie: „Sorgen Sie sich doch nicht um diese törichten Dinge. Wir wollen schon ein Haus für Sie ausfindig machen, das weniger kalt und schwarz ist als das der Gamard. Wenn Sie keine Wohnung finden, die Ihnen zusagt, wird eine von uns Sie in Pension nehmen. Jetzt wollen

wir Tricktrack spielen. Morgen werden Sie Troubert aufsuchen, ihn um seine Fürsprache bitten und Sie sollen sehen, wie gut Sie aufgenommen werden!"

Schwache Menschen beruhigen sich ebenso schnell wie sie außer sich geraten. Geblendet von der Aussicht, bei Frau von Listomère zu wohnen, vergaß der arme Birotteau den endgültigen Zusammenbruch des von ihm so lange und heiß begehrten und so sehr genossenen Glückes. Am Abend, ehe er einschlief, zerbrach er sich den Kopf mit dem Schmerz eines Menschen, für den ein Umzug und neue Lebensgewohnheiten nicht viel weniger als Weltuntergang bedeuteten, wo er wohl einen ebenso geeigneten Platz wie den Saal für seine Bibliothek finden könne. Bei der Vorstellung, daß seine Bücher obdachlos, seine Möbel zerstreut, sein ganzer Hausrat in Unordnung wäre, fragte er sich immer wieder, warum das erste Jahr bei Fräulein Gamard so schön und das zweite so grausam gewesen sei. Und immer wieder erschien ihm das ganze Abenteuer als ein bodenloser Abgrund, in den sein Verstand versank. Für so viel Unglücksfälle erschien ihm das Kanonikat nicht mehr als genügende Entschädigung, er verglich sein Leben mit einem Strumpf: eine Masche hatte sich gelöst, und schon ging alles in Fetzen. Fräulein Salomon blieb ihm. Aber da der arme Priester seine alten Illusionen zu Grabe trug, wagte er nicht mehr an die Dauer einer neuen Freundschaft zu glauben.

In der Città dolente der alten Mädchen gibt es besonders in Frankreich mehrere, deren Leben ein Opfer ist, das jeden Tag aufs neue edlen Empfindungen dargebracht wird. Die einen bleiben einem Herzen, das der Tod ihnen zu früh geraubt hat, unwandelbar treu, diese Märtyrerinnen der Liebe haben das Geheimnis erfaßt, durch die Größe ihrer Seele Frau zu werden. Die anderen gehorchen dem Familienstolz und opfern sich der Zukunft eines Bruders oder verwaisten Neffen und Nichten: sie werden Mütter trotz ihrer Jungfernschaft. Diese alten Mädchen erreichen den höchsten Grad von Heroismus, dessen ihr Geschlecht fähig ist, dem Kult des Unglücks widmen sie alle weiblichen Empfindungen. Sie idealisieren die Gestalt der Frau, verzichten großzügig auf die der Frau bestimmten Freuden und nehmen nur die Leiden auf sich. Ihr Opfer umgibt sie wie ein Nimbus, und die Männer neigen ihr Haupt ehrerbietig vor den verwelkten Zügen dieser Frauen. Fräulein Salomon von Villenoix war weder Frau noch Mädchen, sie war eine Mensch gewordene Dichtung. Sie war eine heroische Natur. Ihr Opfer war in religiösem Sinne erhaben, es war ruhmlos, und war eine Kette täglicher Leiden gewesen. Als sie schön und jung war, war sie liebend geliebt worden. Ihr Verlobter wurde wahnsinnig. Fünf Jahre hindurch hatte sie sich mit dem Heroismus der Liebe der täglichen Pflege dieses Unglücklichen geopfert, sie hatte sich seinen Wahnideen in einem solchen Maße angepaßt, daß sie ihn nicht mehr für wahnsinnig hielt. Sie gab sich übrigens schlicht und offen, und ihr blasses Gesicht hatte trotz seiner regelmäßigen Züge einen sehr ausgeprägten Charakter. Sie sprach niemals über ihre Vergangenheit. Zuweilen nur verriet ihr Mitgefühl, wenn sie von einem traurigen oder furchtbaren Schicksal hörte, seelische Eigenschaften, die nur in tiefem Leid geboren werden. Nachdem sie ihren kranken Freund verloren hatte, war sie nach Tours übersiedelt. Niemand erfaßte ihren wahren Wert, sie galt als gütig. Sie war sehr wohltätig und stets darauf bedacht, schwachen Menschen beizustehen. Aus diesem Grunde hatte der arme Vikar ihr von vornherein tiefes Interesse eingeflößt.

Fräulein von Villenoix fuhr am Morgen wieder in die Stadt, sie nahm Birotteau mit und setzte ihn vor der Kathedrale ab. Er hatte große Eile, ins Cloître zu kommen, um wenigstens das Kanonikat aus dem Schiffbruch seiner Existenz zu retten und den Transport seiner Möbel zu überwachen. Nicht ohne heftiges Herzklopfen läutete er an der Tür dieses Hauses, in dem er zwölf Jahre verkehrt, das er anderthalb Jahre bewohnt hatte und aus dem er nun für immer verbannt war, während er davon geträumt hatte, hier ruhig zu sterben wie sein Freund Chapeloud. Marianne war sehr überrascht, als sie den Vikar sah. Er sagte ihr, daß er den Abbé Troubert sprechen wolle, und war im Begriffe, ins Erdgeschoß zu gehen, aber Marianne rief:

„Herr Abbé Troubert wohnt nicht mehr unten, Herr Vikar, er wohnt in Ihrer früheren Wohnung."

Bei diesen Worten krampfte sich Birotteaus Herz zusammen. Er begriff endlich Trouberts Charakter und ahnte eine lang geplante Rache, als er ihn in Chapelouds Bibliothek fand, in Chapelouds schönem gotischen Lehnstuhl sitzend, sicherlich in Chapelouds Bett schlafend, Chapelouds Möbel genießend, Chapelouds Testament annullierend, indem er Chapelouds Freund enterbte. Das war seine Rache dafür, daß Chapeloud ihn so lange bei Sophie Gamard eingesperrt, ihm den Zugang in die Salons von Tours verschlossen und ihm jegliches Avancement unmöglich gemacht hatte. Durch welches Wunder hatte sich diese Wandlung vollzogen? Gehörte all dies etwa nicht mehr ihm, Birotteau? Als der arme Birotteau das sardonische Lächeln sah, mit dem Troubert seine Bibliothek betrachtete, begriff er, daß der künftige Generalvikar sicher war, die Hinterlassenschaft desjenigen, den er so maßlos gehaßt hatte, für immer zu besitzen. Chapeloud war sein Feind gewesen, und in Birotteau haßte und verfolgte er noch Chapeloud. Tausend Gedanken stiegen bei diesem Anblick im Herzen des guten Abbé auf und hielten ihn fest. Er blieb starr stehen und war wie fasziniert von Troubert, der ihn scharf fixierte.

„Ich glaube nicht," sagte Birotteau endlich, die Starre abschüttelnd, „daß Sie mich der Dinge, die mir gehören, berauben wollen. Wenn es Fräulein Gamard so sehr darum zu tun war, Sie besser unterzubringen, hätte sie doch gerecht genug sein sollen, um mir Zeit zu lassen, meine Bücher und meine Möbel zu entfernen."

„Fräulein Gamard", sagte der Abbé Troubert in kühlem Tone, ohne mit den Wimpern zu zucken, „hat mir gestern mitgeteilt, daß Sie ihr Haus verlassen hätten, ohne mir die Ursache hierfür anzugeben. Wenn sie mich hier untergebracht hat, so lagen dafür zwingende Gründe vor. Der Abbé Poirel hat meine Wohnung bezogen. Ich weiß nicht, ob die Einrichtung dieser Räume Fräulein

Gamard gehört oder nicht, aber falls die Sachen Ihr Besitz sind, so kennen Sie Fräulein Gamard zur Genüge: ihr tadelloser Lebenswandel ist Garantie genug für ihre Ehrlichkeit. Und was mich betrifft, so ist Ihnen meine Anspruchslosigkeit bekannt. Ich habe fünfzehn Jahre in einem kahlen Zimmer geschlafen, ohne der Feuchtigkeit zu achten, die meine Gesundheit untergraben hat. Wenn Sie jedoch Ihre ehemalige Wohnung aufs neue beziehen wollen, so trete ich sie Ihnen gern ab."

Als Birotteau diese furchtbaren Worte hörte, vergaß er das Kanonikat vollkommen, mit der Schnelligkeit eines jungen Menschen lief er die Treppe hinunter, um Fräulein Gamard zu suchen. Er begegnete ihr am Fuß der Treppe auf dem breiten mit Steinplatten belegten Absatz, der zwischen beiden Flügeln lag.

„Fräulein Gamard," sagte er, ohne ihr spöttisches Lächeln und die Flamme zu beachten, die in ihren Augen brannte und ihnen etwas Raubtierartiges verlieh, „ich kann nicht begreifen, daß Sie nicht den Zeitpunkt, bis ich meine Möbel abgeholt habe, abgewartet haben, um ..."

„Wie?" unterbrach sie ihn, „sollten Ihre Sachen nicht bei Frau von Listomère abgegeben worden sein?"

„Aber meine Einrichtung und meine Bücher?"

„Haben Sie denn Ihren Kontrakt nicht gelesen?" fragte das alte Mädchen in einem Ton, den man in Musik setzen lassen müßte, um zu begreifen, mit wieviel Nuancen der Haß die Betonung jedes einzelnen Wortes ausgeschmückt hatte.

Fräulein Gamard schien zu wachsen, ihre Augen funkelten noch intensiver, ihr Gesicht strahlte, ihr ganzes Wesen erzitterte vor Freude. Troubert öffnete ein Fenster, da er für den großen Folioband, in dem er las, mehr Licht brauchte. Birotteau stand da wie vom Blitz getroffen. Fräulein Gamard sprach mit einer Stimme, die so deutlich war wie der Klang einer Trompete: „Sind wir nicht übereingekommen, daß Ihre Einrichtung im Augenblick, wo Sie mich verlassen, mir zufällt, als Entschädigung dafür, daß der von Ihnen bezahlte Pensionspreis geringer ist als der des verstorbenen Abbé Chapeloud? Da nun der Abbé Poirel zum Kanonikus ernannt worden ist..."

Als Birotteau diese Worte hörte, verbeugte er sich flüchtig, wie um sich von dem alten Mädchen zu verabschieden, dann verließ er das Haus schleunigst. Er fürchtete, sich nicht länger beherrschen zu können und durch seinen Zusammenbruch seinen unerbittlichen Feinden einen allzu großen Triumph zu bereiten. Taumelnd wie ein Betrunkener erreichte er das Haus von Frau von Listomère und fand in der Halle seine Kleider, seine Wäsche und seine Papiere in einem Koffer. Beim Anblick dieser armseligen Überreste seiner Einrichtung brach der unglückliche Priester auf einem Stuhl zusammen. Er verbarg das Gesicht in seinen Händen, damit die Dienerschaft seine Tränen nicht sähe. Poirel war Kanonikus! Er, Birotteau, war ohne Obdach, ohne Vermögen, ohne Möbel! Glücklicherweise kam Fräulein Salomon in ihrem Wagen vorbei. Der Portier, der Birotteaus Verzweiflung begriff, gab dem Kutscher einen Wink. Nach einigen Worten, die Fräulein Salomon mit dem Portier gewechselt hatte, ließ sich der Vikar, der halb tot war, zu seiner treuen Freundin geleiten, er war nur imstande, abgerissene Worte zu stammeln. Fräulein Salomon entführte ihn, erschrocken über die momentane Störung eines an sich so schwachen Kopfes, auf der Stelle nach l'Alouette. Sie glaubte, Birotteaus Zustand sei die Folge der Ernennung des Abbé Poirel. Sie wußte nichts von Birotteaus Abmachungen mit der Gamard, aus dem sehr einfachen Grunde, weil er selbst den Umfang dieser Abmachungen nicht ahnte. Und da das Komische dem Tragischen so oft beigemischt ist, brachten Birotteaus seltsame Antworten Fräulein Salomon beinahe zum Lächeln.

„Chapeloud hatte recht", sagte er. „Er ist ein Ungeheuer."

„Wer?" fragte sie.

„Chapeloud. Er hat mir alles genommen."

„Poirel?"

„Nein, Troubert."

Endlich waren sie in l'Alouette. Die Freunde des Priesters waren so herzlich um ihn besorgt, daß sie ihn allmählich beruhigten und er gegen Abend zusammenhängend berichten konnte, was sich am Morgen abgespielt hatte.

Der phlegmatische Gutsbesitzer verlangte natürlich den Kontrakt zu sehen. Er hatte schon tags zuvor geahnt, daß hier des Rätsels Lösung zu finden sei. Birotteau zog das gestempelte Unglückspapier aus seiner Tasche und gab es Herrn von Bourbonne, der es schnell durchflog und folgende Klausel fand:

„Da zwischen der Pension, die der verstorbene Herr Chapeloud bezahlte, und derjenigen, zu der die genannte Sophie Gamard bereit ist, unter den oben aufgeführten Bedingungen den genannten

François Birotteau bei sich aufzunehmen, eine Differenz von achthundert Franken jährlich besteht; angesichts des Umstandes, daß der unterzeichnete François Birotteau anerkennt, außerstande zu sein, den Preis zu bezahlen, den die Pensionäre der genannten Sophie Gamard, unter anderen auch der Abbé Troubert, seit Jahren bezahlen; und zuletzt angesichts verschiedener Vorschüsse, die die unterzeichnete Sophie Gamard geleistet hat, verpflichtet sich der genannte Birotteau, ihr im Falle seines Todes seine Einrichtung als Entschädigung zu überlassen, ebenso wenn er, wann immer aus irgendeinem Grunde, die zur Zeit von ihm gemieteten Zimmer freiwillig verlassen und die ihm von der genannten Sophie Gamard eingeräumten Vorteile nicht mehr nutznießen sollte, also ..."

„Bei Gott, das ist ein starkes Stück!" rief der Gutsbesitzer. „Die genannte Sophie Gamard hat Haare auf den Zähnen!"

Der arme Birotteau, der in seinem Kindergemüt keinen Grund ausdenken konnte, der ihn von Sophie Gamard trennen könnte, hatte damit gerechnet, bei ihr zu sterben. Diese Klausel war seinem Gedächtnis völlig entschwunden. Die einzelnen Punkte des Kontraktes hatte er seinerzeit widerstandslos angenommen. In seinem Verlangen, bei dem alten Mädchen zu wohnen, war er ihr mit Haut und Haar verfallen und hätte alle Kontrakte der Welt, die ihm vorgelegt worden waren, unterzeichnet. Seine Unschuld war so rührend, das Verhalten der Gamard so unerhört grausam, das Schicksal dieses armen Sechzigjährigen so beklagenswert, seine Schwäche griff so an die Seele, daß Frau von Listomère aus einer warmen Gefühlsaufwallung heraus rief: „Ich habe Schuld, daß Sie den Verzicht, der Sie ruiniert hat, unterzeichnet haben, ich bin dafür verantwortlich, daß Ihnen wieder das Glück zuteil werde, das man Ihnen geraubt hat."

„Aber," sagte der alte Gutsbesitzer, „der Kontrakt enthält eine hinterlistige Klausel; von vornherein hat die Gamard es auf einen Prozeß abgesehen."

„Nun, dann wird Birotteau eben seinen Prozeß führen. Verliert er in Tours, so wird er in Orléans gewinnen. Verliert er in Orléans, so wird er in Paris gewinnen!" rief der junge Baron von Listomère.

„Wenn er es auf einen Prozeß ankommen lassen will," gab Herr von Bourbonne kühl zur Antwort, „so empfehle ich ihm, erst einmal sein Amt niederzulegen."

„Wir wollen einen Rechtsanwalt befragen", fuhr Frau von Listomère fort, „und werden klagen, wenn es nötig ist. Aber die ganze Sache ist für die Gamard zu beschämend und kann für Troubert zu peinliche Folgen haben, um von ihnen nicht niedergeschlagen zu werden."

Nach eingehender Beratung versprach jeder Birotteau seine Hilfe im Kampf, der sich zwischen ihm und allen Anhängern seiner Gegner abspielen würde. Ein sicheres Vorgefühl, ein Provinzinstinkt, der nicht irre geht, zwang jeden, die Namen Gamard und Troubert zusammen zu nennen. Aber abgesehen vom alten Gutsbesitzer hatte keiner von all jenen, die sich bei Frau von Listomère zusammenfanden, eine Vorstellung von der Bedeutung des bevorstehenden Kampfes. Herr von Bourbonne nahm den armen Abbé in eine Ecke.

„Von den vierzehn Menschen, die hier im Raume sind," sagte er leise zu ihm, „wird in den nächsten vierzehn Tagen nicht ein einziger mehr auf Ihrer Seite stehen. Wenn Sie jemand zu Ihrem Schutze brauchen werden, so werde vielleicht nur ich allein kühn genug sein, um es zu wagen, Ihre Verteidigung zu ergreifen, weil ich die Provinz, die Menschen, die Dinge und besser noch die vielfältigen Interessen kenne. Aber all Ihre Freunde stoßen Sie, obgleich sie von den besten Absichten erfüllt sind, in eine Sackgasse, aus der es keinen Ausweg gibt. Hören Sie meinen Rat. Wenn Sie in Frieden leben wollen, so verzichten Sie auf das Vikariat von Saint-Gatien, ja, verlassen Sie Tours. Verraten Sie nicht, wohin Sie gehen, aber suchen Sie nach irgendeiner entlegenen Pfarre, in der Troubert Ihnen nicht ins Gehege kommen kann."

„Tours verlassen?" rief der Vikar entsetzt.

Diese Vorstellung war für ihn schlimmer als der Tod. Bedeutete es nicht alle Wurzeln ausreißen, durch die er mit der Welt verbunden war? Junggesellen pflegen Gefühle durch Gewohnheiten zu ersetzen. Wenn zu diesem Geisteszustand, dessen Konsequenz es ist, daß Junggesellen nicht leben, sondern nur durchs Leben durchgehen, ein schwacher Charakter tritt, so gewinnen die äußeren Dinge eine erstaunliche Macht über sie. Birotteau war gewissen Pflanzen verwandt: ihn verpflanzen, hieß seine unschuldige Wirksamkeit vernichten, seine Blüte zerstören. In demselben Maße, wie ein Baum, um zu leben, stets der gleichen Säfte bedarf und seine Wurzelfasern in den gleichen

Boden senken muß, mußte Birotteau im Klostergang von Saint-Gatien umhertrippeln, in der Allee, in der er seinen gewohnten Spaziergang machte, auf und ab gehen, stets durch die gleichen Straßen schreiten, und in den drei Salons verkehren, in denen er allabendlich Whist oder Tricktrack spielte.

„Ach, daß es Ihnen so schwer fallen würde, habe ich nicht geglaubt", sagte Herr von Bourbonne und sah den armen Priester mitleidig an.

In Tours pfiffen es bald die Spatzen vom Dache, daß die Baronin von Listomère, die Witwe eines Generalleutnants, den Abbé Birotteau, den Vikar von Saint-Gatien, bei sich aufzunehmen im Begriffe war. Diese Tatsache, die sehr viel Menschen in Zweifel zogen, brachte Klarheit und zwang die Parteien, Farbe zu bekennen, besonders als Fräulein Salomon als erste von Betrug und von Prozeß zu sprechen wagte. Bei der empfindlichen Eitelkeit und dem fanatischen Persönlichkeitskult, der alten Mädchen eignet, fühlte Sophie Gamard sich durch die von Frau von Listomère getroffene Entscheidung aufs tiefste verletzt. Die Baronin nahm eine bedeutende Stellung in der Gesellschaft ein, sie war eine vornehme, elegante Frau, deren Geschmack, deren tadelloses Benehmen und deren Frömmigkeit außer jeder Diskussion standen. Wenn sie Birotteau bei sich aufnahm, so strafte sie allein durch diese Tatsache all die Versicherungen der Gamard Lügen, indirekt verurteilte sie ihr Vorgehen und schien die Klagen des Vikars über seine einstige Wirtin zu rechtfertigen.

Um diese Geschichte zu begreifen, muß man sich darüber klar sein, wie sehr die Art, mit der alte

Weiber die Handlungsweise anderer untersuchen, Fräulein Gamards Position stärkte und welches die Chancen ihrer Partei waren. In Begleitung des schweigsamen Troubert verbrachte sie ihre Abende in vier oder fünf Häusern, in denen etwa ein Dutzend Personen verkehrte, die durch Gleichheit der Interessen und das Gemeinsame ihrer Lage miteinander verbunden waren. Darunter waren einige alte Männer, die das Echo der Leidenschaften und des Geschwätzes ihrer Dienstboten waren; ferner fünf bis sechs alte Jungfern, die ihre Tage damit verbrachten, die Worte ihrer Nachbarn und der Menschen, die einen höheren Rang in der Gesellschaft einnahmen, durchzusieben und ihre Handlungen zu kritisieren, mehrere alte Frauen, die ausschließlich damit beschäftigt waren, üble Nachreden durchzufiltern, ein genaues Verzeichnis sämtlicher Vermögen aufzustellen und die Handlungen ihrer Mitmenschen zu kontrollieren. Sie ließen alle Ehen Revue passieren, stellten ihnen eine mehr oder weniger günstige Prognose und tadelten das Verhalten ihrer Freunde ebenso scharf wie das ihrer Feinde. Diese über die ganze Stadt verstreuten Menschen erfüllten gewissermaßen die Funktion der Staubgefäße einer Pflanze. Mit dem gleichen Durst, mit dem das Blatt den Tau aufsaugt, schlürften sie die neuesten Klatschgeschichten, die Geheimnisse jeder Familie, mechanisch teilten sie sie dem Abbé Troubert mit, wie die Blätter dem Stengel den Tau, den sie getrunken haben, zutragen. Jeden Abend stellten diese frommen Betschwestern, erfüllt vom Verlangen nach Sensation, an dem alle unbeschäftigten Individuen kranken, eine genaue Bilanz der

Stadt auf, mit einem Scharfsinn, der des ‚Rates der Zehn' würdig wäre. Sie waren die bewaffnete Polizei eines unfehlbaren, von Leidenschaften entzündeten Spionagesystems. Wenn sie den geheimen Grund eines Ereignisses erraten hatten, eigneten sie sich aus Eigenliebe etwas von der Weisheit ihres Sanhedrin an, um den Ton des Geschwätzes innerhalb ihres Kreises zu bestimmen. Diese müßige und doch handelnde, unsichtbare und alles sehende, stumme und stets sprechende Gemeinde besaß einen Einfluß, der auf den ersten Blick angesichts der Bedeutungslosigkeit der einzelnen Mitglieder gleich Null erschien, der aber furchtbar war, wenn er von einem Interesse beseelt war. In ihr Leben war seit langer Zeit kein so wichtiges, sie alle fesselndes Ereignis getreten, wie Birotteaus Kampf unter dem Beistand von Frau von Listomère gegen den Abbé Troubert und Fräulein Gamard. Die Salons von Frau von Listomère, Fräulein Merlin de la Blottière und Fräulein Salomon von Villenoix wurden von jenen, in denen Fräulein Gamard verkehrte, als feindliche Lager betrachtet. Korpsgeist und gewöhnliche Eitelkeit sprachen in diesem Kampf nicht wenig mit. Es war der Kampf zwischen dem Volk und dem römischen Senat in einem Maulwurfshügel, oder der Sturm in einem Wasserglas, wie Montesquieu es bezeichnet hat, als er von der Republik von San-Marino sprach, deren öffentliche Ämter immer nur einen Tag bekleidet wurden, weil es so leicht war, sich der Herrschaft zu bemächtigen. Aber dieser Sturm entfachte trotzdem in allen Seelen soviel Leidenschaft, daß sie für eine sehr viel wichtigere allgemeine Angelegenheit genügt hätte. Es ist ein Irrtum, zu glauben, daß die Zeit nur für die Herzen, die den Rausch spüren und von großen Plänen erfüllt sind, im Fluge dahinrase. Die Tage des Abbé Troubert waren nicht weniger ausgefüllt, von ebenso schwerwiegenden Gedanken belastet, zwischen Verzweiflung und Hoffnung schwankend, wie die grausamsten Stunden des Ehrgeizigen, des Spielers oder des Liebenden. Gott allein kennt das Geheimnis der Energie, die uns unsere geheimen Erfolge über Menschen, Dinge und uns selbst kosten. Wenn wir auch nicht immer wissen, wohin unser Weg führt, die Qual der Reise kennen wir. Wenn es dem Erzähler gestattet ist, das Drama, das er schildert, für einen Augenblick zu unterbrechen, um die Rolle des Sittenrichters zu übernehmen, einen Blick auf das Leben der alten Jungfern und der beiden Abbés zu werfen, und nach dem Grund des Unglücks zu suchen, das sie in ihrem Kern verdorben hat, so kann dabei vielleicht bewiesen werden, daß der Mensch notwendigerweise gewisse Leidenschaften empfinden muß, um Eigenschaften in sich zu entwickeln, die dem Leben Größe geben, den Kreis seiner Interessen erweitern und den jedem Lebewesen selbstverständlichen Egoismus auf ein Mindestmaß eindämmen.

Frau von Listomère kam nach Tours zurück, ohne zu ahnen, daß mehrere ihrer Freunde seit fünf oder sechs Tagen gezwungen waren, eine Ansicht, die über sie im Entstehen begriffen war, zurückzuweisen. Sie hätte gelacht, wenn sie gehört hätte, daß man ihre Sympathie für ihren Neffen auf beinahe verbrecherische Gründe zurückführte. Sie brachte Birotteau zu ihrem Advokaten, dem aber der Prozeß nicht ganz einfach erschien. Die Freunde des Vikars, erregt vom Gefühl, eine gerechte Sache zu vertreten, andererseits aber ohne rechten Eifer für einen Prozeß, der sie persönlich nichts anging, hatten den Beginn des Prozesses bis zu dem Tage verschoben, wo sie selbst wieder nach Tours kämen. Die Freunde der Gamard hatten einen Vorsprung gewonnen und stellten die ganze Angelegenheit in einer für Birotteau wenig vorteilhaften Weise dar. Der Advokat, dessen Klientel im wesentlichen aus den Frommen der Stadt bestand, überraschte Frau von Listomère nicht wenig, als er ihr riet, sich nicht in diesen Prozeß einzulassen. Er schloß die Unterredung mit den Worten: er würde jedenfalls den Fall nicht übernehmen, da Fräulein Gamard nach dem Wortlaut des Vertrages durchaus im Recht war. Von juristischen Ansprüchen abgesehen, scheine es Birotteau an all jenen Eigenschaften, die man ihm bisher zugetraut hatte, wie Versöhnlichkeit und Güte, ganz zu fehlen. Fräulein Gamard, die als gütige Frau, mit der es sich gut leben läßt, bekannt war, hatte Birotteau verpflichtet, da sie ihm die Summen vorgeschossen hatte, die notwendig waren, um Chapelouds Erbschaft anzutreten, ohne ihm je Quittungen abzuverlangen. Birotteau sei über das Alter hinaus, in dem man einen Kontrakt unterzeichnen dürfe, ohne seinen Inhalt zu kennen oder sich seiner Tragweite bewußt zu sein; wenn er Fräulein Gamard nach zwei Jahren verlassen habe, während Chapeloud zwölf Jahre bei ihr gewohnt habe und Troubert bereits seit fünfzehn Jahren bei ihr lebe, so konnte er nur nach einem vorgefaßten, ihm allein bekannten Plan handeln. Der Prozeß würde als ein Akt der Undankbarkeit betrachtet werden usw. Als Birotteau bereits auf der Treppe war, nahm der Rechtsanwalt Frau von Listomère beiseite und beschwor sie um ihrer Ruhe willen, sich mit dieser peinlichen Sache nicht zu befassen.

Am Abend konnte der arme Vikar, der sich wie ein zu Tode Verurteilter fühlte, der seinen Urteilsspruch erwartet, nicht umhin, seinen Freunden das Ergebnis dieses Besuches mitzuteilen, als sich der gewohnte Kreis um den Kamin bei Frau von Listomère gruppiert hatte und die übliche Kartenpartie noch nicht im Gange war.

„Abgesehen vom Rechtsanwalt der Liberalen kenne ich in Tours keinen Rechtsverdreher, der diesen Prozeß übernehmen würde, ohne die Absicht zu haben, ihn zu verlieren", rief Herr von Bourbonne. „Ich empfehle Ihnen dringend, lassen Sie die Hände davon."

„Aber das ist ja empörend!" rief der Marineleutnant. „Ich werde den Abbé zu diesem Anwalt begleiten."

„Nun, dann gehen Sie nur bei Nacht hin", fiel ihm Herr von Bourbonne ins Wort.

„Warum denn das?"

„Ich erfahre soeben, daß Abbé Troubert zum Generalvikar ernannt worden ist, an Stelle seines gestern verstorbenen Vorgängers."

„Troubert kann mir gestohlen bleiben."

Unglücklicherweise übersah der Baron von Listomère Herrn von Bourbonnes Wink, der bedeutete, daß er seine Worte wägen müsse wegen der Anwesenheit eines Stadtrates, der Troubert persönlich nahestand. Der sechsunddreißig-

jährige Marineleutnant fuhr in Draufgängerton fort:
„Wenn der Abbé Troubert ein Betrüger ist..."
„Oh!" unterbrach Herr von Bourbonne, „weshalb ziehen Sie den Abbé Troubert in eine Sache hinein, mit der er nichts zu tun hat?"
„Aber," fuhr der Baron fort, der immer noch nicht verstand, „benützt er etwa Birotteaus Möbel nicht? Ich besinne mich, bei Chapeloud wertvolle Bilder gesehen zu haben. Sie werden wenigstens ihre zehntausend Franken wert sein. Glauben Sie etwa, daß Herr Birotteau die Absicht hatte, zehntausend Franken für die zwei Jahre, die er bei der Gamard gewohnt hat, zu bezahlen, wenn die Bibliothek und die Einrichtung einen mindestens ebenso hohen Betrag repräsentierten?"
Birotteau riß die Augen überrascht auf, als er erfuhr, daß er ein so großes Vermögen besessen habe.
Der Baron fuhr im Eifer fort: „Zum Donnerwetter, es trifft sich günstig, daß Salmon, der einstige Experte des Pariser Museums, hier bei seiner Schwiegermutter zu Besuch ist. Ich werde ihn heute abend zusammen mit unserem Abbé aufsuchen und ihn bitten, die Bilder zu schätzen. Von dort aus wollen wir zum Rechtsanwalt."
Zwei Tage nach diesem Gespräch hatte der Prozeß eine festere Form angenommen. Durch den Rechtsanwalt der liberalen Partei, der zugleich auch Birotteaus Rechtsanwalt geworden war, hatte die ganze Angelegenheit eine für Troubert sehr peinliche Wendung genommen. Die Männer, die der Regierung Opposition machten, und jene, die dafür bekannt waren, daß sie für Priester und

Religion wenig übrig hatten, zwei grundverschiedene Dinge, die von vielen zusammengeworfen werden, bemächtigten sich der Angelegenheit. Die ganze Stadt sprach davon. Der einstige Museumsexperte hatte die Maria des Valentino und den Christus von Lebrun, zwei ungewöhnlich wertvolle Bilder, auf elftausend Franken geschätzt. Die Bibliothek und die gotischen Möbel repräsentierten bei der steigenden Vorliebe für Dinge dieser Art, die von Paris ausging, im Augenblick einen Wert von zwölftausend Franken. Der Experte schätzte die Gesamteinrichtung, alle einzelnen Posten berücksichtigend, auf zehntausend Taler. Es war klar, daß Birotteau nicht die Absicht hatte, Fräulein Gamard diese ungeheure Summe als Äquivalent für den geringfügigen Betrag zu überlassen, den er ihr für die Herausgabe der Erbschaft eventuell schuldig war. Juristisch gesprochen, war Anlaß genug vorhanden, ihre Abmachungen zu überprüfen, sonst hätte ja seitens des alten Mädchens ein wissentlicher Betrug vorgelegen. Der Anwalt der liberalen Partei begann die Sache damit, daß er Fräulein Gamard den ganzen Fall in einem Exposé vortrug. Dieses Schriftstück, das im Ton sehr scharf war und eine Reihe von Zitaten aus dem Gesetzbuch enthielt, war gleichzeitig ein Meisterwerk juristischer Logik, es verurteilte das Vorgehen der alten Jungfer so mitleidslos, daß etwa vierzig Abschriften boshafterweise in der Stadt von der Opposition verteilt wurden.

Einige Tage nach dem Beginn der Feindseligkeiten zwischen der alten Jungfer und Birotteau erhielt der Baron von Listomère, der mit seiner demnächstigen Ernennung zum Korvettenkapitän rechnete, einen Brief, in dem einer seiner Freunde ihm mitteilte, es sei die Rede davon, daß er aus der Beförderungsliste gestrichen würde. Diese Nachricht überraschte den Marineleutnant nicht wenig, er ging auf der Stelle nach Paris, kam zum abendlichen Empfang des Ministers, der nicht weniger überrascht als er selbst war und zu lachen begann, als ihm der Baron von Listomère seine Befürchtungen mitteilte. Am nächsten Tage erkundigte sich der Baron in den Büros, trotz aller Versicherungen des Ministers. Durch eine Indiskretion, die Rayonchefs häufig genug für ihre Freunde begehen, zeigte ihm ein Sekretär ein völlig ausgearbeitetes Schriftstück, das infolge der Erkrankung eines Direktors dem Minister bisher nicht unterbreitet worden war, es enthielt die Bestätigung der fatalen Nachricht. Der Baron von Listomère suchte sofort seinen Onkel auf, der als Abgeordneter den Minister in der Kammer sprechen konnte, und bat ihn, die Absichten Seiner Exzellenz zu ergründen, denn es handelte sich für ihn um seine ganze weitere Zukunft. In großer Aufregung wartete er, im Wagen seines Onkels sitzend, auf den Schluß der Sitzung. Der Abgeordnete kam lange vor Schluß und sagte zu seinem Neffen, während sie zusammen nach Haus fuhren: „Zum Teufel, wie kommst du denn auf den Einfall, die Geistlichkeit zu bekämpfen? Der Minister hat mir als neueste Neuigkeit mitgeteilt, daß du dich an die Spitze der Liberalen von Tours gestellt hast! Du hast abscheuliche Überzeugungen, bekämpfst die Regierung und machst den größten Unfug. Seine Sätze waren ganz so verwickelt, als wenn er noch in der Kammer spräche. Ich habe ihm darauf gesagt: ‚Verstehe ich recht? Was hat er getan?' Seine Exzellenz hat mir zuletzt gestanden, daß du mit der hohen Geistlichkeit auf dem Kriegsfuß stehst. Mit anderen Worten, ich habe auch bei meinen Kollegen auf den Busch geklopft und erfahren, daß du über einen gewissen Abbé Troubert sehr leichtfertig gesprochen hast. Er ist nur Generalvikar, aber die wichtigste Persönlichkeit in der Provinz, in der er die Kongregation repräsentiert. Ich habe mich dem Minister gegenüber vollkommen für dich verbürgt. Mein verehrter Neffe, wenn du Karriere machen willst, so schaffe dir keine Feindschaften in geistlichen Kreisen. Geh so schnell wie möglich nach Tours und mach deinen Frieden mit diesem Teufel von Generalvikar. Laß dir sagen, daß Generalvikare Menschen sind, mit denen man stets im Frieden leben muß. Zum Donnerwetter, wir sind alle darauf bedacht, die Kirche wieder zu Ehren zu bringen, es ist bodenlos dumm von einem Marineleutnant, der Kapitän werden will, sich unehrerbietig über einen Priester zu äußern. Wenn du mit dem Abbé Troubert nicht deinen Frieden machst, so brauchst du nicht mehr auf mich zu rechnen: ich werde dich verleugnen. Der Minister der geistlichen Angelegenheiten hat mir soeben von diesem Troubert wie vom künftigen Bischof gesprochen. Wenn Troubert etwas gegen unsere Familie hat, so könnte er mir Schwierigkeiten bei dem nächsten Pairsschub bereiten. Du hast mich verstanden?"

Diese Worte waren dem Marineleutnant der Schlüssel zu Trouberts geheimen Beschäftigungen, über die sich Birotteau kindlich geäußert hatte: „Ich möchte wohl wissen, womit der seine Nächte verbringt."

Die Stellung des Kanonikus beim ‚weiblichen Senat', der in so geschickter Weise die Polizei der Provinz repräsentierte, und seine persönlichen Eigenschaften hatten die Kongregation veranlaßt, ihn zum heimlichen Prokonsul der Touraine zu wählen. Erzbischof, General, Präfekt, und die ganze Schar großer und kleiner Beamten unterstanden seiner heimlichen Herrschaft. Der Baron von Listomère hatte seinen Entschluß sehr bald gefaßt.

„In meinen Lebensinteressen", sagte er zu seinem Onkel, „will ich nicht zum zweitenmal einen Eingriff seitens der Kirche erfahren."

Drei Tage nach dieser diplomatischen Unterredung zwischen Onkel und Neffe eröffnete der Seemann, der plötzlich mit der Post nach Tours wiedergekommen war, seiner Tante unmittelbar nach seiner Ankunft, in welcher Gefahr die schönsten Hoffnungen der Familie Listomère seien, wenn sie beide sich darauf versteiften, „diesen Narren Birotteau" weiter zu unterstützen. Der Baron hatte Herrn von Bourbonne zurückgehalten, als der alte Herr nach Hut und Stock griff, um nach der Whistpartie nach Hause zu gehen. Die Auskünfte des alten Schlaumeiers waren absolut notwendig, um die Klippen zu erleuchten, zwischen denen das Lebensschiff derer von Listomère zu scheitern drohte, und der Alte hatte nur deshalb vorzeitig nach Hut und Stock gegriffen, damit ihm ins Ohr geflüstert werde: „Bleiben Sie, wir müssen Sie sprechen."

Die schnelle Heimkehr des Barons, der zufriedene Ausdruck seines Gesichtes, der dem Ernst, der zuweilen über seinen Zügen lag, widersprach, waren Herrn von Bourbonne aufgefallen. Er ahnte, daß der Leutnant in seinem Kreuzzug gegen die Gamard und gegen Troubert eine Schlappe erlitten hatte. Als der Baron von der geheimen Macht des Generalvikars sprach, war Herr von Bourbonne keineswegs überrascht.

„Das habe ich gewußt", sagte er.

„Aber," rief die Baronin, „warum haben Sie uns nichts davon gesagt?"

„Frau Baronin," antwortete er rasch, „vergessen Sie, daß ich den unsichtbaren Einfluß dieses Priesters erraten habe, und ich werde vergessen, daß auch Sie darum wissen. Wenn wir das Geheimnis nicht bewahren, so machen wir uns zu seinen Mitschuldigen und werden wie er gefürchtet und gehaßt. Tun Sie wie ich: geben Sie sich den Anschein, die Betrogene zu sein, aber hüten Sie sich vor jedem unbedachten Schritt. Ich hatte genug durchblicken lassen, Sie haben mich nicht verstanden, und ich wollte mich nicht kompromittieren."

„Und wie sollen wir uns nun verhalten?" fragte der Baron.

Es konnte nicht die Rede davon sein, Birotteau im Stich zu lassen, das war die erste selbstverständliche Bedingung der drei Verschworenen.

„Einen ehrenvollen Rückzug anstreben, war stets das Meisterwerk der tüchtigsten Generäle", gab Herr von Bourbonne zur Antwort. „Beugen Sie sich vor Troubert. Ist sein Haß weniger groß als seine Eitelkeit, so gewinnen Sie einen Bundesgenossen in ihm; beugen Sie sich aber zu sehr, so bekommen Sie einen Tritt. Erwecken Sie den Anschein, daß Sie den Dienst quittieren, Herr Baron, damit machen Sie sich von ihm frei. Schicken Sie den Vikar fort, Frau Baronin, dann haben Sie bei der Gamard gewonnenes Spiel. Fragen Sie Troubert beim Erzbischof, ob er Whist spielen kann, er wird Ihre Frage bejahen. Fordern Sie ihn auf, bei Ihnen zu verkehren, er strebt dies an und wird sicher kommen. Sie sind Frau, sie müssen es verstehen, den Priester für sich zu gewinnen. Wenn der Baron Kapitän sein wird, sein Onkel Pair von Frankreich, Troubert Bischof, dann können Sie auch nach Gutdünken Birotteau zum Kanonikus machen. Bis zu jenem Augenblick müssen Sie sich beugen, aber tun Sie es mit Grazie und lassen Sie Ihre Macht durchblicken. Ihre Familie kann Troubert genau so viel nützen wie er Ihnen; Sie werden sich glänzend verstehen. Und Sie müssen als Seemann mit dem Lot in der Hand überall die Tiefe messen."

„Der arme Birotteau!" sagte die Baronin.

„Oh! lassen Sie ihn schnell verschwinden", antwortete der Gutsbesitzer im Fortgehen. „Wenn ein geschickter Liberaler sich dieses Hohlkopfes bemächtigt, so könnte er Ihnen viel Ärger bereiten. Selbstverständlich würde trotz allem das Gericht zu seinen Gunsten entscheiden, und Troubert fürchtet sich vor diesem Urteilsspruch. Er wird Ihnen verzeihen, daß Sie den Kampf aufgenommen haben, aber nach einer Niederlage wäre er unerbittlich. Ich habe gesprochen."

Er klappte seine Tabaksdose zu, zog seine Überschuhe an und ging.

Am nächsten Morgen behielt die Baronin nach dem Frühstück den Vikar zurück und sagte ihm, als sie allein waren, in sichtbarer Verlegenheit: „Mein lieber Herr Birotteau, Sie werden meine Wünsche ebenso ungerecht wie inkonsequent finden, aber um Ihret- wie um unseretwillen müssen Sie Ihren Prozeß gegen die Gamard niederschlagen, auf Ihre Ansprüche verzichten und außerdem mein Haus verlassen." Bei diesen Worten wurde der arme Priester aschfahl. – „Ich bin", fuhr sie fort, „die unschuldige Ursache Ihres Unglücks und weiß, daß Sie ohne meinen Neffen den Prozeß nicht angestrengt hätten, der Ihnen heute nicht weniger Kummer macht als uns. Aber hören Sie!"

Sie erzählte ihm, wie weitverzweigt diese Intrige war, und machte ihn auf alle Folgen aufmerksam. In der Nacht hatte sie die vermutlichen Antezedenzien aus Trouberts Leben erraten; sie konnte Birotteau beweisen, welches Netz diese so geschickt gesponnene Rache über seinen Kopf geworfen hatte. Sie offenbarte ihm die ungewöhnlichen Fähigkeiten und die Macht seines Feindes, und deckte ihm seinen Haß und die Ursache dieses Hasses auf, sie bewies ihm, daß Troubert Chapeloud bereits seit zwölf Jahren belauert und seine Stellung untergraben hatte, jetzt verfolgte er Chapeloud noch in seinem Freunde. Der unschuldige Birotteau faltete die Hände wie im Gebet und weinte über soviel menschliche Gemeinheit, seine unschuldige Seele wäre nie dahinter gekommen. Ebenso entsetzt, als wenn sich ein Abgrund vor ihm aufgetan hätte, hörte er mit starrem Blick und tränenden Augen den Worten seiner Wohltäterin zu. Zum Schluß sagte sie: „Ich weiß, wie schlecht es ist, Sie im Stich zu lassen, aber mein lieber Abbé, die Pflichten der Familie gegenüber gehen Freundschaftspflichten voran. Wenn Sie gleich mir diesem Sturm weichen, so werde ich Ihnen den Beweis meiner Dankbarkeit geben. Ich spreche Ihnen nicht von der Wahrung Ihrer Interessen, ich will mich darum kümmern. Seien Sie ohne jede Sorge, soweit es sich um Ihr Leben handelt. Durch Bourbonne, der den Schein wird zu wahren wissen, werde ich für Sie sorgen, so daß es Ihnen an nichts fehlen wird. Mein Freund, geben Sie mir das Recht, Sie zu verraten. Ich bleibe Ihre Freundin, und füge mich den Forderungen der Welt. Wählen Sie."

Der arme Abbé rief entsetzt: „Chapeloud hatte also recht, wenn er sagte, daß Troubert ihn, wenn er könnte, noch bei den Füßen aus dem Grabe herauszerren würde!... Nun schläft er in Chapelouds Bett!"

„Lassen Sie die Klagen," sagte Frau von Listomère, „wir haben keine Zeit zu verlieren. Entschließen Sie sich!"

Birotteau war ein viel zu guter Mensch, um in wesentlichen Dingen nicht dem ersten Impuls zu folgen. Außerdem war sein Leben gebrochen. Er sagte, während er seiner Gönnerin einen verzweifelten Blick zuwarf, der ihr zu Herzen drang: „Ich vertraue Ihnen. Ich bin nichts mehr als ein ausgedroschenes Korn!"

Diese in der Touraine übliche Bezeichnung bedeutet nichts anderes als einen Strohhalm. Aber es gibt hübsche goldne, glänzende Strohhalme, die die Freude der Kinder sind, während das ausgedroschene Korn der schmutzige, farblose Strohhalm ist, den der Wind durch die Straßen fegt und den die Vorübergehenden mit Füßen zertreten.

„Aber Frau Baronin, ich möchte Troubert nicht Chapelouds Bild lassen. Es ist für mich gemacht worden, es gehört mir, veranlassen Sie, daß ich es zurückbekomme, auf alles andere will ich verzichten."

„Gut," sagte Frau von Listomère, „ich werde zur Gamard gehen." Aus dem Ton der Worte ging deutlich hervor, daß die Baronin von Listomère diesen Weg ihrem Stolz abringen mußte. „Und", fügte sie hinzu, „ich werde versuchen, alles in Ordnung zu bringen. Kaum wage ich es zu hoffen. Gehen Sie zu Herrn von Bourbonne, bitten Sie ihn, Ihren Verzicht in entsprechende Form zu bringen; bringen Sie mir das Schriftstück, mit Hilfe des Erzbischofs bringen wir alles vielleicht noch zu einem guten Ende."

Birotteau verließ das Zimmer mit zitternden Beinen. In seinen Augen hatte Troubert den Umfang einer ägyptischen Pyramide angenommen. Die Hände dieses Mannes waren in Paris und seine Ellbogen im Domkapitel zu Saint-Gatien.

„Er", sagte er sich, „kann den Baron von Listomère verhindern, Pair von Frankreich zu werden? . . . ‚Und mit Hilfe des Erzbischofs bringen wir alles vielleicht noch zu einem guten Ende!'"

Angesichts so wesentlicher Interessen erschien sich Birotteau wie ein winziges Insekt: er ließ sich Gerechtigkeit widerfahren.

Die Nachricht, daß Birotteau Frau von Listomères

Haus verlassen hatte, schlug wie ein Blitz aus heiterem Himmel ein. Die Wirkung war um so stärker, als der Grund undurchsichtig blieb. Frau von Listomère sagte, ihr Neffe wolle heiraten und den Dienst quittieren; um ihre Wohnung zu vergrößern, brauche sie die Zimmer, die der Vikar innehatte. Niemand ahnte etwas von Birotteaus Verzicht. Herrn von Bourbonnes Ratschläge wurden weise befolgt. Beide Nachrichten mußten dem Großvikar schmeicheln, er ersah daraus, daß die Familie von Listomère, wenn sie nicht kapitulierte, zum mindesten neutral blieb und schweigend die geheime Macht der Kongregation anerkannte. War diese Anerkennung nicht mit einer Unterwerfung identisch? Aber der Prozeß blieb ganz sub judice. Hieß das nicht gleichzeitig nachgeben und drohen?

Die Rolle, die die Familie Listomère in diesem Kampf spielte, entsprach ganz derjenigen des Großvikars: sie standen außerhalb und konnten alles leiten. Aber ein neuer Zwischenfall erschwerte die Ausführung von Herrn von Bourbonnes und Frau von Listomères Plänen zur Beruhigung der Partei Gamard und Troubert. Die Gamard hatte sich aus der Kathedrale kommend erkältet, sie lag zu Bett und galt als schwer krank. Die ganze Stadt widerhallte von Klagen und triefte von Mitleid: Fräulein Gamard war in ihrer zarten Empfindsamkeit dem Skandal dieses Prozesses nicht gewachsen. Trotzdem sie im Rechte war, würde sie an gebrochenem Herzen sterben. Birotteau tötete seine Wohltäterin ... In dieser Richtung bewegten sich die Phrasen, die die weiblichen Sprachrohre des Großvikars verbreiteten

und die von der ganzen Stadt bereitwilligst aufgegriffen und wiederholt wurden.
Frau von Listomère hatte es ihrem Stolze abgerungen, die alte Jungfer aufzusuchen, aber die Früchte dieser Demütigung konnte sie nicht ernten. Sie fragte höflich nach dem Großvikar. Troubert ließ die Baronin einen Augenblick warten, bevor er sie empfing; es schmeichelte seiner Eitelkeit, in Chapelouds Bibliothek vor dem Kamin, über dem die zwei vielbesprochenen Bilder hingen, die Frau zu empfangen, die seine Bedeutung verkannt hatte. Weder Höflinge noch die geschicktesten Diplomaten haben bei der Erörterung ihrer persönlichen Interessen oder bei der Führung einer politischen Verhandlung mehr Geschicklichkeit und Verstellung angewandt wie die Baronin und der Abbé, als sie einander gegenüber saßen.
Wie der Ritter, der im Mittelalter den Knappen bewaffnet und ihm wichtige Ratschläge gegeben hat, ehe er in die Schranken trat, hatte der alte Fuchs zur Baronin gesagt: „Vergessen Sie Ihre Rolle nicht, Sie sind keineswegs interessierte Partei, sondern nur Beraterin. Auch Troubert ist nur Mittler. Wägen Sie Ihre Worte! achten Sie auf jeden Tonfall in der Stimme des Generalvikars. Wenn er sein Kinn streichelt, dann haben Sie ihn gewonnen."
Einige Zeichner haben sich den Spaß gemacht, den Kontrast zwischen dem, was man sagt, und dem, was man denkt, als Karikatur darzustellen. Um das Wortduell, das sich zwischen dem Priester und der vornehmen Frau abspielte, in seiner ganzen Bedeutung zu erfassen, müßte man die

Gedanken bloßlegen, die beide hinter Phrasen verbargen, die den Schein der Harmlosigkeit wahrten. Frau von Listomère begann damit, daß sie ihren Schmerz über den von Birotteau angestrengten Prozeß äußerte, dann sprach sie von ihrem Wunsch, diese peinliche Angelegenheit in einer beide Teile befriedigenden Weise zum Abschluß zu bringen.

„Das Unglück ist geschehen, Frau Baronin," sagte der Abbé in ernstem Ton, „das tugendhafte Fräulein Gamard liegt im Sterben..." (Ich interessiere mich für die Närrin nicht mehr als für den vorjährigen Schnee, dachte er, aber ich möchte Ihnen gern ihren Tod ankreiden und Ihr Gewissen damit belasten, falls Sie so töricht sind, sich dadurch zu beunruhigen.)

„Als ich von Fräulein Gamards Krankheit erfuhr," antwortete die Baronin, „habe ich den Abbé Birotteau zu einem Verzicht gedrängt und war im Begriffe, diesen dem frommen Fräulein zu bringen..." (Ich habe dich erkannt, alter Halunke, dachte sie, aber jetzt wissen wir uns deiner Launen zu erwehren. Nimmst du den Verzicht entgegen, so kommst du in die Patsche und bekennst deine Mitschuld.)

Einen Augenblick schwiegen beide.

„Die zeitlichen Angelegenheiten von Fräulein Gamard interessieren mich nicht", sagte endlich der Priester und senkte seine Lider, um seinen Raubvogelblick zu verschleiern. (Oh! Ihr werdet mich nicht fangen! aber Gott sei gelobt! die verfluchten Advokaten werden eine Sache nicht an die Öffentlichkeit zerren, die mich hätte beschmutzen können. Was wollen denn die Listomères, wenn sie

sich meiner Interessen in dem Maße annehmen?)
„Herr Abbé," antwortete die Baronin, „Herrn Birotteaus Interessen sind mir genau so gleichgültig wie Ihnen Fräulein Gamards irdische Angelegenheiten. Unglücklicherweise könnte aber das Ansehen der Kirche in diesem Kampfe leiden. Ich sehe in Ihnen den Mittler, während ich selbst die Absicht habe, Frieden zu stiften ..." (Wir wollen uns nicht gegenseitig hinters Licht führen, dachte sie. Erfassen Sie die epigrammatische Spitze dieser Antwort?)
„Das Ansehen der Kirche leiden, Frau Baronin?" sagte der Großvikar. „Die Kirche steht zu hoch, als daß Menschen an ihr rütteln könnten." (Die Kirche bin ich, dachte er.) „Gott wird uns richten," fügte er hinzu, „ich erkenne nur sein Urteil."
„Nun, Herr Abbé," antwortete sie, „wir wollen versuchen, Gottes Urteil und das Urteil der Menschen in Einklang zu bringen." (Ja, du bist die Kirche.)
Troubert schlug einen anderen Ton an: „Ist Ihr Neffe nicht in Paris gewesen?" (Dort habt Ihr erkannt, was ich vermag, dachte er. Ich kann Euch zu Fall bringen, trotzdem Ihr mich verachtet habt. Und jetzt wollt Ihr kapitulieren.)
„Herr Abbé, ich danke Ihnen für das Interesse, das Sie ihm entgegenbringen. Er geht heute abend nach Paris, der Minister hat ihn berufen, der wärmstes Interesse an ihm nimmt und nicht möchte, daß er den Dienst quittiere." (Jesuit, dachte sie, du wirst uns nicht zu Fall bringen, du bist durchschaut.) – Wieder ein Augenblick des Schweigens. – „Er hat sich in dieser Sache nicht

ganz richtig benommen," fuhr sie fort, „aber Sie müssen es einem Seemann zugute halten, wenn er sich in Rechtsfragen nicht auskennt." (Wir wollen einen Pakt schließen, dachte sie. Es kommt nichts dabei heraus, wenn wir uns gegenseitig bekämpfen.)

Um die Lippen des Abbé spielte ein Lächeln, das schnell wieder verschwand. „Er hat uns den Dienst erwiesen, uns über den Wert zweier Gemälde aufzuklären", sagte er mit einem Blick auf die Bilder. „Sie werden die Kapelle der Jungfrau aufs würdigste schmücken." (Du hast mir ein spitzes Wort gesagt, dachte er, ich habe dir heimgezahlt und zwar doppelt. Wir sind quitt, meine Gnädigste.)

„Wenn Sie die Bilder Saint-Gatien stiften, so möchte ich Sie bitten zu gestatten, daß ich Rahmen stifte, die des Ortes und der Werke würdig sind." (Ich möchte dich dazu bringen, einzugestehen, daß du Birotteau die Einrichtung nicht gegönnt hast, dachte sie.)

„Die Bilder gehören mir nicht", sagte der Priester, der sich hütete, sich eine Blöße zu geben.

„Aber hier ist", sagte Frau von Listomère, „ein Schriftstück, das jede Diskussion niederschlägt, und die Bilder Fräulein Gamard wiedergibt." Sie legte Birotteaus Verzicht auf den Tisch. (Damit gebe ich ihnen den größten Beweis meines Vertrauens, dachte sie.) „Es ist Ihrer würdig, Herr Abbé," fuhr sie fort, „zwei Christen zu versöhnen, obwohl ich jetzt wenig Interesse für Herrn Birotteau habe."

„Aber er wohnt bei Ihnen", unterbrach er sie.

„Nein, er hat mein Haus bereits verlassen." (Für

die Pairswürde meines Schwagers und die Beförderung meines Neffen begehe ich gerade Feigheiten genug, dachte sie.)

Nichts regte sich im Gesicht des Abbé, seine ruhige Haltung war der sicherste Beweis, wie sehr es in ihm arbeitete. Nur Herr von Bourbonne hatte das Geheimnis dieses scheinbaren Friedens durchschaut. Der Priester genoß seinen Sieg!

„Warum haben Sie es denn übernommen, seinen Verzicht zu überbringen?“ fragte er, von dem Wunsch beherrscht, wie ihn eine Frau hat, sich ein Kompliment wiederholen zu lassen.

„Ich konnte eine Regung des Mitleids nicht unterdrücken. Birotteau, dessen schwacher Charakter Ihnen sicherlich bekannt ist, hat mich angefleht, Fräulein Gamard aufzusuchen, um als Preis seines Verzichtes auf ...“

Der Abbé runzelte die Stirn.

„... Rechte, die von angesehenen Advokaten anerkannt wurden ...“

Der Priester sah Frau von Listomère groß an.

„... Chapelouds Bild zu erhalten“, fuhr sie fort. „Ich überlasse es Ihnen, diese Ansprüche zu beurteilen ...“ (Du wirst verurteilt, wenn es zu einem Prozeß käme, dachte sie.)

Der Ton der Baronin, als sie von „angesehenen Advokaten“ sprach, bewies Troubert, daß sie die Schwächen des Gegners so gut kannte wie seine starken Seiten. Frau von Listomère zeigte sich in diesem Gespräch, das sich so lange in diesem Ton bewegte, der Situation so völlig gewachsen, daß der Abbé sich entschloß, Fräulein Gamards Ansicht einzuholen.

Er kam sehr bald wieder.

„Frau Baronin, ich will Ihnen die Worte der armen Sterbenden wiederholen: ‚Der Abbé Chapeloud stand mir als Freund zu nahe, als daß ich mich von seinem Bild trennen könnte.‘ Was mich betrifft,“ fuhr er fort, „so würde ich das Bild, wenn es mir gehörte, niemandem abtreten. Ich habe dem teuren Verstorbenen zu freundschaftliche Empfindungen entgegengebracht, um nicht zu glauben, daß ich sein Bild der ganzen Welt gegenüber beanspruchen darf.“

„Herr Abbé, wir wollen uns nicht um eines Bildes willen erzürnen. (Dieses elende Bild ist mir ganz so gleichgültig wie Ihnen, dachte sie.) Behalten Sie es, ich werde eine Kopie anfertigen lassen. Ich beglückwünsche mich, daß ich diesen traurigen und beklagenswerten Prozeß niedergeschlagen habe. Dazu hatte ich persönlich den Vorzug, Sie kennen zu lernen. Ich habe mir erzählen lassen, daß Sie vorzüglich Whist spielen. Sie werden einer Frau ihre Neugierde zugute halten“, sagte sie mit gewinnendem Lächeln. „Wenn Sie zuweilen bei mir Karten spielen wollen, so dürfen Sie des herzlichsten Empfanges gewärtig sein.“

Troubert streichelte sein Kinn. (Er ist gefangen! Bourbonne hatte recht, dachte sie, er hat seine Portion Eitelkeit.)

Der Großvikar empfand in dem Augenblick die angenehme Sensation, der sich auch Mirabeau nicht zu erwehren vermochte, als sich in den Tagen seines Glanzes die Tür eines Palastes vor ihm öffnete, die ihm bis dahin verschlossen gewesen war. „Frau Baronin,“ sagte er, „meine Pflichten sind zu groß, um Gesellschaften zu besuchen; aber was täte man nicht für Sie?“ (Die alte Jungfer unten pfeift auf dem letzten Loch; ich werde mich an Listomères halten und ihnen nützen, wenn sie mir nützen! dachte er. Es ist besser, sie zu Freunden als zu Feinden zu haben.)

Frau von Listomère ging und hoffte, der Erzbischof werde die beiden Parteien endgültig versöhnen, nachdem sie die Dinge so fein eingefädelt hatte. Aber Birotteau sollte nicht einmal sein Verzicht nützen. Fräulein Gamard starb am nächsten Tage. Als das Testament eröffnet wurde, wunderte sich niemand, daß Troubert zum alleinigen Erben eingesetzt war. Das Vermögen wurde auf etwa hunderttausend Taler geschätzt. Zum Begräbnis und zur Totenfeier seiner verstorbenen Freundin schickte der Generalvikar Frau von Listomère zwei Einladungskarten: die eine war für sie, die andere für ihren Neffen bestimmt.

„Ich muß zum Begräbnis gehen", sagte sie.

„Selbstverständlich", sagte Herr von Bourbonne. „Troubert will Sie damit auf die Probe stellen. Baron, folgen Sie der Leiche bis zum Friedhof", damit wandte er sich an den Marineleutnant, der Tours unglücklicherweise noch nicht verlassen hatte.

Beim Trauergottesdienst wurde ein ungewöhnlicher kirchlicher Pomp entfaltet. Nur ein Mensch vergoß bittere Tränen. Es war Birotteau, der, ungesehen, in einer einsamen Kapelle aufrichtig für die Seele der Verstorbenen betete. Er glaubte, an diesem Tode schuld zu sein, und war verzweifelt, daß sie gestorben war, ohne sich mit ihm versöhnt zu haben.

Troubert geleitete den Leib seiner Freundin bis zum Grabe. Dort hielt er eine Rede, in der dank seiner Begabung das enge Leben, das die Verstorbene geführt hatte, monumentale Dimensionen annahm. Den Anwesenden blieben namentlich folgende Aussprüche im Gedächtnis:

„Dieses Leben, das ganz Gott und seinem Dienst geweiht war, dieses Leben, das im Zeichen so vieler edler, im verborgenen geschehener Taten stand, wurde durch einen Schmerz gebrochen, den wir unverdient nennen würden, wenn wir angesichts der Ewigkeit vergessen könnten, daß all unsere Leiden uns von Gott gesandt werden. Die vielen Freunde dieser heiligen Frau, die die Reinheit und Größe ihrer Seele kannten, wußten, daß sie alles ertragen konnte, bis auf einen Verdacht, der ihr Leben gebrochen hat. Vielleicht hat die Vorsehung sie aus dieser Welt genommen, um sie von unseren Qualen zu befreien. Selig, die ihr Leben auf Erden im Einklang mit sich selbst führen können wie Sophie, die jetzt unter den Seligen in ihrem Unschuldskleide wandelt!"

„Als er diese großartige Rede beendet hatte," fuhr Herr von Bourbonne fort, der alle Details des Begräbnisses Frau von Listomère ausführlich bei geschlossenen Türen schilderte, als sie zu dritt mit dem Marineleutnant vor dem Kamin saßen, „bewegte er den Weihwedel. Stellen Sie sich diesen Ludwig XI. in der Soutane bei dieser Gebärde vor." Herr von Bourbonne nahm die Feuerzange und kopierte Troubert so gut, daß der Baron und seine Tante ein Lächeln nicht unterdrücken konnten. „In diesem Augenblick", sagte der Gutsbesitzer, „hat er sich verraten. Bis dahin war seine Haltung tadellos, aber es war ihm unmöglich, als er diese alte Jungfer endgültig los geworden war, die er maßlos verachtet und sicherlich kaum weniger gehaßt hat als Chapeloud, seine Freude ganz zu unterdrücken. Diese Gebärde zeigte, wie froh er war, von der Gamard endlich erlöst zu sein."

Am nächsten Morgen kam Fräulein Salomon zum Frühstück zu Frau von Listomère. Sie sagte in großer Erregung: „Unserem armen Abbé Birotteau wurde soeben furchtbar mitgespielt. Man kann daraus sehen, wie konsequent der Haß gearbeitet hat. Er ist zum Pfarrer von Saint-Symphorion ernannt worden."

Saint-Symphorion ist ein jenseits der Brücke gelegener Vorort von Tours. Diese Brücke, eine der schönsten in Frankreich, ist neunzehnhundert Fuß lang, an jeder Seite befindet sich ein groß angelegter Platz.

„Begreifen Sie?" fuhr sie nach einer Pause fort, sehr überrascht, daß Frau von Listomère bei dieser Nachricht so kühl blieb. „Birotteau wird dort ganz einsam sein, seinen Freunden so fern, als wenn er hundert Meilen von Tours lebte. Diese Verbannung ist um so grausamer, als er die Stadt täglich mit seinen Augen sieht und doch nicht hinkommen kann. Er, der seit all den Unglücksfällen kaum gehen kann, wird gezwungen sein, eine Meile zurückzulegen, um zu uns zu kommen. In diesem Augenblick liegt der Unglückliche mit Fieber zu Bett. Die Pfarrerwohnung von Saint-Symphorion ist kalt und feucht und das Kirchspiel ist nicht reich genug, um sie in Ordnung bringen zu lassen. Der arme alte Mann wird in einen ehrenvollen Sarg gebettet werden. Welch raffinierte Qual!"

☆

UM DIE GESCHICHTE ZU VOLLENDEN, GEnügt es vielleicht, einige Tatsachen zu berichten und ein letztes Bild zu skizzieren.

Nach fünf Monaten wurde der Generalvikar Bischof. Frau von Listomère war gestorben, in ihrem Testament hatte sie Abbé Birotteau eine lebenslängliche Rente von fünfzehnhundert Franken ausgesetzt. An dem Tage, an dem das Testament der Baronin bekannt wurde, war Seine Hochwürden, der Bischof Hyacinthe von Troyes, im Begriffe, Tours zu verlassen, um sich in seinen Sprengel zu begeben; aber er verzögerte seine Abreise. Troubert bedrohte, empört darüber, daß er von einer Frau getäuscht worden war, der er die Hand gereicht hatte, während sie die ihre insgeheim einem Mann gegeben hatte, den er als seinen Feind betrachtete, aufs neue die Zukunft des Barons und die Pairswürde des Marquis von Listomère. Im Salon des Erzbischofs sagte Troubert in größerem Kreise eines jener geistlichen Worte, die von unerbittlicher Rache zeugen und voll honigweicher Milde sind. Der ehrgeizige Marineoffizier suchte den unerbittlichen Priester auf, der ihm sicherlich harte Bedingungen diktierte, denn das Verhalten des Barons bewies restlose Unterordnung unter den Willen des furchtbaren Geistlichen. Der neue Bischof gab Fräulein Gamards Haus dem Kapitel der Kathedrale zurück, Chapelouds Bibliothek überließ er dem kleinen Seminar, die beiden vielumstrittenen Bilder stiftete er der Kapelle der Jungfrau, aber er behielt Chapelouds Porträt. Niemand konnte diesen fast vollständigen Verzicht auf Sophie Gamards Erbschaft begreifen. Herr von Bourbonne nahm an, daß der

Bischof insgeheim die flüssigen Summen aus der Hinterlassenschaft zurückbehalten hatte, um imstande zu sein, seinem Range gemäß in Paris zu leben, falls er als Bischof in die Kammer delegiert werden sollte. Einen Tag vor der Abreise des Bischofs von Troyes erriet der alte Fuchs die wahren Beweggründe von Trouberts Handlungsweise, es war der Todesstoß, den die hartnäckigste Rache dem schwächsten aller Opfer zugefügt hatte. Unter dem Vorwand, daß Erbschleicherei vorliege, erhob der Baron von Listomère Einspruch gegen die Rente, die Frau von Listomère Birotteau ausgesetzt hatte! Einige Tage später wurde der Baron zum Kapitän ernannt. Der Pfarrer von Saint-Symphorion wurde in den Kirchenbann getan. Seine geistlichen Vorgesetzten hatten ihr Urteil gefällt, ehe der Prozeß überhaupt begonnen hatte. Der Mörder der verstorbenen Sophie Gamard galt als Spitzbube! Wenn Troubert die Erbschaft der alten Jungfer behalten hätte, so wäre es schwierig gewesen, gegen Birotteau vorzugehen.

Als Seine Hochwürden, der Bischof Hyacinthe von Troyes, in der Postkutsche über den Kai Saint-Symphorion nach Paris fuhr, saß der arme Abbé Birotteau in seinem Lehnstuhl auf der Terrasse in der Sonne. Der arme Priester, den sein Bischof gerichtet hatte, war blaß und mager. Sein Gesicht, einst voll harmloser Heiterkeit, war durch Kummer und Sorgen ganz verändert. Über seine Augen, die einst, bar jedes ernsten Gedankens, in Erwartung der Freuden der Tafel glänzten, hatte seine Krankheit einen Schleier geworfen. Man konnte glauben, der Abbé denke tief nach. Er war nur noch der Schatten des einstigen Birotteau, der knapp vor einem Jahr so leer und so glücklich auf seinen feisten Beinchen durch den Klostergang zu trippeln pflegte. Der Bischof warf seinem Opfer einen Blick voll Verachtung und Mitleid zu, dann beschloß er, es zu vergessen, und fuhr vorüber.

Ohne Zweifel wäre Troubert zu anderen Zeiten ein Hildebrand oder ein Alexander VI. geworden. Heute ist die Kirche keine politische Macht mehr und verzehrt die Kräfte einsamer Menschen nicht länger. Infolge des Zölibats konzentrieren sich die Empfindungen des Priesters nur auf eine Leidenschaft, den Egoismus; auf diese Weise werden die Junggesellen der Krebsschaden der Gesellschaft oder mindestens ihre unnützen Glieder. Wir leben in einer Zeit, in der die Regierung den Fehler begangen hat, die Gesellschaft weniger für den Menschen als den Menschen für die Gesellschaft zu bilden. Es herrscht ein unablässiger Kampf zwischen dem einzelnen und dem System, das ihn ausbeuten will und das er zu seinen Gunsten auszunützen trachtet, während die Menschen früher tatsächlich mehr Freiheit hatten und in Dingen, die die Allgemeinheit betrafen, großmütiger waren. Der Kreis, in dem die Menschen sich bewegen, hat sich unmerklich erweitert: die Seele, die das Ganze umfassen kann, wird immer nur eine wundervolle Ausnahme bilden, denn im Allgemeinen pflegt in geistiger wie in physischer Hinsicht eine Bewegung an Intensität einzubüßen, sobald ihr Umfang wächst. Die Gesellschaft steht nicht auf Ausnahmen. Zu Beginn war der Mensch nur Vater, und sein Herz schlug warm für den kleinen Kreis, dem er angehörte. Später hat er für einen Stamm oder für eine kleine Republik gelebt, daher die großartige Fähigkeit, Opfer zu bringen, die wir aus der griechischen und römischen Geschichte kennen. Dann wurde er der Angehörige einer Kaste oder einer Religion, für die er zuweilen erhabene Opfer brachte, aber dort erstreckte sich der Umkreis seiner Interessen bereits auf alle intellektuellen Gebiete. Heute ist sein Leben an ein ungeheures Vaterland gebunden, bald wird die ganze Welt seine Familie sein. Sollte dieser sittliche Kosmopolitismus, diese Hoffnung des christlichen Rom nicht ein erhabener Irrtum sein? Es ist so natürlich, an die Verwirklichung eines edlen Hirngespinstes zu glauben, an die Verbrüderung des Menschengeschlechtes. Aber der Mensch hat keine göttlichen Dimensionen. Die Seelen, die groß genug sind, um für einen Gedanken zu erglühen, den nur Ausnahmenaturen ganz erfassen, sind anders beschaffen als die Seelen von schlichten Bürgern und Familienvätern. Gewisse Physiologen glauben, daß, wenn das Gehirn an Umfang zunimmt, das Herz sich verengt. Das ist ein großer Irrtum! Ist der angebliche Egoismus der Menschen, die eine Wissenschaft, eine Nation oder ein Gesetz in ihrem Herzen tragen, nicht die vornehmste Leidenschaft und birgt sie nicht zugleich ein mütterliches Moment? Um neue Völker oder neue Gedanken zu gebären, müssen sie in ihrem gewaltigen Haupt die Allmacht Gottes mit der Hingabe und Bereitschaft der Frau zur Mutterschaft verbinden. In der Geschichte eines Innocenz III., eines Peter des Großen, ja in der Geschichte all jener, die einer

Epoche oder einem Volk ihren Stempel aufgedrückt haben, lebt ein Funke von dem Feuer, das Troubert im Kreuzgang von Saint-Gatien verzehrt hat.

☆

Pierrette
Erzählungen. detebe 130/xv

Junggesellenwirtschaft
Roman. detebe 130/xvi

Nebenbuhler
Erzählungen. detebe 130/xvii

Verlorene Illusionen
Roman. detebe 130/xviii

Geschichte der Dreizehn
Erzählungen. detebe 130/xix

Cäsar Birotteaus Größe und Niedergang
Roman. detebe 130/xx

Das Bankhaus Nucingen
Erzählungen. detebe 130/xxi

Glanz und Elend der Kurtisanen
Roman in zwei Bänden. detebe 130/xxii–xxiii

Die Geheimnisse derFürstin von Cadignan
Erzählungen. detebe 130/xxiv

Tante Lisbeth
Roman. detebe 130/xxv

Vetter Pons
Roman. detebe 130/xxvi

Volksvertreter
Erzählungen. detebe 130/xxvii

Die Kleinbürger
Roman. detebe 130/xxviii

Eine dunkle Geschichte
Erzählungen. detebe 130/xxix

Die Königstreuen
Roman. detebe 130/xxx

Die Bauern
Roman. detebe 130/xxxi

Der Landarzt
Roman. detebe 130/xxxii

Der Landpfarrer
Roman. detebe 130/xxxiii

Die Lilie im Tal
Roman. detebe 130/xxxiv

Die tödlichen Wünsche
Roman. detebe 130/XXXV

Buch der Mystik
Erzählungen. detebe 130/XXXVI

Das ungekannte Meisterwerk
Erzählungen. detebe 130/XXXVII

Der Alchimist
Roman. detebe 130/XXXVIII

Der verstoßene Sohn
Erzählungen. detebe 130/XXXIX

Katharina von Medici
Roman. detebe 130/XL